인류보호회사

2

Humanity Protection Company

인류보호회사

2

짤짤이
지음

시공사 × 노블피아

차례

심문

시간이 지났다.

바람에 깨진 유리창은 새로운 창문으로 바뀌었고, 철망의 구멍 앞뒤로는 철망 조각과 천 조각이 덧대어졌다. 아이들이 노랑이의 빈자리에 슬퍼하여, 부모 거인은 좀처럼 새로운 여자 인간을 사지 못했다.

이연우는 때때로 창가를 보며 단델리온을 떠올리기도 했고, 그녀가 회사원과 함께 창틀을 넘어오는 광경을 그리기도 했다. 그리고 밤이 오면 방에 홀로 남아 집으로의 귀환을 기도 했다.

달이 뜨고 지기를 얼마나 반복했을까.

"…"

이연우는 창문을 통과하여 네모나게 비치는 달빛 아래에 서 짐을 정리했다.

거인이 입혀준 인형 옷이 아니라 자신이 입고 온 옷으로 갈아입었고, 전원이 나가버린 핸드폰과 홀쭉한 지갑, 그리고 인간 자격증을 주머니에 넣었다.

마지막으로 우리 자물쇠를 여는 열쇠를 끌어안았다. 철망을 끊는 데 사용한, 거인 세계에 방문했다는 증거.

밤마다 반복했던 일과. 이연우가 기대 없이 혼잣말을 중얼거렸다.

"주사위…"

꽝과 실패만 계속 나오는 주사위. 실패를 반복한 이연우는 가끔 단델리온을 따라 나갔으면 어땠을까 생각했다.

험난한 길거리겠지만, 단델리온의 경험과 자신의 생존 능력이 더해진다면 의외로 살 만하지 않았을까. 또 의외로 보람차고 재밌지 않았을까. 거인의 집에서 사육되는 삶보다는…

언제나 그랬듯, 우울하게 가라앉는 생각을 이연우는 고개를 저어 뿌리쳤다.

"집으로."

이연우는 무미건조하게 말했다. 주사위의 결과에 일희일비하기에는 이미 제법 많이 굴렸다. 이제는 아무 생각도 기대도 없었다. 그저 일과를 끝마치는 습관이었다.

데구르르.

주사위가 굴렀다.

그리고 멈췄다.

대성공!

잠깐 상황을 파악하지 못했다. 이연우가 멍하니 있다가 눈을 크게 뜬 순간.

세상이 바뀌었다.

인간을 키우는 방에서, 이연우가 이사한 복층 원룸의 방으로.

그가 거인의 세상에 떨어졌을 때와 같이, 예고 없이 갑작스럽게.

"…"

이연우는 천천히 원룸을 둘러보았다. 하룻밤도 잔 적 없는 새집이 낯설었다. 구석구석 먼지가 쌓였고, 사람이 드나든 흔적이 보였다. 발자국이나, 짐이 풀어져 있거나.

무엇보다 거리감이 이상하게 느껴졌다. 배에서 내리면 육지가 울렁거리듯, 거대한 세상을 보던 감각이 후유증처럼 남아 있었다.

이연우는 조심스럽게 창가로 다가가 방충망까지 전부 열고는, 부산스러운 대낮의 도시를 보았다.

"돌아왔네…"

분주히 도로를 달리는 차량과 빽빽한 콘크리트 건물, 그리고 자그맣게 보이는 사람의 무리.

이연우의 입에서 흐린 웃음이 흘러나왔다.

그리고 다음 순간 웃음이 뚝 멈췄다.

'주사위부터 어떻게든 처리해야 해.'

대성공이나 대실패가 어떤 결과를 초래하는지, 직접 겪지 않았나. 위험이 너무 컸다.

주사위 소유를 포기하기 위한 판정을 해달라며 주사위를 굴리든, 회사에 요청하든, 무슨 수를 쓰든 버려야 했다.

'그것 말고도 할 일이 많아.'

이연우는 차 키를 찾아 챙기며, 머릿속으로 할 일을 계속해서 떠올렸다. 거인의 세상에서 귀환만을 바라며 준비한 리스트.

'회사에서 의심하지 않게 바로 조사반으로 가서 보고하기. 제임스의 말 전해주기. 거대한 세상과 인간의 도시에 관해 물어보기. 그리고 핸드폰 충전하고, 카페 가고, 햄버거도 먹고…'

이연우는 쉬지도 않고 바로 현관문을 나서면서, 경쾌하게 뛰었다.

벌컥!

이상 조사반의 문을 활짝 연 이연우는 머쓱한 표정으로 사무실에 발을 들였고, 반장과 유지유와 눈을 마주쳤다.

잠깐 침묵.

이연우가 어색하게 인사하려는 때였다.

벌떡!

"너, 너! 뭐야! 왜 왔어?"

반장이 컴퓨터 모니터를 번쩍 치켜들어 당장이라도 던질 자세를 취했다. 유지유도 슬그머니 일어나, 의자를 무기처럼 쥐었다.

이연우는 거인의 열쇠를 안은 채로 손바닥만 위로 올리는 시늉을 했다.

"반장님, 유지유 선배님. 제가 이상한 세상에 떨어졌었는데, 며칠이나 지났습니까?"

"한 달은 넘었는데…"

반장은 이연우의 얼굴과 거대한 열쇠를 번갈아 보다가, 천천히 모니터를 내려놓았다. 이연우도 가까운 책상 위에 거인의 열쇠를 내려두고는, 항복하듯 두 손을 들었다.

"말해도 괜찮을까요?"

"…해봐. 문은 닫고."

이연우가 발로 문을 천천히 밀어 닫았다. 문이 닫히는 소리가 유난히 크게 들렸다. 반장과 유지유의 경계 속에서, 이연우는 자신이 겪었던 이야기를 풀어놓았다.

주사위를 얻은 날부터 귀환한 오늘까지.

"…그래서 오늘 돌아왔습니다."

"있을 법한 일이긴 한데."

반장이 눈살을 찌푸렸다.

거짓말 같지는 않다고 생각했다. 의심이야 되지만, 정확한 사정은 정보부가 알아볼 일이었다.

타닥타닥.

반장은 열심히 키보드를 두들겼다. 이연우의 귀환을 신고하고, 이연우의 실종과 관련한 문서를 다시 확인했다.

검사과의 직원 앞에서 사라진 이연우를 수배자로 올리느냐, 이상異常으로 올리느냐, 등록하면 적대 등급은 어떻게 하느냐, 검토하고 토의하는 중이라는 문서.

반장의 경험에 비추어볼 때, 이연우가 정식으로 복귀하려면 시간과 절차가 필요했다.

반장이 말했다.

"신입아. 일단 너 조사는 받아야겠다. 그리고 그 주사위랑 거인? 그쪽 세상에서 겪은 거 다 보고서로 자세히 쓰고."

"알겠습니다."

이연우는 순순히 자기 자리로 가서 컴퓨터 전원 버튼을 눌렀다. 컴퓨터가 켜지는 동안, 먼지가 쌓인 책상을 정리했다.

유지유는 조금 떨어져서 의심하는 눈으로 이연우를 보다가 입을 열었다.

"연우 씨, 정말 이상 아니죠? 테러리스트나 스파이도 아니고요?"

"정말 아닙니다."

컴퓨터가 켜졌다.

이연우는 거짓 없이 그가 겪은 일들을 쓰기 시작했고, 조사원 제임스 콩의 전언을 적은 뒤, 마지막으로 거대한 세상에 있다는 인간의 도시로 보고를 마무리했다.

오류부터 시작하여 그가 오늘까지 겪은 일이 담담하게 나열된 보고서.

"…"

이연우는 새삼 감상에 젖어, 빽빽한 문자들을 보았다.

'진짜 잘 살아남았다.'

그걸 클릭하여 업로드했다. 이연우는 반장을 향해 고개를 불쑥 내밀었다.

"반장님. 보고서 올렸습니다."

"그래? 그러면 정보부에서 답 올 때까지는 대기하자."

이연우는 고개를 끄덕였다. 답은 일주일이 지난 후에 왔다.

산자락에 있는 안가로 와서 정보부의 조사를 받으라고.

산자락의 갓길에 낡은 경차가 멈춰 섰다. 시동이 꺼진 경차에서 이연우가 내렸다. 이연우는 떨떠름한 얼굴로 산을 올려다보았다.

안개 괴물을 보았던 괴백산은 아니었지만, 어쨌든 산이라 느낌이 좋지 않았다. 조사를 받으러 온 몸이라 그런지 더.

"별일 없겠지…"

이연우는 혼자 중얼거리며 산길을 올랐다.

정보부의 조사라는 사실이 무겁게 다가왔지만, 이연우는 애써 긍정적으로 생각했다.

'날 수배자 취급했으면 이렇게 오라고 하는 게 아니라 체 포팀이라도 보내서 끌고 갔겠지.'

땀방울을 뚝뚝 흘리며 산을 오르기를 잠시, 나무가 우거진 산골 사이로 폐가가 하나 보였다. 정보부에서 오라고 한 안가였다.

이연우는 심호흡을 몇 번 한 후, 안가로 접근했다.

폐가에 가까운 안가. 깨진 창문과 잡초가 잔뜩 있었고, 창 너머로 보이는 집 내부도 엉망이었다. 사람의 흔적이라고는 보이지 않았다.

쿵! 쿵!

이연우가 문을 두드리는 소리가 크게 울렸다. 벌레나 쥐 따위가 화들짝 놀라 도망치는 기척을 빼면 딱히 인기척이 없었다.

이연우가 목청을 가다듬었다.

쾅! 쾅!

"계십니까! 오늘 오라고 한 사람인데요!"

뒤늦게 집 깊은 곳에서 인기척이 느껴졌다. 부지런히 걸어오는 발소리. 폐가의 잔해를 짓밟는 소리가 선명하게 들렸다.

이연우는 깨진 창문을 통해 남자와 여자가 지하에서 올라오는 것을 보았다. 그들의 시선이 유리 파편을 사이에 두고 마주쳤다. 그들이 웃었다.

"아이고, 오셨습니까. 아래에서는 소리가 잘 안 들려서… 이연우 씨 맞죠?"

"예, 맞습니다. 오늘 조사받으러 오라고 하셔서 왔습니다."

"잘 오셨습니다. 들어오시죠."

안경 쓴 남자가 문을 열고는 집 안으로 들어오라는 손짓을 하며 이연우를 반겼다. 이연우는 집 안으로 들어가며, 선한 미소를 짓는 남자와 탐탁지 않은 표정의 여자를 보았다.

이연우는 그들을 지나쳐 집 내부로 들어왔다.

이연우가 눈살을 찌푸렸다. 안가라고 보기에는 상상 이상으로 엉망이었다. 퀴퀴한 냄새와 벌레와 쥐 따위의 사체, 곰팡이와 습기.

남자가 웃으며 이연우를 어느 방으로 안내했고, 여자는 이연우의 뒤를 쫓았다.

"엉망이죠? 원래 여기가 버려진 안가였는데, 얼마 전부터 쓰기 시작해서⋯ 돈 들여서 새로 단장하려면 시간이 좀 걸릴 것 같네요."

"그렇군요."

이연우는 조사원답게 주변 환경을 파악하느라, 남자의 말을 흘려들었다.

밀폐된 방.

그곳은 그나마 깨끗했지만, 어둑한 조명과 지하로 내려가는 계단 때문에 분위기가 음산했다.

남자가 선뜻 앞서 걷고 여자가 이연우의 뒤에서 분위기로 내려갈 것을 강요하였기에, 이연우는 지하로 내려갔다. 이제 와

심문

서 도망치기도 늦었고…

타박. 타박.

헐벗은 콘크리트 계단을 내려가기를 잠시.

그들은 지하실에 도착했다.

백열등이 천장 중앙에서 늘어져 있었고, 그 아래로 테이블과 네 개의 의자가 있었다. 벽면에는 녹슨 캐비닛과 구형 모니터 따위가 나열되어 있었고, 계단 반대쪽에 유치장이 있었다.

"…"

꿀꺽.

이연우가 침을 삼켰다. 유치장에 익숙한 사람이 있었다.

그의 입사 동기, 이서연. 닌자의 칼질에 한쪽 다리가 잘리고 정보부로 간 그녀가 유치장에 누워 있었다. 유치장에 고정된 시선.

안경 쓴 남자는 쾌활하게 웃었다.

"아, 저 사람들. 그 뭐야, 테러리스트예요. 정보부에서도 우리 과가 하는 일이 이런 사람 심문하고 수사하고 그런 거라."

"…그렇습니까?"

이마에서 땀방울이 흘렀다. 지하의 서늘한 한기가 피부에 진득하게 달라붙었다.

'테러리스트? 말이 되는 소리를 해야지.'

적대 집단에서 스파이로 투입되었다고 했다면 조금은 속았을지도 모른다. 하지만 탈취자나 운전자같이 테러를 일삼는 수배자라니.

　이연우가 최대한 침착하게, 동요를 내색하지 않는 모습으로 남자를 보았다. 흔들리지 않는 눈동자와 목소리.

　그때, 여자가 계단을 막으며 말했다.

　"걸렸어, 멍청아. 애초에 입사 동기인데 속겠냐. 그것도 조사원이?"

　"아. 그런가? 그래도 뭐…"

　남자가 정장 안주머니에 손을 넣고, 꺼냈다.

　철컥.

　사제 권총이 백열등 아래에서 거무튀튀한 빛을 자랑하며 이연우를 겨눴다.

　"이연우 씨? 거기 앉아서 대화나 합시다. 당신한테도 유익할걸?"

　이연우는 가장 깨끗한 의자를 찾아 앉았다.

38

깨끗한 의자를 찾아 앉은 이연우를, 여자는 황당한 눈으로 보았다.

"그거 내 의자인데?"

이연우는 못 들은 척했다. 도리어 의자를 당겨 네모난 철제 책상에 몸을 적당히 붙인 뒤, 두 손을 편하게 책상에 올려놨다.

여자가 사제 권총을 꺼내 까딱였다.

"총 안 보여?"

"이미 내 정보 보지 않았습니까."

이연우는 낡은 철제 책상에 널려 있는 서류들을 쓱 훑었다. 수많은 정보가 적힌 서류 더미. 제일 위에는 이연우의 이력서와 보고서가 있었다. 저들이 방금까지 읽었을 것이다.

"총 무서워하면 경력이 아깝지 않겠습니까."

대화를 요청하였으니, 죽이지는 않겠다는 생각일 것 같았다. 물론, 그래도 총은 총이라 말을 놓지는 못했다.

안경 쓴 남자가 파하 웃으며 이연우의 맞은편에 앉았다.

"그렇죠. 사람들이 총은 안 무서워하더라고. 총보다 무서운 걸 자주 봐서 그런가. 그런데 이연우 씨. 그 동화 알아요?"

"무슨 동화 말입니까?"

이연우는 반쯤 흘려들었다. 그의 시선이 유치장을 향했다.

그곳에는 이서연과 누군지 모를 남자가 죽은 사람처럼 자고 있었다. 가슴이 오르내리고, 핏자국이 보이지 않고, 피 냄새가 느껴지지 않는 걸 보아 생명에 위험은 없어 보였다.

그리고 계단을 보는 순간…

남자가 총구로 철제 책상을 탕탕 두드렸다.

"채찍과 당근이었나? 그 동화 뭐였지. 태양 나오고 폭풍 나오고."

"병신아. 북풍과 태양."

"비슷하잖아. 좋은 게 좋다고. 하여튼, 총 따위는 개무시해도 이건 무시를 못 하더라고."

남자가 총을 내려놓고, 품에서 황금을 꺼냈다. 백열등 아래에서 찬란하게 빛나는 금괴.

주변을 탐색하던 이연우의 시선이 금괴로 빨려 들어갔다.

"…이건 뭡니까?"

"선물을 줄 테니, 우리를 위해 조금의 정성을 보여라. 어때요? 아, 뭐… 당신한테 큰 거 안 원해요."

남자가 금괴를 조금 밀었다. 책상 중앙에 놓인 금괴. 손만 뻗으면 닿는 거리였다. 이연우가 침을 꿀꺽 삼키는 소리 뒤로 남자의 목소리가 사근사근 들려왔다.

"조사원이잖아요? 이상 발견하면, 회사에 보고하기 전에 우리한테 먼저 귀띔하는 정도? 안 어렵죠? 이상을 회사에 숨기라는 것도 아니잖아."

이연우의 눈이 금괴에서 떨어지지 않았다. 금괴에 선명하게 새겨진 1000그램이라는 표기. 1킬로그램이면 그 값이 얼마나 비쌀까.

남자가 흥미진진한 표정으로 이연우를 보았다. 이연우는 가까스로 눈을 감고 아른거리는 황금빛을 떨쳐냈다. 그가 다시 눈을 떴을 때는 그의 또렷한 눈이 남자를 보았다.

"그 전에 당신들이 누구인지부터 말해줘야 하지 않겠습니까."

"오. 바로 덥석 물었으면 의심했을 텐데."

남자가 빙글빙글 웃었고, 대답은 계단에 쪼그려 앉은 여자에게서 돌아왔다.

"우리도 회사원이야."

"며칠 전까지 잘 다녔긴 하지."

여자와 남자의 시선이 유치장으로 향했다. 진짜 정보부 사람이 죽은 사람처럼 자는 유치장.

"그런데 정성에 대한 작은 성의를 받은 걸 저놈들한테 걸렸지 뭡니까. 그래서 뭐, 조사받다가 제압했고. 도망치기 전에 직원 하나 포섭하는 중이고."

남자가 몸을 숙여 이연우와 시선을 마주했다. 안경 너머로 웃는 눈이 보였다.

"이해하죠? 회사에서 주는 돈이 적지는 않지만, 우리가 고생한 만큼 받지는 않잖아요? 그리고…"

남자가 의자에 등을 느긋하게 기댔다.

"우리가 뭐 멸망주의자도 아니고, 악마 숭배자도 아니고, 인류에 해가 되는 짓을 하는 것도 아닌데…"

회사원이 금품을 대가로 적대 집단에 회사의 정보를 팔았다는 이야기.

그리고 발각되어서 아예 적대 집단으로 넘어간다는 이야기.

"…아직 대답이 안 되었습니다. 그래서 무슨 집단입니까?"

이연우는 묵묵히 남자를 보았다. 남자가 픽 웃었다.

"이쯤이면 예상하죠? 골드버그클럽입니다. 들어봤죠?"

"못 들어봤는데요."

"예? 아니, 장난치지 말고. …진짜?"

남자가 당황하며 눈을 깜빡였다. 이연우가 슬그머니 시선을 피했다. 여자가 중얼거렸다.

"진짜 신입이네."

"아니, 와… 나 병아리 데리고 뭐 하냐."

남자는 갑자기 힘이 빠졌는지, 안경을 벗어 정장 옷자락으

심문

로 쓱쓱 닦았다. 다시 안경을 쓴 남자는 긴장이 풀렸는지, 느슨한 자세로 이연우를 보았다. 다리는 꼬았고, 한 팔은 의자 등받이에 걸쳤다.

"후배님. 정훈 교육도 안 받았어요? 골드버그클럽한테 뇌물 함부로 받지 마라, 예술가를 만나면 테이저건부터 쏴라, 이런 거?"

"멍청아, 짧게 해. 우리, 얘만 포섭하고 도망쳐야 해."

"…아. 그렇지."

이연우는 그들을 보며 천천히 입을 느슨하게 벌렸다.

이유야 어쨌든 저들이 경계를 푸는 것이 나았다. 이연우는 일부러 더 어리숙하게 굴었다.

"저 진짜 처음 듣는데… 알아야 합니까?"

"아니, 기본 교육인데… 아. 조사원이지. 적대 집단은 모를 만도 하네."

남자는 혼자 납득했다. 조사원이면 규모가 작은, 이상인지 아닌지 의심되는 현장에만 투입되니까.

'적대 집단을 상대할 일은 없으니까, 모를 만도 하지.'

그가 한숨을 내쉬고는 긴장을 많이 풀었다.

그때 여자가 권총을 고쳐 잡았다. 여차하면 쏠 수 있게 방아쇠에 올린 손가락.

"방심하지 마. 저거 온갖 놈들 다 겪은 새끼야. 정보 읽은 거 떠올려."

"…맞네. 아니, 그런데 어떻게? 조사원이 왜? 생각해보니까 지금 우리까지 상대하고 있네? 진짜 이상인가? 이연우 씨 진짜 이상 개체예요?"

자세를 고치며 권총을 슬쩍 다시 챙긴 남자. 너스레를 떨어도, 총구는 이연우를 겨누고 있었다.

이연우가 한숨을 내쉬었다.

"그런 말은 그만합시다. 골드버그클럽에 대해서나 설명해주시죠."

"단순합니다. 잘 먹고 잘 살자. 이상으로 돈을 벌자. 많이 벌자. 진짜 많이 벌자. 어때요, 함께할래요?"

이연우는 철제 책상을 보며 생각에 잠겼다가, 조금 늦게 말했다.

"가입하겠습니다."

진짜로 가입할 생각은 없었다. 지금 상황을 모면하기 위한 거짓말이었다.

'저 사람들 말을 다 믿을 수는 없어.'

이연우는 눈도 깜빡이지 않고, 속에 다른 생각을 품었다.

'말은 좋지. 그런데 당장 저 사람들도 걸려서 조사받으러 왔잖아.'

정보부 요원을 제압해서 유치장에 처박긴 했지만, 결국 잘못이 들통나서 도망쳐야 하는 사람들이었다.

하물며 이연우는 회사의 의심을 받는 몸이고, 의심을 풀기 위해서는 조사를 받아야 했다. 그런데 지금 적대 집단에 가입한다는 것은 말이 안 됐다.

이연우는 자신을 겨눈 채로 움직이지 않는 두 개의 사제 권총을 보았다.

'돌아가자마자 반장님한테 보고해야겠어. 골드버그클럽이 총 들고 협박했다고.'

안경 쓴 남자는 총구를 느슨하게 내리면서, 흐뭇한 미소를 지었다.

"잘 생각했습니다. 사실 우리같이 골드버그클럽에 발을 걸친 사람이 많거든요. 꺼림칙하게 생각할 필요 없어요. 힘든 일 하면서 돈이라도 더 번다고 생각하세요."

"…그래서 이제 뭐 하면 됩니까? 가입식? 입단식? 아니면 나중에 연락합니까?"

남자는 총으로 금괴를 가리켰다.

"거창한 거 없고, 사소한 신뢰의 증거나 챙겨 가세요."

금괴를 챙기라는 손짓. 이연우는 가만히 금괴를 내려다봤다. 빛나는 황금이 손에 닿을 거리에 있는데도, 가지고 싶지 않았다.

"뇌물을 받아 챙겼다는 증거 같은 겁니까? 약점을 남겨라?"

"뭐, 비슷합니다. 현금을 계좌로 보내주면 바로 걸릴 거 아닙니까. 현물이 최고죠."

금괴를 주머니에 넣기만 하면 끝나는 일.

하지만 이연우는 좀처럼 손을 뻗지 못했다. 본능이 경종을 땡땡 울렸다.

'…굳이 금괴를?'

무엇보다 남자가 흘리듯 내뱉은 말이 기억에서 떨어지지 않았다. '함부로 뇌물을 받지 마라.' 회사가 적대 집단에 대해 교육하며 한 말일 텐데.

본능과 경험이 말했다. 평범한 금괴가 아니라고. 의심하라고.

백열등의 하얀빛 아래, 이연우는 석상처럼 멈췄고, 남자는 그런 이연우를 기다리다가 방아쇠를 당겼다.

탕!

좁은 지하실을 격발음이 가득 채웠다. 귀가 아플 정도로. 이연우가 깜짝 놀라 몸을 비틀었고, 총탄은 이연우 뒤의 벽면을 때렸다.

화약 냄새가 감도는 공기. 남자는 손목을 틀어 총구로 이연우를 겨눴다.

"이연우 씨. 어려운 거 부탁하지 않았잖아? 총 맞기, 아니면 금괴 받기. 이게 어렵나? 왜 일을 복잡하게 만들지?"

의심은 확신이 되었다. 이연우는 천천히 손을 뻗었다. 어느새 식은땀으로 젖은 손이 백열등 빛을 반사하며 가늘게 떨렸다.

'이렇게까지 한다고? 그냥 금괴가 아니야. 도대체 뭐지? 어

떻게 하지? 주사위? 대실패 뜨면 죽을지도 모르는데?'

이연우가 눈을 질끈 감고 금괴를 덥석 잡았다. 어쨌든 포섭당한 몸이었다. 생명이 위험하지는 않을 것 같았다. 게다가 그에게는 최후의 수단인 주사위도 있었다.

남자는 눈을 크게 뜨고 한 번을 깜빡이지 않다가, 금괴가 이연우의 주머니로 들어가자 총을 내려놓았다.

"하하. 진작에 이러면 좋지 않습니까. 총알만 아깝게."

"…당신들이 원하는 대로 받았습니다. 끝입니까? 아니면 뭐가 더 있습니까?"

이연우는 신체나 정신에 문제가 생겼는지 확인하다가, 딱히 이상이 느껴지지 않자 계단을 보았다.

계단을 막은 여자는 비킬 생각을 하지 않았다. 총은 안주머니에 넣었지만, 계단 가운데에 서 있었다.

남자가 웃었다.

"있죠. 황금을 받았으니까, 그 대가를 치러야죠. 이연우 씨, 솔직하게 대답하세요."

이연우의 몸이 굳었다. 고개가 저절로 돌아가 남자의 입을 보며 그가 질문하기만을 기다렸다.

"골드버그클럽에 가입할 생각입니까? 진심으로? 거짓 없이?"

이연우는 대답했다.

"아뇨."

"아, 그래요? 그럼 돌아가서 보고할 생각?"

"예."

이연우가 눈을 질끈 감았다. 입이 통제를 벗어나 혼자 움직였다. 입을 막으려 해도 손이 움직이지 않았다.

"우리한테 거짓말을 했던 거네?"

"예."

남자는 눈을 가늘게 뜨고 이연우를 노려봤다.

"이연우 씨, 일어나세요."

드르륵.

의자를 뒤로 밀며 이연우가 일어났다. 이연우는 아랫입술
을 살짝 씹었다.

'…이것저것 가릴 상황이 아니야.'

거짓말이 들통났다. 금괴로 조종까지 당하는 상황, 좋게 넘
어가기를 바랄 수는 없었다. 이연우는 최후의 수단부터 불렀다.

'주사위.'

짧은 순간 가속하는 사고. 주사위에게 빠르게 의지를 전
했다.

'금괴인지 뭔지 저항하고, 저놈들한테 사고 일으켜. 총기도
고장 내고, 철창 안에 있는 사람들 깨우고, 철창도 열고…'

이상에 저항하고, 부조리의 악마를 흉내 내고, 아무튼 온

갖 수단이 주르륵 흘러나왔다.

데구르르.

주사위가 신난 듯이 펄쩍 뛰어올랐다. 춤추듯이 구르기를 잠시. 첫 번째 판정, 금괴에 저항하기의 결과가 나왔다.

쾅!

그리고 두 번째로 주사위를 굴리려는 순간, 남자의 목소리가 들려왔다.

"이연우 씨, 멈추세요. 굴렸으면 중단하고, 앞으로도 굴리지 마세요."

"예."

주사위가 시무룩하게 멈췄다. 금괴에 강제된 이연우가 주사위 굴리기를 취소했다. 판정은 못 뒤집어도, 결과가 나오기 전에 취소할 수는 있었다.

새로운 사용법을 알았음에도, 이연우의 표정은 무겁게 가라앉았다. 그의 시선이 철제 책상을 스쳤다. 이연우가 직접 주사위에 대해 보고한 문서.

남자는 이연우의 표정과 보고서를 번갈아 본 뒤, 무덤덤하게 질문했다.

"이연우 씨, 방금 주사위 굴렸습니까?"

"예."

남자가 서늘한 눈으로 이연우를 노려보았다. 이연우 역시 침착한 눈으로 남자의 시선을 받아쳤다. 당황할 필요 없었다.

'주사위에 집착하지 마.'

주사위는 비장의 카드일 뿐, 주사위는 도구지 이연우가 아니었다. 시험부터 오류까지, 오직 몸 하나만 가지고 살아남았다.

냉정하게 가라앉는 정신과 칼날처럼 벼려지는 본능.

남자는 날 선 표정의 이연우를 보다가 질문을 던졌다.

"뭘 요구하면서 굴렸습니까? 결과는 어땠고요?"

"금괴에 저항하기. 실패했습니다."

이연우는 질문을 왜곡하여 해석해서 진실을 감췄다. 사고 같은 것은 말하지 않았다. 결국 다른 것들은 주사위를 굴리기도 전에 저지당하지 않았나.

그 사실을 알지 못하는, 그리고 금괴를 과신한 남자는 표정을 풀며 피식 웃었다.

"저항? 어설프네요. 신입답다고 해야 하나. 하긴, 그 주사위로 로또나 주식도 안 했죠? 참 순수해서 보기 좋아요."

이연우는 입을 꾹 다물었고, 남자는 고개를 저었다.

"함께하면 좋았을 텐데."

남자가 총을 챙겨 정장 안주머니에 넣고, 여자가 슬슬 일어나 엉덩이를 털었다.

"내가 뭐랬어. 설득 못 할 거라고 했잖아."

"이제 회사원도 아닌데, 사람이라도 포섭해서 가면 좋잖아."

"실패했잖아, 멍청아."

"그럼, 사람은 포기하고 다른 거라도 가져가는 거지."

남자는 두 손을 넓게 펼친 뒤, 흩어진 서류를 대충대충 하나로 그러모으기 시작했다. 순서나 분류 따위에 상관없이 뭉쳐진 서류 묶음이 서류 가방으로 들어갔다.

여자는 총을 품에 숨기고, 녹슨 캐비닛을 순서대로 열기를 반복했다. 고막을 긁는 마찰음이 이어지기를 잠시, 그녀가 혀를 찼다.

"여기는 언제 버려진 거야. 챙길 게 없네."

"그래도 수확이 제법 커."

남자가 책상 밑으로 들어간 의자를 드르륵 당겼다. 그곳에는 유치장의 열쇠와 정보부 요원의 신분증과 보안 카드, 노트북, 자그마한 기계장치, 그리고 외장 하드가 쌓여 있었다.

남자는 그중 유치장 열쇠를 들어 이연우에게 가볍게 던졌다.

"받으세요."

이연우가 손을 뻗었으나, 열쇠는 손가락 사이로 빠져나가 바닥으로 툭 떨어졌다.

이연우가 몸을 숙여 열쇠를 줍는 동안, 도망칠 준비를 마친 남자와 여자는 나란히 서서 이연우를 보았다. 가장 큰 수확이 그곳에 있었다.

기대와 욕망을 품은 눈이 반짝였다.

남자가 말했다.

"이연우 씨. 그 주사위, 우리한테 넘길 방법 있습니까?"

"모르겠습니다."

"정말요? 최선을 다해 생각해보세요. 못 떠올리면 당신 죽으니까."

남자가 사제 권총이 들어가 불룩 솟은 가슴팍을 툭툭 쳤다. 여자의 목소리가 이어졌다.

"우리라고 굳이 죽일 생각은 없어. 그런 짓 하면 적대 등급이 올라가니까. 그런데 네가 협조하지 않으면 죽일 거야. 왜? 정신에 기생한 이상 개체는 보통 숙주가 죽으면 실물을 드러내니까."

"이연우 씨, 이해해주세요. 회사에서 도망치는데 주사위 정도는 가져가야 하지 않겠습니까."

주사위는 적대 등급 상향을 감수할 만한 가치가 있었다.

이연우는 시선을 내리깔고 고민하다가, 고개를 살짝 들었다.

"주사위를 굴려보면 될 듯합니다."

"아하. 소유권 이전 같은 걸로? 하세요. 딴 내용으로 굴리지는 말고."

남자의 명령에 따라 이연우가 주사위를 굴렸다. 데구르르, 회전하는 주사위. 이연우는 온 정신을 집중하여 주사위를 보았다.

'뭐가 나와도 괜찮아.'

주사위가 멈췄다.

쾅!

"꽝입니다."

"다시 굴리세요."

데구르르.

꽝!

"꽝."

"다시."

데구르르.

실패!

"실패입니다."

남자의 표정이 굳었다. 그가 말했다.

"…거짓말 아니죠? 솔직하게 대답하세요. 결과 속였습니까?"

"아뇨."

이연우는 떳떳하게 가슴을 폈고, 마른 입술을 핥은 뒤 입을 열었다.

"그리고 이러다가 대실패라도 나오면 저를 죽여도 못 가져 갈 겁니다."

"…그럼, 지금 죽이고 가져가야겠네요."

"그것도 힘들 겁니다."

남자가 고개를 기울였다. 이연우는 주사위를 얻었을 당시 상황에 대해 말했다.

"대성공이 나오고 기생당했습니다. 대성공 전까지는 못 가 져갈 겁니다. 그리고 반대로 대실패가 나오면… 무슨 일이 일어날지 모르겠네요."

이연우가 서류 가방을 힐긋 보았다. 남자는 이연우의 보고서를 떠올렸다. 위상학적 차원 이동까지 일으켰던 주사위를.

그리고 그들에게 남은 시간을.

남자와 여자는 잠시 서로를 바라보더니, 한숨을 푹 쉬었다. 여자가 몸을 돌렸다.

"포기하자. 시간 없어."

"슬슬 이상한 걸 알아차릴 때가 되긴 했지."

남자는 의자에 놓인 자그마한 기계장치를 보았다. 정보부 요원의 위치를 파악하고, 일정 주기로 회사와 통신하는 기기가 붉게 깜빡였다.

그 옆에 놓인 외장 하드를 서류 가방에 넣은 남자가 가방을 여자에게 휙 던졌다.

"이거라도 챙기고, 차 시동 걸고 있어."

"넌 뭐 하게."

"글쎄. 화풀이?"

"멍청아, 시간 없다니까."

"장난이고, 대충이라도 현장 조작해두게."

"빨리 와. 늦으면 알지?"

여자가 마지못해 계단을 올랐다.

이연우는 긴장을 놓지 못하고 그들을 보다가 남자와 시선을 마주쳤다. 남자가 이연우의 손을, 그 손에 잡힌 유치장의 열쇠를 가리켰다.

　"이연우 씨, 유치장 문 열고 그 안에 있는 사람들 죽이세요."

　남자가 빙그레 웃었다.

　"조사를 받다가 발각되어서 정보부 요원을 죽인 이상 개체 느낌으로."

　식은땀이 뚝뚝 흘렀다. 심장이 쿵쾅거렸다. 팔다리가 멋대로 움직이며 유치장으로 다가갔다. 낡고 녹슨 지하실에서도 여전히 튼튼한 쇠창살과 점차 거리가 가까워졌다.

　이연우가 다급하게 입을 열었다.

　"저기요. 아니… 선배님, 꼭 이럴 필요까지 있습니까? 굳이 이렇게까지…"

　"뭐, 고마워하셔도 됩니다."

　"예? 아니, 뭘…"

　"살인도 경험 아니겠어요? 훈련이라고 생각하세요."

　"뭔 개 같은 소리를!"

　철컥. 철컥.

　이연우의 벌벌 떨리는 손이 몇 번의 헛손질 끝에 잠금장치에 열쇠를 꽂아 빙글 돌렸다. 뻑뻑한 경첩이 비명을 지르며 유치장이 열렸다.

　죽은 듯이 자는 두 명의 남녀.

　뒤에서 남자의 목소리가 들려왔다.

"농담입니다, 농담. 큰 효과는 없겠지만, 당신이 누명 쓰면 그만큼 회사의 인력이 분산되지 않겠어요? 우리 쫓는 것도 늦어지고…"

"고작 그딴 것 때문에…!"

이연우가 목에 핏대를 세우면서 소리를 질렀다. 피라도 토할 것처럼 악을 써 잠자는 사람을 깨우기 위해.

이연우의 눈이 간절함을 품고 두 명의 남녀에게 향했다.

정장을 빼입은 정보부 요원.

가까운 거리의 남자 요원은 대자로 누워 자고 있었고, 조금 먼 거리의 이서연은 두 다리를 쭉 펴고 아기처럼 색색 숨 쉬고… 그때, 이연우가 이상한 점을 눈치챘다.

'이서연? 다리 잘렸을 텐데?'

분명히 절단된 다리가 멀쩡하게 있었다. 정장 바지와 양말과 구두에 가려서 피부가 보이지 않아, 의족인지 뭔지는 알 수 없었다.

이연우는 의문을 품을 시간도 없었다. 이 순간에도 몸은 명령을 수행하기 위해 움직였다.

이연우가 할 수 있는 건, 죽이는 방법을 선택하는 것뿐.

'패 죽인다. 죽어라 패면 일어나겠지. 일어나야 해.'

이연우는 정보부 남자 요원 위에 올라타 두 주먹을 번쩍 치켜들고 내리쳤다. 번갈아가면서 연타하는 주먹.

그리고 남자 요원과 눈을 마주쳤다.

"…"

잠자는 사람처럼 호흡을 유지하며 아주 가늘게 뜬 눈. 잠에 취한 남자 요원의 눈에 초점이 잡히며 서늘한 기운이 스쳤다.

그리고 다음 순간, 요원이 와락 일어서며 이연우를 밀쳐냈다. 이연우는 종이 인형처럼 밀려나 창살에 머리를 박았다.

"윽!"

찰나의 빈틈.

남자 요원은 이서연의 발목을 잡고, 그대로 다리를 뽑았다. 양말을 신고 구두를 신은 의족이 쑥 뽑혀 나왔다.

의족을 치켜든 요원이 외쳤다.

"꼼짝 마! 움직이면 터뜨린다!"

이연우가 당황한 눈으로 보며, 여전한 명령을 수행하기 위해 일어설 때였다. 남자가 벼락같이 외쳤다.

"멈춰!"

이연우가 일어서던 자세로 엉거주춤하게 멈췄다. 언뜻 남자가 발끝으로 바닥을 툭툭 차는 소리가 들렸다.

"미치겠네. 의족에 폭탄을 박아?"

"내 몸에도 폭탄이 있다! 조금이라도 움직이면 둘 다 터지는 거야!"

요원의 동공이 확장되었다. 그는 당장이라도 폭탄을 터트릴 사람처럼 으름장을 놓으면서도, 시야를 넓게 두었다.

천장에서 늘어진 백열등 아래로 보이는 낡은 지하실.

잘 자고 있는 신입 요원 이서연과 곤란한 듯 발을 동동 구르는 남자와 주머니에서 금괴가 삐죽 튀어나온 이연우.

상황 파악이 끝났다. 요원이 의족으로 황금을 가리켰다.

"헛짓거리하지 말고 금괴부터 가져가! 딴소리하면 바로 터뜨린다!"

"하… 이연우 씨, 금괴 돌려주세요."

이연우는 주머니에서 금괴를 꺼내고는 잠깐 멈칫했다가, 전력을 다해 남자에게 던졌다. 어떻게 돌려주라는 말은 없었으니까.

금괴가 황금빛을 뿌리며 날아가 남자의 손에 척 잡혔다.

남자가 눈살을 찌푸렸다.

"안 좋은데."

대가를 강제하는 황금이 주인의 손으로 돌아갔다. 이연우를 구속하던 강제력이 사라졌다.

'좋은데.'

이연우가 느릿하게 손발을 뻗었다. 엉거주춤한 자세로 서 있느라 피가 안 통했던 사지가 시원하게 풀렸다.

'주사위 굴릴까? 아냐, 참아.'

보아하니 상황이 썩 괜찮았다. 위험을 감수하고 주사위를 굴릴 필요가 없었다. 그가 굳이 무얼 하지 않아도 될 듯했다.

남자는 폭탄이 박힌 의족과 이연우를 번갈아 보다가, 두 손을 천천히 들어 올렸다.

"좋아요. 허튼짓 안 하겠습니다. 그러니까 진정부터 하세요. 그거 터지면 나나 당신들이나 다 죽습니다."

"죽을 각오도 안 한 요원이 있을까?"

"특전대원이라고 안 했겠습니까? 다 똑같은 사람들이니까. 아니, 조사원은 다른가."

남자와 요원의 시선이 이연우에게 향했다.

죽어서라도 목적을 이루는 특전대원이나 요원과는 달리, 어떻게든 살아남아서 정보를 전달하는 조사원. 근본적인 목적과 행동 양식에 차이가 있었다.

남자가 은근히 회유하듯 시선을 보냈고, 요원은 경계하듯

슬금슬금 멀어졌다.

하지만 이연우는 태연하게 어깨를 으쓱였다.

"저는 신경 쓰지 말고 터뜨리세요."

거꾸로 남자를 협박하는 분위기를 망칠 수는 없었다. 진짜로 터뜨릴 지경까지 가지도 않을 듯했고.

"이연우 씨, 그러면 우리 다 죽는다니까?"

"저는 살 수 있을걸요?"

이연우가 입으로 데구르르, 주사위 굴리는 소리를 냈다. 남자의 표정이 어두워졌다.

"그거 보니까 실패만 하던데…"

"그만큼 실패했으니까, 이제 성공 뜨겠죠. 요원님, 계속하시죠."

하지만 요원은 계속 뒷걸음쳐서 유치장 구석에 가서야 멈췄다. 요원이 이연우의 얼굴을 확인했다. 그가 중얼거렸다.

"이연우… 조사받기로 했었지. 너도 꼼짝 마! 움직이면 터뜨린다!"

"아니…"

이연우는 한 손으로 얼굴을 쓸어내린 후, 남자처럼 두 손을 들고 아예 털퍼덕 주저앉았다. 그가 요원을 올려다보았다.

"가만히 있을 테니까, 요원님이 알아서 하십쇼."

요원이 이연우를 잠깐 주시하다가, 고개를 돌려 남자를 보았다. 남자는 그사이에 의자에 앉아서 손가락으로 책상을 툭툭 치고 있었다. 손가락 앞에는 요원의 신분증이 있었다.

"이름이… 김갑동? 이거 진짜 이름 맞아요? 가명 같은데?"

"내가 꼼짝 말라고 했지!"

"터뜨리든가. 그런데 지금 우리가 그렇게 극단적으로 갈 상황은 아니지 않나? 대화로 해결하자고요."

김갑동 요원은 버럭 소리를 질렀다.

"대화하고 싶으면 외장 하드랑 문서부터 내놔!"

"아, 그거… 여기 없는데."

남자가 어깨를 으쓱였다. 손을 펼쳐 보란 듯이 지하실을 쭉 가리켰다.

다 열린 캐비닛. 숨길 곳도 없이, 지하실은 휑하니 비어 있었다.

순간, 김갑동의 얼굴이 핼쑥하게 변했다. 피가 빠져나간 사람처럼 창백한 얼굴. 입술을 파르르 떨다가 이연우를 보았다. 저 말이 진짜냐는 듯.

이연우가 고개를 끄덕였다.

"같이 있던 여자가 들고 올라갔어요."

"그러면! 가지고 돌아오라고 해! 빨리!"

남자는 느긋하게 다리를 꼬았다.

"늦었지. 내가 있는 부대 수칙이 그래요. 떨어진 상황에서 5분 이상 연락 없으면 사망으로 간주하거든. 문제 생긴 거 짐작하고 진작 출발했을걸?"

"아, 젠장. 망했네."

김갑동이 의족을 축 늘어뜨렸다. 의족의 허벅지 모서리가 유치장 바닥을 딱 쳤다.

이연우는 앉은 자세로 슬그머니 의족으로부터 물러섰고, 남자는 손뼉을 짝 쳤다.

"자, 나는 금괴 도로 가져갔고 총도 안 꺼냈고, 김갑동 요원은 진정하셨고. 대화합시다."

"배신자와는 대화하지 않는다…"

"그러지 말고."

김갑동은 세상이 무너진 얼굴로 허망하게 남자를 보았지만, 남자는 여유롭게 웃으며 의족과 김갑동을 가리켰다.

"사람 몸에 폭탄 박아 넣는 정보부. 계속 일하고 싶어요? 이 기회에 골드버그클럽에 가입하시죠?"

이어, 남자의 눈이 이연우에게 향했다.

"당신이 도우면 주사위 회수할 시간도 벌고, 현장도 깔끔하게 조작할 수 있을 거 같은데?"

김갑동 요원이 문제없다고 보고하여 시간을 벌 수 있다면, 이연우를 죽여 주사위를 회수하겠다는 의미였다.

이연우가 심드렁하게 말했다.

"주사위 굴립니다. 저거 폭탄 터지라고."

남자가 협박했지만, 이연우는 자유를 찾았다. 게다가 목숨이 위협받는 상황. 뒤가 없는데 뭘 더 가릴 생각도 없었다.

"폭탄도 돌리고, 지하실 붕괴도 돌리고, 심장마비도 돌리고, 총기 폭발도 돌리고, 다 돌릴 거예요. 하나는 성공하겠지."

그러고는 김갑동 요원을 따라, 남자를 노려봤다.

"금괴든 총이든, 뭐 꺼내려는 낌새만 보여도 돌릴 겁니다."

"잘못하면 당신도…"

"나 혼자 죽어서 이상 개체 적출당하는 것보다는 낫겠지."

남자는 이연우의 눈동자를 유심히 보았다. 냉정하고 침착했다. 허세나 가짜 광기가 아니었다. 상황도 그랬다.

이연우는 옆에 서 있는 요원에게도 말했다.

"요원님도 똑같아요. 이상한 짓 하지 마세요. 할 일만 하세요."

"그… 알겠습니다."

김갑동 요원이 손을 파르르 떨며 유치장 벽에 등을 바짝 붙였다. 의족이 질질 끌렸다.

그 후로 세 명은 잠깐 입을 다물고 있었다. 이곳에서 이렇게 죽고 싶은 사람은 없었으니까. 조금의 시간이 지난 후, 남자가 입을 열었다.

"이렇게 합시다. 여기서 깔끔하게 헤어지자고요. 나는 도망치고, 당신들은 남아서 할 일 하고."

"안 돼!"

김갑동 요원이 소리를 질렀다. 그는 텅 빈 지하실을 의족으로 가리킨 후, 남자를 노려봤다.

"정보 탈취당한 것만 해도 징계가 얼마나 큰데! 너라도 붙잡아야지!"

"내가 잡힐 것 같아요? 김갑동 씨, 머리가 있으면 생각을 해보세요."

남자는 답답한 표정으로 가슴을 쿵쿵 치다가, 자연스럽고 재빠른 손길로 품 안의 권총을 꺼내 의족을 겨눴다. 화약 냄새가 가시지 않은 권총.

남자는 무표정한 얼굴로 무감정하게 말했다.

"잡히면 형벌 부대로 갈 텐데, 차라리 여기서 죽고 말지."

폭탄은 하나였지만, 세 명 모두 폭탄을 터뜨릴 수 있었다. 그리고 터뜨려야 할 상황이라면 망설임 없이 터뜨릴 준비도 마친 사람들이었다.

긴장이 흐르는 그 순간이었다.

데구르르.

뭔가 이상함을 느낀 남자의 눈동자가 총기를 보는 순간, 총기가 폭발했다. 장전된 총탄부터 탄창의 총탄까지, 일제히 폭발하며 총기 파편을 흩뿌렸다.

붉은 불꽃이 확 일어났다가 사라진 자리.

너덜너덜해진 손을 잔뜩 일그러진 표정으로 보던 남자가 이연우를 보았다.

"너!"

이연우는 초점이 잡히지 않은 눈으로 허공을 보다가, 시선을 내려 남자를 보았다.

"내가 말했지 않나. 총 뽑으면 돌린다고."

총기 폭발 판정. 주사위를 굴린 게 성공했다.

남자의 무장이 사라졌다.

다음 순간, 김갑동 요원이 튀어 나갔다. 검처럼 치켜든 의족이 백열등을 치고 남자에게 강하게 내려찍혔다.

부웅!

흔들리는 백열등 아래, 남자는 머리를 가리고 낮은 자세로 요원에게 몸을 들이박았다.

퍼억!

남자의 등을 내리친 의족이 바닥을 굴렀다. 요원은 팔꿈치로 남자의 등을 내리치고 무릎을 올려 찼지만, 남자의 힘을 이기지 못하고 밀려나 유치장의 창살에 쾅 부딪혔다.

김갑동 요원이 다급하게 외쳤다.

"이연우! 돕지 않고 뭐 해!"

이연우가 어떻게 반응하기도 전에, 남자가 김갑동의 주머니에 피 묻은 금괴를 쑤셔 넣었다.

김갑동이 금괴를 받았다.

"김갑동 요원, 이연우가 추적하지 못하게 막으세요! 계속!"

금괴에 구속된 김갑동은 이를 부득부득 갈며 유치장으로 들어와, 이연우를 제압하기 위해 손을 들었다.

몸을 편 남자가 웃었다.

"그럼 고생하십쇼! 징계 잘 받고!"

망가진 손에서 피를 뚝뚝 흘리며 계단을 오르는 남자.

김갑동은 이연우를 향해 손을 뻗다가 멈췄다. 이연우가 쫓을 생각이 없다는 듯, 두 손을 만세 하고 자리에 앉아 있었으니까.

"저는 쫓아갈 생각 없습니다. 저 혼자 쫓아간다고 잡을 수 있는 것도 아니고."

"…그러면 나는 당신을 막을 필요 없고?"

"당연하죠. 저 혼자 추적해서 뭐 합니까."

금괴의 명령이 수행되었다. 금괴에 구속된 김갑동과 싸울 생각 없는 이연우가 서로를 어색하게 보다가, 같은 일을 동시에 진행하였다.

"이서연 견습 요원, 잘 시간 아니야."

"서연 씨, 일어나세요."

이연우는 이서연의 어깨를 잡고 흔들고 뺨을 찰싹 쳤다. 이서연은 침을 질질 흘리면서 자다가 눈을 떴다.

"으…? 아!"

상체만 벌떡 일으켜 주변을 두리번거리던 이서연이 이연우를 보고 눈을 동그랗게 떴다.

"이연우 씨! 언제, 아니… 뭐지? …아!"

잠기운에 취해 흐렸던 이서연의 눈동자가 또렷해지며, 과거를 떠올렸다.

골드버그클럽으로 의심되는 두 사람의 무장을 해제하다가 금괴를 소매 넣기 당한 김갑동 선임 요원과, 금괴에 당해 잠들어버린 김갑동을 구하기 위해 대신 금괴를 들었던 자신을.

"골드버그클럽! 어떻게 됐나요!"

"이서연 견습 요원. 우선 나부터 구속해. 내가 금괴에 당해서."

"앗, 예. 잠깐만요."

이서연이 허리띠를 푼 뒤, 외발로 콩콩 뛰어 김갑동의 손과 철제 책상의 다리를 엮어 묶었다.

김갑동 요원이 한숨을 쉬었다.

"이제 상부에 보고하자. 의심되던 두 사람은 골드버그클럽이 맞았고, 정보를 탈취하였으며, 우리는 조사원 이연우의 심문을 시작하겠다고."

두 정보부 요원이 이연우를 보았다.

심문은 편안한 분위기에서 진행되었다.

김갑동 요원은 허리띠에 두 손이 묶인 채 이서연이 귀에 꽂아준 통신 장치로 뭐라 뭐라 통신하였고, 의족을 착용한 이서연이 씩 웃으며 의자에 앉았다.

"연우 씨, 오랜만이죠?"

"그러게요."

신입 사원 연수 이후 처음 만났다. 그동안 딱히 따로 연락을 주고받지도 않았는데, 조사받는 사람과 조사하는 사람으로 만났고.

이연우가 어색한 미소를 짓다가, 이서연의 다리로 시선을 옮겼다.

"의족 다셨네요."

"정보부에서 지원한 장비죠. 멋지지 않아요? 이거 보세요."

척, 다리를 뻗듯 의족을 책상에 올린 이서연이 정장 바지를 쭉 걷어 올렸다. 살색 의족이 드러나는가 싶더니, 이서연의 손짓 몇 번에 허벅지 부분이 열렸다.

찰칵.

허벅지 내부의 빈 곳에는 네모난 폭발물들이 있었다. 뼈대가 보이지 않을 정도로 빽빽하게.

"제가 요청해서 넣었어요. 비밀 요원 느낌 장난 아니지 않아요?"

이연우는 눈썹을 파르르 떨다가 김갑동을 보았다. 이 사람은 폭탄을 어디에 감췄나 묻는 눈빛으로. 마침 통신을 마친 김갑동은 식은땀을 닦으면서 고개를 저었다.

"나는 저런 거 없어."

"아까 몸에 폭탄 있다고."

"거짓말이고 허세였지. 아무리 정보부 요원이어도 몸에 폭탄 박는 인간은…"

김갑동과 이연우의 시선이 이서연에게 향했다. 이서연은 부끄럽다는 듯 얼굴을 붉게 물들였다. 그녀는 재빨리 의족의 허벅지 부분을 닫고는, 바지를 내렸다.

"으흠! 아무튼, 연우 씨는 적대 집단의 스파이로 의심되어 조사받으러 왔습니다. 맞죠?"

"…맞습니다."

이연우가 대답하자, 이서연은 고개를 이리저리 돌리며 책상을 둘러보다가 고개를 갸우뚱 기울였다.

"보고서 있지 않았어요? 어디 갔지? 그것도 다 털렸어요?"

"싹 다 털렸어. 놈들도 놓쳤고."

"아… 안 되는데…"

이서연이 발을 동동 굴렀다. 김갑동은 지친 얼굴로 이연우를 보았다.

"이 사람이나 심문해. 이거라도 잘 끝내야 그나마 덜 혼나지."

"그런데, 연우 씨는 스파이 아닌 걸로 잠정 결론 났잖아요."

징계를 두려워하는 두 사람과 달리, 이연우의 표정이 편안하게 풀렸다. 알고 보니 이미 회사의 의심은 풀린 상태였다.

김갑동이 얼굴을 찡그렸다.

"나도 원래는 대충 할 생각이었는데… 지금 대충 하면 트집 잡힌다. FM대로 해."

"FM이라고 하셔도…"

이서연은 이연우를 보았다. 편안하게 앉아 눈을 깜빡이는 이연우. 조사를 거부하거나 저항하거나 속일 낌새라고는 조금도 보이지 않았다.

"그냥 물어보면 다 답해줄 것 같은데."

"그럼요. 뭐든 물어보세요. 뭐가 궁금하십니까? 주사위? 차원 이동? 아니면 당신들이 자는 동안 있었던 일?"

이연우가 얼른 입을 열었다. 굳이 비협조적으로 굴 이유가 없었다.

김갑동이 한숨을 푹 쉬며 책상 다리에 몸을 기댔다. 그가 작게 중얼거렸다.

"난 모르겠다. 이미 망했는데… 이서연 견습 요원 마음대로 해."

"그럼, 심문 실습한다고 생각할게요!"

"그 전에 내 핸드폰부터 꺼내주고."

김갑동은 아예 고개를 꺾고 꽉 묶인 손목을 억지로 비틀어가며 핸드폰을 툭툭 쳤다. 습관처럼 퇴사 후 창업이나 치킨집 오픈 따위를 검색했다.

이서연은 노트북으로 회사 정보망에 접속해 이연우를 조사한 보고서를 화면에 띄웠다.

이서연이 말했다.

"그러면 몇 가지만 물어볼게요. 걱정은 하지 말고요. 그동안 연우 씨가… 와, 실적이 어마어마하네요?"

감독을 생포한 거야 당시에 들었지만, 그 후로도 오류 확산 해결에 기여, 대악마와 계약한 악마 숭배자와 조우, 이차원으로 이동하여 제임스 콩 조사원의 보고를 전달 등등…

"이상을 이렇게 많이…!"

이서연의 눈빛이 반짝반짝 빛났다. 목소리도 흥분을 품고 높아졌다. 반대로 이연우의 표정은 썩어 들어갔다.

"내가 원한 게 아닌데… 그리고 좋은 거 아닙니다. 매번 죽을 뻔했습니다."

"그래도 그 덕에 정보부에서도 연우 씨를 스파이로 크게 의심하지는 않아요. 충실한 조사원이라고 판단했어요. 대신…"

스으윽.

이서연은 노트북을 옆으로 치웠다. 흥분을 가라앉힌 이서연이 이연우와 눈동자를 마주했다.

"이상 개체는 아닐까, 의심하고 있어요. 그것도 이상을 끌어모으는 개체로요."

"아."

이연우는 고개를 살짝 숙이며 탄식을 내뱉었다. 그가 생각해도 이상할 정도로 이상과 조우하는 빈도가 지나치게 잦았으니까.

오늘만 해도 대충 조사받고 끝날 일이었는데, 골드버그클럽인지 뭔지와 다투지 않았나.

"저는 아니라고 생각하는데… 이제는 저도 모르겠네요. 혹시 조사받으면 알 수 있습니까? 내가 이상 개체인지, 아니면 이상의 영향을 받았는지."

저주라거나, 운명이 뒤틀렸다거나, 전설이나 동화에 나올 법한 이상 현상에 당했다거나.

"그건 정보부 업무가 아니라, 이상 검사과로 가야 할걸요? 아무튼! 질문할게요!"

이연우가 고개를 들고, 이서연의 입이 열리기를 기다렸다.

"주사위 언제 얻었어요?"

"보고서에 쓴 대로, 오류 확산이 진정될 때 얻었습니다."

"인간자격시험 전후로 얻은 거 아니고요? 솔직히 말씀하셔도 돼요. 어차피 지금 이상 소유 자진 신고 기간이라 사소한 거짓말은 문제없을 거예요."

"아니, 거짓말 아닌데…"

이서연이 다시 노트북을 끌어와 이연우의 기록을 훑었다. 이연우의 일생을 조사한 문서를 지나, 이연우가 주사위를 보고한 문단에서 커서가 멈췄다.

"주사위의 결과가 다섯 개죠. 대성공, 성공, 꽝, 실패, 대실패. 그동안 주사위를 굴렸다가 안 좋은 결과가 나와서 이상과 조우한 게 아닌가요?"

주사위에 실패가 떠 내가 죽어야 하는 이유의 격리 실패를 야기하고, 예술가협회의 습격을 부르고, 악마 숭배자와 조우한 게 아니냐는 질문.

이연우는 느릿하게 고개를 저었다.

"차라리 그랬으면 좋겠습니다."

"그러면 이상 개체일 확률이 더 올라가는데… 연우 씨가 아무것도 안 했는데 막 만난 거잖아요."

"그게… 그렇죠."

탁탁.

이서연은 노트북 화면을 보며 키보드를 두들겼다. 입술을 달싹이면서 써 내려가는 문장을 작게 중얼거렸다. 이연우는 긴장하여 그녀의 중얼거림에 집중했다.

"심문 완료… 스파이 혐의 없음… 이상을 끌어모으는 이상 개체로 의심됨… 검사가 필요하다고 생각됨…"

이연우가 마른침을 삼켰다.

'이상 개체로 의심. 앞으로 어떻게 될까. 실험실? 구속? 감금?'

탁!

선고하듯 힘차게 엔터를 내리친 이서연이 기지개를 쭉 켰다.

"네, 조사 끝났어요! 이제 이연우 씨는 조사원 업무에 복귀하면 돼요!"

"…예? 이게 끝이라고요? 실험실로 끌고 간다든지, 부서를 이동한다든지 그런 거 없습니까?"

이연우가 안심하다 못해 당황한 눈으로 이서연을 보았지만, 그녀는 말똥말똥한 눈으로 고개를 끄덕였다.

"여기서부터는 저희가 할 일이 아닌데요. 이상 개체 증명하고 관리하는 건 우리 담당이 아니라 다른 부서라서요. 그래서 후속 조치는…"

이연우가 그 목소리에 귀를 기울였고, 이서연은 고개를 기울였다.

"잘 모르겠네요."

"그래도 비슷한 사례나 예상 같은 건 있지 않습니까."

"저는 견습 요원이라… 선임 요원님, 어떻게 될 거 같아요?"

김갑동이 핸드폰을 보다가 고개를 들었다. 손가락을 억지로 꺾어가며 통장 잔고와 적금을 보던 김갑동은 우울한 눈으로 이연우를 보았다.

"후속 조치 없을걸."

"없다고요?"

"조사반 반장님이 엄청 커버 쳤어. 그리고 당신 특성, 조사 원 일에 딱 맞잖아. 굳이 다른 곳으로 인사 이동할 이유가 없지."

가만히 있어도 이상 개체가 모여든다. 그것도 회사의 조사 원을 중심으로.

김갑동 요원이 보기에 이연우는 조사반의 부모 감별사처 럼 조사원으로 계속 일할 터였다.

"이상 검사도 안 받습니까?"

"이제는 이상 검사과에서 안 받아주지. 통제 안 되는 주사 위까지 있다며. 검사하겠다고 데려갔다가 사고 터지면 어쩌게."

이연우는 순수하게 좋아하지 못하고 이상한 표정을 지었 다. 검사를 피한 건 좋긴 한데, 말을 들어보니 회사는 이미 이연 우를 반쯤 이상으로 취급하고 있었다.

"이미 회사원 사이에 은근히 소문 퍼졌어. 조사반에 같이 일하면 안 될 사람이 하나… 아니다."

주절주절 이야기를 늘어놓던 김갑동이 말을 끊었다. 당사 자 앞에서 할 말이 아니었다. 그는 슬그머니 이연우의 시선을 피했다.

하지만 이연우는 딱히 신경 쓰지 않고, 정신 한편에 선명하게 느껴지는 주사위를 보았다.

"…주사위는 어떻게 합니까? 이건 확실한 이상 개체인데."

"아! 그건 제가 알아요! 이연우 씨의 보고서를 바탕으로 이상 목록에 기록했고, 자진 신고 기간이라 따로 징계는 없어요."

"회수도 안 할 거야. 조사 업무에 사용하는 장비로 취급할걸."

조사원의 생존을 돕는 장비. 회사는 충실한 직원이 직접 얻은 장비까지 빼앗지는 않는다.

귀찮은 실험도 반장이 막았다. 이연우나 주사위나 함부로 손댈 생각은 하지도 말라고 아주 으름장을 놓았다던데.

'그리고…'

무엇보다 직원 하나, 이상 하나까지 세세하게 신경 쓰기에는 회사의 상태가 좋지 않았다.

김갑동은 제법 경력이 되는 정보부 요원으로서, 회사의 운영이 많이 이상해졌다는 걸 피부로 체감하고 있었다.

'본사에서 고급 인력부터 핵심 인력까지 다 빼 가고, 예산은 줄이고, 중요 자원은 알 수 없는 곳으로 옮기고, 적대 집단 대응은 거의 손 놓고. 도대체 회사에 무슨 일이…'

드르륵.

의자가 밀리는 소리. 가라앉은 눈으로 생각을 이어가던 김 갑동이 고개를 들었다.

이연우가 자리에서 일어났다.

"심문 끝난 거 맞죠? 저는 이만 가보겠습니다. 아, 물론 골드버그클럽은 안 쫓아가요."

"나는 당신을 막을 필요 없고."

여전한 금괴의 구속을 회피하기 위한 말.

이서연이 해맑게 손을 흔들었다.

"다음에 강열 씨까지 같이 밥 한번 먹어요! 동기끼리!"

"좋죠. 그런데 강열 씨는 뭐 하고 있습니까?"

"아직 기초 훈련 중일걸요? 특전대 입대하면 몇 달 동안 훈련받는다던데."

"그러면 나중에 봅시다."

이연우가 뒤도 돌아보지 않고 열심히 계단을 올라갔다. 이곳에 더 있기 싫다는 듯, 재빠른 걸음 소리가 멀어지다가 아예 사라졌다.

계단을 보던 김갑동이 책상 다리에 묶인 손을 흔들었다. 덜컹거리는 책상.

"이제 풀어줘."

"옙."

꽁꽁 묶은 허리띠가 풀리자, 김갑동 요원은 얼마나 꽉 조였는지 하얗게 질린 손목을 몇 번 돌렸다. 그는 저린 손을 뻗어 의자 아래 붙은 녹음기를 꺼냈다.

"다른 관측 장치도 회수해. 잠든 동안 무슨 일 있었나 확인하자."

혹시, 자는 동안 이연우가 포섭되어서 골드버그클럽과 짜고 연극을 했을지도 모르지 않나.

이서연과 김갑동은 지하실 구석구석에서 카메라와 녹음기를 꺼내 내용을 확인한 뒤, 이연우를 회사에 충성하는 직원으로 상부에 보고했다.

그렇게 이연우는 조사원으로 복귀했다.

시간

42

이연우는 조사원으로 복귀했다.

아침 일찍 일어나 출근하고, 사무실에서 적당히 시간을 보내다가 퇴근하면 체력을 키우기 위해 운동하는 나날이 반복되었다.

하루, 이틀, 1주, 2주… 평화로운 하루가 계속됐다.

조사 업무나 사무 작업도 없이, 월급만 받는 생활.

하지만 일상을 즐기던 이연우는 어느 순간부터 불안을 감추지 못했다.

달달. 달달.

슬리퍼가 쉴 새 없이 흔들리며 바닥을 때렸다. 이연우는 볼펜 꼭지를 아드득 씹으며, 멍하니 모니터를 보았다.

옆자리의 유지유가 이연우의 어깨를 툭 쳤다. 그녀는 또 그러느냐는 얼굴로 이연우를 보았다.

"어휴, 그렇게 불안해요? 아무 일도 없으면 좋잖아요."

"그게 맞는데…"

이연우는 이빨 자국이 남은 볼펜을 책상 위에 올리고는 의자에 기대 천장을 올려다봤다.

"이렇게 평화로워도 되나 싶어서요…"

이상을 마주치지 않은 지 2주가 지났다. 처음에는 좋았지만, 이제는 불안했다. 괜히 이상이 한 번에 몰려와서 큰 사고가 터질 것도 같았고, 뜬금없이 적대 집단이 습격할 것도 같았다. 아니면 갑자기 주사위가 대실패를 띄우거나.

유지유는 이연우의 처진 어깨를 토닥였다.

"특별히 평화로운 게 아니라, 원래 이런 거예요. 이연우 씨가 그동안 운이 너무 없었던 거고요."

"지유야, 그건 모른다. 쟤 또 조사 나가면 귀신같이 이상 개체 만날지도 몰라."

반장이 책상 칸막이 너머에서 끼어들었다가, 유지유의 눈총을 받았다.

"반장님! 후배를 위로해줘야죠. 왜 못된 소리를 하세요."

"나쁜 소리가 아니라, 방심하지 말라고."

"반장님."

이연우의 목소리였다. 무겁고 각오를 품은 목소리. 반장은 책상 칸막이 위로 눈을 빼꼼 내밀었다. 어딘가 난처한 듯한 반장의 목소리가 이어졌다.

"아니… 신입아, 일부러 나쁜 말 한 게 아니라…"

"혹시 조사 업무 들어온 거 없습니까? 일을 해봐야 마음이 편해질 것 같습니다."

진짜로 그동안 운이 없었던 건지, 이제 원래대로 돌아온 건지. 확신을 가질 기회가 필요했다. 그 기회가 혹여 위험한 조사 업무더라도.

이연우의 눈을 보던 반장이 머리를 긁적였다.

"없는데."

"지금 2주가 넘게 지났는데, 일이 하나도 없습니까?"

"한 달에 보통 한 개에서 세 개 들어오니까, 이상한 일은 아니지."

"아…"

이연우가 고개를 푹 숙였다. 지우지 못하는 불안이 계속해서 머릿속을 헤집었다.

다시 다리를 달달 떠는 그때였다. 다음 순간 이어진 반장의 말에 이연우가 고개를 들었다.

"신입아, 그렇게 가만히 못 있겠으면 여기라도 다녀오는 게 어떠냐?"

"어디 말입니까?"

반장은 바로 말하지 않았다. 그가 마우스를 몇 번 딸깍이자, 이연우의 회사 계정으로 메일이 하나 왔다. 이연우는 그것을 바로 클릭했다.

회사에서 내려온 공문이 열렸다. 반장이 말했다.

"가끔 회사에서 직원들 대상으로 강의하는데, 들을래?"

이연우는 행사 포스터 같은 공문을 보았다. 푸른 배경과 커다란 시계 아이콘 앞에 크고 작은 문자가 쓰여 있었다.

[뉴턴의 실수: 이상한 세상의 이상한 시간]

– 한국 지사 시계초침제작소 연구원의 이상시간학 강연

장소는 상평시 옆 도시에 있는 회사 건물의 강당이었고, 시일은 일주일 후 오전 9시부터였다.

이연우의 다리 떨림이 딱 멎었다. 그는 전쟁에 임하는 군인 같은 눈으로 포스터를 노려보다가 짧게 말했다.

"예. 가겠습니다."

일주일이 순식간에 지났다.

그 시간 동안 이연우는 조금의 불안도 느끼지 않았다. 적당한 긴장을 유지하며 운명을 시험할 준비를 했을 뿐.

사람들이 오가는 도시의 길거리.

바쁘게 움직이는 사람들과 환경보호 피켓을 들고 지구가 멸망하기 전에 정신 차리라는 구호를 외치는 환경 운동가.

"…"

소음 속에서 홀로 멈춰 선 이연우는 도시 중심의 고층 빌딩을 올려다보았다. 오늘 강의가 열릴 건물이었다. 그리고 무슨 사고가 터질지 모르는 현장.

꽈아악.

이연우는 에코백을 꽉 쥐었다.

전동 드릴과 가스 토치, 나이프, 새총 등을 사서 넣어 울퉁불퉁한 에코백이 흔들렸다.

'무슨 문제가 생겨도 상관없어. 사고가 터지는지 확인해보자고.'

성큼, 걸음을 내디뎠다.

그러나 이연우의 걸음은 얼마 못 가 멈췄다. 빌딩 입구를 지나는 순간, 보안 요원에게 붙잡힌 것이다.

"사우님, 사원증 제시해주시고, 몸수색 한 번만 하겠습니다."

"아, 그게…"

이연우가 망설였다. 위험 물품을 가져온 게 걸리면 어떻게 될까.

하지만 이연우가 망설이는 시간이 길어질수록 보안 요원의 긴장은 높아져만 갔다. 슬그머니 테이저건으로 가는 손.

"여기 있습니다."

이연우는 얼른 에코백을 건네고, 사원증을 꺼냈다. 보안 요원은 사원증은 받지 않았다.

에코백을 열어서 들여다보다가, 천천히 고개를 들어 이연우를 쳐다봤다.

"사우님, 이거 다 왜 가져오셨습니까? 대답 여하에 따라 대응이 심각해질 수 있는 점, 양해 바랍니다."

"불안해서 가져왔습니다."

이연우는 솔직하게 답했다. 말이 이어졌다.

"지금까지 일하면서, 회사 일 뭐 한다고만 하면 사고가 계속 터져서요. 오늘도 무슨 일 크게 터질 것 같아서 챙겨 왔습니다."

잠시 침묵하던 보안 요원은 고개를 끄덕였다. 다 이해한다는 표정.

강의와 세미나가 자주 열리는 건물에서 보안 요원으로 일하다 보면 온갖 부류의 회사원을 만난다. 이연우 같은 인물도 적지 않았다. 도무지 긴장을 놓지 못하는 사람.

이상을 상대하다 보니 평범한 물건을 보고도 PTSD가 심각하게 터지는 사람도 있었고, 작전을 수행하다 원한을 맺은 사람끼리 죽어라 싸우는 경우도 있었다.

그렇기에 보안 요원은 이연우에게 따로 타박하지는 않았으나, 일은 일이었다.

"이건 저희가 잠시 맡아두겠습니다. 안전은 걱정하지 않으셔도 됩니다. 직원이 이렇게 모이는 건물이라, 보안 하나는 확실합니다."

이 건물을 건드리려면 어설픈 수준으로는 부족했다. 그리고 어설프지 않은 위험은 미리 관측되었고.

보안 요원의 설득은 계속 이어졌고, 마지막에는 이연우에게 돌아가기를 권하기도 했다.

"그래도 정 불안하시면, 강의 포기하고 돌아가셔도 됩니다.

어떻게 하시겠습니까?"

이연우는 망설이다가, 사원증을 다시 내밀었다. 설령 무장을 포기하더라도, 불안을 덜어낼 기회는 포기할 수 없었으니까.

"강의 들을 겁니다. 그건 잠시 맡아주세요."

"알겠습니다. 나갈 때 돌려드리겠습니다."

보안 요원이 에코백을 데스크 아래에 넣고, 사원증을 스캔하여 이연우의 사원 정보를 읽었다.

'이연우. 조사원. 강의 신청자.'

문제가 없었다. 에코백을 빼면 검색대에 걸리는 것도 없었다.

"확인되었습니다."

이연우는 사원증을 주머니에 챙긴 뒤, 포스터에 적힌 지하 강당을 찾아 걸음을 옮겼다.

보안 요원은 그 뒷모습을 보다가 다시 대기하던 자리로 돌아갔다. 같은 조의 보안 요원이 물었다.

"누구야? 특전대원?"

"아냐. 조사원."

"조사원…?"

이런 곳에서 일하다 보면 보는 사람도, 듣는 말도 많아지는 법. 질문한 보안 요원은 머릿속으로 조사원을 떠올리다가 눈을 크게 떴다.

'남자 조사원. 그 반장님 아니고, 학생 아니고… 이거 그 사

람 아니야?'

그가 다급하게 보안 요원을 불렀다.

"야, 야. 저 사람, 그 사람 아니냐?"

"뭔 사람?"

"적대 집단이랑 이상 개체 몰고 다닌다는 사람. 이상 검사 과에서도 검사 포기했다고 소문난 사람. 뭔 일 터지는 거 아냐?"

"헛소문이겠지. 진짜면 이런 곳에 보내겠어?"

이연우에 대응한 보안 요원은 심드렁하게 무시했으나, 말을 꺼낸 보안 요원은 달랐다.

"너는 이쪽에서 일하면서 소문을 무시하냐? 난 보고한다."

그는 무전기를 쥐고 이연우가 입장했음을 알렸다. 그와 관련된 소문도. 그리고 보안 요원의 의견이 받아들여져, 경계 태세가 한 단계 올랐다.

지하 강당에는 이미 적지 않은 사람이 앉아 있었다. 영화관처럼 늘어선 좌석을 듬성듬성 채운 사람들.

이연우는 빈자리를 찾을 겸, 사람들을 한번 쭉 둘러보았다.

'연구원, 특전대원, 보안 요원. 저 사람은 정보부 요원 같고. 봐서 모르겠는 사람도 있고.'

서로 다른 소속의 사람들이 한자리에 모였다. 그들은 같은 소속끼리 모여 있기도 했고, 다른 소속의 안면이 있는 사람끼리 모여 앉아 대화를 나누기도 했다.

"오랜만이다. 야, 잘 지내냐?"

"집 지키는 일만 하는데, 잘 지내지. 넌 어떻게 살았냐? 사지는 멀쩡하게 달려 있긴 한데…"

"살아 있으면 된 거지."

웅성거리는 소음 속에서 이연우는 사람이 적고, 비상구와 가장 가까운 자리로 갔다.

왼쪽 앞자리.

"후우."

이연우는 자리에 앉아 길게 숨을 뱉었다. 손도 쥐었다 폈다 하며 정신을 날카롭게 가다듬었다. 무슨 문제가 터지면 바로 움직일 수 있게.

'만약 내 문제가 여전하다면, 분명 사고가 터져. 적대 집단이 습격하든, 이상이 튀어나오든.'

그리고 그 규모는 이전과는 다를 것이었다.

이렇게 많은 회사원이 모인 자리. 보안 수준도 이전과 다른 건물. 이런 곳에서 터지는 사고라면…

'아무 문제 없으면, 내일부터 편하게 살아도 돼. 지유 선배처럼 평화롭게. 어쩌다 가끔 이상을 마주치는 그런…'

둘 중 어떤 결과가 나오든, 이연우는 결과를 받아들일 준비를 마쳤다.

그는 강당의 무대를 바라봤다.

무대는 넓었고, 하얀 스크린이 내려와 있었다. 스크린 위

시간

에는 이상 소유 자진 신고 기간을 알리는 낡은 현수막이 붙어 있었다.

9시가 되었는지, 하얀 스크린 위로 빔프로젝터가 강의 PPT를 출력했고, 무선 마이크와 강의용 리모컨을 든 연구원이 구부정한 자세로 무대에 올랐다.

"아, 아. 강의 시작하겠습니다."

43

꾹.

PPT의 페이지가 넘어가며, 연구원의 증명사진과 간단한 이력이 나왔다.

"저는 시계초침제작소의 연구원 김각정입니다. 오늘은 이 상시간학을 가볍게 소개하는 강연을 진행하겠습니다."

웅성거리던 소음이 가라앉았다. 강의에 관심을 가진 회사 원들은 연구원과 PPT를 보았고, 출장을 핑계로 쉬러 나온 사람 들은 계속 핸드폰을 보았다.

연구원은 사람들의 반응에 조금도 신경 쓰지 않았다. 구부 정한 자세로 리모컨을 꾹 누르며, 강의를 진행했다.

"시간이란 무엇인가. 물리법칙의 시간이 아닌, 이상한 세상 의 이상한 시간은 무엇인가. 시간을 조작하는 이상은 어떻게, 어 떤 원리로, 우주가 허락하지 않는 불가능한 일을 일으키는가."

꾹.

PPT의 페이지가 넘어갔다.

PPT에는 만화풍으로 그린 아이작 뉴턴의 일화가 있었다. 사과나무 아래에서 떨어지는 사과에 머리를 맞는 아이작 뉴턴.

"뉴턴은 떨어지는 사과에서 영감을 얻어 만유인력의 법칙을 깨달았다고 하죠. 우리는 사과에서 하나의 법칙을 더 파고들 겁니다. 위에서 아래로 떨어지는 사과가 아닌, 과거에서 미래로 떨어지는 사과. 바로 시간."

핸드폰을 보던 사람들이 하나둘 강의에 집중하기 시작했다. 핸드폰을 끄고 스크린을 봤다.

꾹.

PPT의 페이지가 다시 넘어갔다. 고전 만화풍의 캐릭터가 옆으로 걷고, 앞으로 달리고, 위로 점프하는 그림이 있는 슬라이드가 나왔다.

"시간은 좌표입니다. XYZ 좌표와 같은 거죠. 왼쪽에서 오른쪽, 뒤에서 앞, 아래에서 위, 그리고 과거에서 미래."

이연우는 좀처럼 강의에 집중하지 못하고 신경을 곤두세우고 있었기에, 누군가가 손을 번쩍 드는 것을 보았다.

"질문 있습니다."

중년의 교수. 연구원은 고개를 끄덕였다.

"질문하시죠."

"시간이 좌표라면, 얼마든지 이동할 수 있다는 말입니까?

현재에서 과거로도?"

"예. 시간 분야 이상이 그렇고, 회사의 시간 관련 부서가 연구해서 결실을 맺었죠."

"그건 이론적으로 불가능한…"

관련 학문을 공부한 사람일까. 질문자가 크게 당황하여 혼잣말을 중얼거리자, 연구원은 제자리에서 움직이기 시작했다.

좌우로, 앞뒤로 움직이는 연구원.

"우리는 자유롭게 움직일 수 있지만…"

돌연 폴짝 뛴 연구원은 금방 제자리로 떨어졌다. 콩, 발소리가 마이크를 타고 스피커로 흘러나왔다.

"위아래로는 자유롭지 못합니다. 중력이 우리를 아래로 끌어당기기 때문에요. 하지만 우리는 중력을 이겨낼 수 있지요."

꾹, PPT의 페이지가 넘어갔다.

미사일부터 인공위성, 우주선, 비행기, 제트팩 같은 것의 사진이 나왔다. 모두 중력을 이겨내는 장치였다. 대지를 박차고 하늘로 향하는.

고개만 돌려 PPT를 보던 연구원이 다시 무대 아래를 보며 말했다.

"우리가 미래로 떨어지는 이유는 미래에 우리를 끌어당기는 무언가가 있기 때문입니다. 마치 중력 같은 무언가가. 어쩌면… 아니, 아닙니다. 너무 깊은 이야기군요."

혼잣말처럼 중얼거리던 연구원은 정신을 차리고 다시 리

모컨을 눌렀다.

넘어간 슬라이드에는 두 장의 사진이 있었다. 슬라이드를 좌우로 나눠 배열된 두 장의 사진.

왼쪽은 흑백사진으로 콘크리트 건물의 한 방을 찍은 것이었는데, 그곳은 텅 비어 있었다.

오른쪽은 고화질 컬러사진으로, 실험실의 난잡한 방을 찍은 것이었다. 방 중앙에는 A4 용지가 있었다.

"엔진의 힘을 빌려 중력을 이겨내듯, 우리는 강력한 타임엔진의 힘으로 시간의 중력을 이겨낼 수 있습니다. 이 영상이 그 예시입니다."

꾹.

연구원이 리모컨을 누름과 동시에 두 장의 사진이 동영상이 되어 재생되었다.

우우우웅.

오른쪽의 고화질 동영상. A4 용지가 푸른빛에 휩싸이더니 사라졌고, 왼쪽의 흑백 동영상에서 하얀 광채에 휩싸인 A4 용지가 나타났다.

미래에서 과거로 문서를 보낸 것이다.

"이처럼 우리는 제한적인 수단으로 시간 좌표를 제한적으로오오오오…"

갑작스럽게 연구원의 목소리가 끝도 없이 늘어지다가 멈췄다.

아니, 연구원만이 아니었다. 강당의 모든 소리가 뚝 끊겼다. 모든 사람이 멈췄다. 강의를 경청하는 자세로, 고개를 숙여 핸드폰을 보던 자세로, 작은 목소리로 대화하던 자세로.

깜빡이던 눈꺼풀이, 핸드폰을 누르기 위해 나아가던 손가락이, 말하기 위해 벌리던 입이 석상처럼 멈췄다. 기계나 물건, 벌레조차 그러했다.

정적. 숨소리조차 존재하지 않는 지하 강당.

시간이 멈췄다.

이연우도 예외는 아니었다.

찾아올지도 모르는 위험을 찾아 강당을 두리번거리던 자세 그대로 멈췄다. 심장박동조차 들리지 않아, 박제된 인간처럼.

그리고 주사위가 굴렀다.

데구르르.

꽝!

변함이 없었다. 정지된 시간 속에 박제된 이연우는 석상이었고, 지하 강당은 여전히 고요했다. 소리도, 움직임도 없이 죽어버린 세상.

멈춰버린 세상 속에서 주사위의 시간만이 홀로 흘렀고, 대기 시간이 끝난 주사위가 다시 한번 굴렀다.

데구르르.

꽝!

시간 정지에 저항하기.

차원 이동만큼이나 버거운 판정.

주사위가 구르고 실패하고, 구르고 꽝을 뽑고, 구르고 실패하고, 구르고 실패하고, 구르고 꽝을 뽑고, 구르고 꽝을 뽑았다.

얼마나 시도했을까. 그 무수한 구름 끝에, 주사위가 마침내 성공을 알렸다.

성공!

파르르.

이연우의 몸에 생명이 돌아왔다. 심장이 박동하며, 혈액이 혈관을 따라 휘돌기 시작했다. 눈꺼풀이 떨렸고, 개미가 기어가듯 천천히 움직이던 고개가 원래의 속도를 되찾았다.

이연우가 눈을 깜빡였다.

이상하게 멈춰버린 강당과 성공이 뜬 주사위가 보였다. 상황 파악은 순식간이었다.

"그러면 그렇지."

역시 운명은 변하지 않았다. 평화로운 일상은 돌아오지 않았다. 이연우는 담담하게 현실을 받아들이고 의자에서 일어났다.

'적대 집단인지 이상인지 모르겠고, 뭐에 당한 건지도 모르겠지만, 여기 가만히 있을 수는 없어.'

이연우가 발소리를 죽이고 살금살금 비상구로 걸었다. 비상구가 열리고 닫히는 소리가 지나치게 작았다.

이연우의 작은 읊조림이 닫히는 문 틈새로 들려왔다.

"…고맙다."

주사위 덕분에 자신이 움직일 수 있음을 알고 있었다.

이연우는 은밀하게 움직였다. 지하 강당을 나와 숨을 죽이고 계단을 올라, 데스크 아래에서 에코백을 돌려받고, 정문을 지난 후.

정문 앞에서 이연우는 멈춰 섰다.

"어…"

도시에는 소리가 없었다.

멸망이 찾아온 세상처럼 인기척이, 자동차의 엔진 소리가, 건물에서 흘러나오는 노랫소리가 없었다.

사람도, 자동차도, 건물도 멀쩡하게 존재하는데, 세상이 죽었다.

이연우는 멍하니 거리를 둘러보았다.

길을 걷는 사람도, 도로를 달리는 자동차도. 가로수의 나뭇잎도, 날아가는 비둘기도. 태양을 집어삼키러 몰려오는 먹구름도, 한 방울 두 방울 떨어지기 시작하는 빗방울도.

모두 멈춰 있었다. 사진처럼, 일시 정지한 영상처럼.

"이게, 이게…"

이연우가 다급하게 주머니로 손을 쑤셔 넣어 핸드폰을 꺼내 전원 버튼을 연타했다.

하지만 핸드폰은 반응이 없었다. 전원이 다 떨어졌을 때처럼 새까만 화면. 그 위로 이연우의 식은땀이 뚝 떨어졌다.

'이 정도 규모면 못해도 위험 레벨 4.'

오류 확산과 같았다. 더 질이 안 좋은 까닭은 원인도, 해결법도 모르기 때문이었다.

'도망이 답이다!'

이러면 범위 밖으로 도망치는 게 우선이었다.

이연우는 거리를 내달리며 마네킹처럼 멈춰 있는 사람들의 어깨를 치고 지나갔다. 사람들은 충격을 못 이기고 밀려났으나, 곧 밀려난 자세로 멈췄다.

이상한 자세로 정지한 사람들을 뒤로하고 달렸다.

정적이 내려앉은 도시에는 이연우의 숨소리가 유일했다. 자동차가 멈춰 있는 도로를 지나 도심의 언덕에 오른 이연우가 숨을 멈췄다.

언덕의 정상.

도심이 내려다보이는 곳에 서서 이연우는 하얗게 질렸다.

'도시가 멈췄어. 아니야, 도시가 아니야. 이건…'

시야가 닿는 모든 곳이 멈췄다. 이연우는 몸을 떨며 천천히 고개를 들었다. 그곳에는 태양이 있었다.

오전 9시쯤.

한창 하늘의 정중앙을 향해 나아가야 할 태양이 여전히 먹구름 앞에서 멈춰 있었다. 이연우가 달리는 동안 조금은 움직였어야 할 태양이, 조금은 기울었어야 할 그림자가 미동도 없었다.

시간이 멈췄음을 이연우는 깨달았다.

도대체 왜 이 사달이 난 건지, 어떤 이상이 이런 일을 벌였는지, 회사가 대응할 수 있을지, 하나도 알 수가 없었다.

그렇기에 이연우는 서둘러 지하 강당으로 돌아왔다.

그곳에는 단서가 있었으니까. 지금 상황을 파악할 수 있는 단서가.

터벅터벅.

소리 없는 지하 강당에 이연우의 발소리만이 울렸다. 무대 위로 이연우가 올랐다.

무대조명 아래에서 이연우는 김각정 연구원을 보았다. 마이크를 입 앞에 대고, 강의를 진행하던 연구원이 숨도 쉬지 않고 멈춰 있었다.

'시계초침제작소. 시간 관련 이상을 연구하는 곳이겠지.'

그곳이라면 지금 사태의 단서가 있을 터.

이연우가 연구원의 품을 뒤져 지갑을 꺼냈다. 낡은 지갑에는 카드, 지폐, 영수증, 신분증과 사원증, 그리고 명함이 있었다.

명함과 사원증을 꺼내 읽었다. 그곳에는 시계초침제작소의 위치가 있었다. 이연우가 안도의 한숨을 쉬었다.

'다행히 이 도시에 있어.'

아예 먼 도시에 있었으면 이동만 해도 끔찍한 고통이었을 텐데, 조금은 멀어도 같은 도시에 있었다.

이연우는 연구원에게 지갑을 돌려주고, 그의 사원증과 명함을 챙겨 지하 강당을 나섰다.

목적지는 시계초침제작소.

'걸어가기는 힘든데…'

거리에서 두리번거리던 이연우는 자전거 주차장에 자전거를 밀어 넣던 사람을 찾아냈다. 다행히 자물쇠가 걸리기 전이었다.

"…빌리겠습니다."

자전거 주인을 길에 앉혀두고, 자전거를 꺼내 안장에 올랐다.

멈춰버린 세상을 이연우가 탄 자전거가 질주했다.

44

멈춘 세상에서도 이연우의 시간은 흘렀다.

자전거 페달을 부지런히 밟아 적막한 도시를 달렸고, 배고 프면 편의점에서 도시락을 꺼내 먹었고, 목이 마르면 카페에 들어가 막 쟁반에 올린 커피를 마시기도 했다.

오직 이연우만이 살아 움직이는 도시를 이동한 지 얼마나 지났을까.

이연우는 시계초침제작소에 도착했다.

'백범문화연구소랑은 느낌이 다른데.'

도시 한가운데 있기 때문일까. 겉보기에는 오래되어 낡은 5층짜리 상가 건물이었다.

1층에는 편의점과 카페가 입점해 있었고, 그 위로는 이름 만 봐서는 뭐 하는 곳인지 모를 사무실들이 간판을 내걸고 있 었다.

최상층에는 페인트가 다 떨어져 나간 시계초침연구소의 간판이 붙어 있었다.

'가자.'

부디 이곳에 단서가 있기를 바라며, 이연우는 김각정 연구원의 사원증을 꼭 쥔 채 걸음을 내디뎠다.

1층. 평범한 상가 건물. 그러나 사람이 없었고, 엘리베이터에는 고장 표시등이 들어와 있었으며 테이프로 그 입구를 막아 뒀다.

끼이익.

비상구 문을 열고 계단을 올랐다. 계단 층계참에서 대화를 나누던 자세로 멈춰 있는 보안 요원 둘을 지나쳐, 5층까지 단번에 도착했다.

비상구를 나와 5층으로 진입하자, 건물의 낡은 외형과 비슷한 느낌으로 오래된 복도가 나왔다. 이연우의 눈은 복도 끝을 보았다.

[소장실]

마침 볼일을 마치고 나오는 회사원이 있어, 문이 열려 있었다.

'저기부터…'

이연우는 문을 막은 회사원을 옆으로 밀어두고 소장실로 들어갔다.

소장실은 낡은 건물에 으레 있을 법한 옛날 사무실처럼 생겼다. 큼직한 플라스틱 책상에 잡동사니가 늘어져 있었고, 안쪽 자리에는 폭삭 늙은 사람이 앉아 있었다.

소장 명패 뒤에 있는 노인은 의자를 돌려 활짝 열린 창문으로 도심을 보고 있었다. 주름진 눈매와 음울한 눈동자.

"이제…"

이연우는 혼잣말을 중얼거렸다. 정적 속에서 이연우의 숨소리만 들리는 가운데, 이연우는 사무실을 돌아다녔다. 시간 정지와 관련된 무언가를 찾기 위해.

그리고… 찾았다.

노인의 옆에 놓인 구식 컴퓨터. 뚱뚱한 CRT 모니터, 하얀 키보드, 공이 들어간 마우스.

이연우는 구식 컴퓨터 앞에서 눈을 크게 떴다. 그곳에는 정지된 시간 속에서 유일하게 작동하는 전자 기기가 있었으니까.

비상 통신망 작동 중…

'종말 방어 장치: 고장 난 시계' 가동 확인

현재 응답 중인 기관: 2

긴급작전권 행사 기관: 시간물리학연구소

푸른 배경의 하얀 글씨가 움직였다. 그 문자를 곱씹어보기를 잠시, 구식 컴퓨터 주변에 놓인 파일철을 통해 정보를 얻은 이연우는 안도와 불안을 동시에 느꼈다.

'고장 난 시계로 시간을 멈췄구나… 그런데, 왜?'

시간 정지를 회사가 일으켰다는 점에서, 그리고 회사가 여전히 움직이고 있다는 점에서는 안도가 되었다.

하지만 컴퓨터 화면 속 종말이라는 단어가, 시간 정지까지 일으켜야 할 위기가 있었다는 것이 이연우를 불안하게 만들었다.

이연우는 침을 꿀꺽 삼키고, 구형 마우스에 손을 올렸다. 마우스가 미끄러지며 화면에 변화가 생겼다. 응답 기관이라는 글씨 옆 숫자가 3으로 변하면서, 문자가 사라진 자리에 단순한 디자인의 채팅창이 나타났다.

이연우는 머뭇거리다가 키보드에 손을 올렸다. 타닥타닥, 키보드를 치다가 엔터를 눌렀다.

- CHS: 누구 없습니까?

번개같이 곧바로 채팅이 돌아왔다.

- ACTR: 아! 드디어! 저 말고도 움직이는 사람이 있었군요!

이연우가 무슨 말을 해야 할까 고민하는 동안, 채팅이 우다닥 연달아 올라왔다.

- ACTR: 지금 상황 아시나요? 시간물리학연구소에서 고장 난 시계를 가동해 시간을 멈추고 작전권까지 가져갔는데, 그쪽에서는 아무 말도 없어요! 심지어 지금도 비상 연락망에 접속해 있으면서!

이연우의 눈이 모니터 왼쪽 구석을 향했다. 그곳에는 비상 통신망에 접속해 있는 기관의 목록이 있었다.

CHS(시계초침제작소: Clock Hand Studio)

ACTR(시계탑연구학회: Association for Clock Tower Research)

TPL(시간물리학연구소: Time Physics Laboratory)

초록색 불이 들어와 있는 세 곳의 기관. 시간이 멈춘 상태에서도 활동하는 회사의 부서.

이연우는 짧게 메시지를 보냈다.

- CHS: 저도 모릅니다.

- ACTR: 아⋯

잠깐 채팅창이 멈췄다. 이연우는 무슨 말을 어떻게 꺼낼지 고민되어서, ACTR은 좌절에 빠져서.

하지만 ACTR은 금방 기운을 되찾고 채팅을 보냈다.

- ACTR: 그래도 좋아요. 다행히 움직이는 회사원이 더 있네요.

- CHS: 제가 잘 몰라서 그러는데, 지금 상황부터 간단하게 설명해주시겠습니까?

이연우의 질문에, ACTR은 대화가 그리웠다는 듯 부지런히 채팅을 쳐서 답했다.

- ACTR: 저도 잘 모르겠어요. 이상 경보 체계를 확인했는데, 위험 레벨 6의 이상 사태는 터지지도 않았어요. 고장 난 시계를 작동할 이유가 하나도 없는데⋯

- ACTR: 그런데 시간물리학연구소에서 시간을 멈춘 거예요.

- ACTR: 혹시 실수로 작동하고 수습하는 중일까요? 아니면, 적대 집단이 습격한 걸까요?

이연우는 푸른 배경의 채팅창을 보며 곰곰이 생각했다. 눈동자에 맺히는 모니터의 푸른빛.

'그러니까 시간을 멈출 이유가 없는데, 시간물리학연구소에서 멈췄다는 거지.'

의심스러웠다. 시간물리학연구소의 의도와 행동 전부가. 이연우는 채팅창을 노려보며 차근차근 판단을 내렸고, 곧 시간물리학연구소에서 신경을 돌렸다.

'어쨌든 지구에 위험한 이상 사태는 없다는 말이고. 지금은 시간물리학연구소가 중요한 건 아니지.'

다시 채팅창을 본다.

- ACTR: 시간물리학연구소! 보고 있죠? 무시하지만 말고 말을 해보세요! 실수한 거면 도와줄 테니까!

이연우가 키보드를 두드렸다. 지금 가장 중요한 안건을 물었다.

- CHS: 그보다 시간 정지를 해제할 방법은 없습니까?

- ACTR: 이 정도 규모는 고장 난 시계를 작동한 시간물리학연구소에서만 해결 가능해요. 시계탑은 기껏해야 지역 범위의 시간만 조작할 수 있어서…

눈살이 절로 찌푸려졌다. 이유는 모르겠지만, 시간물리학연구소는 답도 없었고 고장 난 시계를 멈출 생각도 없어 보였으니까.

타닥타닥. 탁.

- CHS: 그러면 영원히 이렇게 시간이 멈춘 세상에서 살아
야 한다는 말입니까?

- ACTR: 연구소에서 고장 난 시계의 작동을 멈추거나, 고
장 난 시계의 시간 동력이 다하지 않는 한…

답이 없었다. 그렇다고 이렇게 살 수는 없었다.

이연우의 시선이 저절로 주사위로 갈 때, ACTR에서도 차
선책을 말했다.

- ACTR: 하지만 만약 시간물리학연구소에서 끝까지 답이
없으면, 여기 런던의 시간만이라도 재생하려고 해요.

- CHS: 그러면 이쪽에서도 제한적으로 시간을 재생하겠
습니다. 마침 시도해볼 방법이 있어서요.

주사위로 사람 한 명 한 명의 판정을 굴리거나, 거리나 지
역 범위로 굴리거나. 리스크는 크지만, 시간 정지 자체를 해제
하는 판정을 굴릴 수도 있었다.

물론, 아직은 이연우도 진짜로 그렇게 할 생각은 없었다.
그는 접속자 명단에서 시간물리학연구소를 보았다.

'뭘 하는지 몰라도, 시간 재생을 바라는 것 같지는 않아
보여.'

한마디로 협박이었다. 그러니 어떻게든 반응이 돌아올 것
이었다. 이연우와 ACTR의 행동을 막기 위해서.

아니나 다를까. 지금까지 묵묵부답으로 일관하던 시간물리학연구소에서 첫 메시지를 보내왔다.

- TPL: 멈추게. 지금 시간을 재생하면 안 돼.

- ACTR: 이제서야 답을 하다니! 상황부터 설명하세요! 아니, 그 전에 그쪽은 누구죠? 연구소 사람은 맞나요? 점령당한 건 아니죠?

이연우는 몸을 뒤로 빼고 그들의 채팅을 유심히 보기만 했다.

- TPL: 연구소장이네. 그리고 우리는…

메시지가 올라왔다.

- TPL: 지구를 포기하지 못한 사람들일세.

그 말만으로는 상황을 파악하기 힘들었다. 위험한 이상 사태가 터졌다는 말인지, 아니면 연구소장이 적대 집단의 일원이라는 건지.

이연우가 고개를 기울이며 키보드를 두들겼고, ACTR에서도 물음표가 잔뜩 달린 메시지를 보내왔다.

- CHS: 그게 무슨 말입니까?

- ACTR: 이상 경보 체계에 올라온 이상 사태가 없는데, 지금 무슨 말을 하는 거죠? 혹시 이적 행위인가요? 그러면 여기서도 더 못 기다립니다!

TPL의 답은 단순했다.

- TPL: 백번 말하는 것보다 한 번 읽는 게 낫겠지. 문서를

보내줄 테니 읽어보게.

그 말과 동시에 몇 개의 문서가 첨부되어 연속으로 올라왔다. 그 제목을 본 이연우는 고개를 모니터로 바짝 기울였다. 호기심을 안 가지려야 안 가질 수 없는 문장의 나열.

[지구 멸망 시나리오: 이상기후]

[인류 보존 계획 1차 기획안]

[이주지 탐사 보고서]

[보존 계획 진행 상황]

[지구 멸망 시나리오: 이상기후]

우리는 이상기후의 원인도 모른다. 인간의 무절제한 개발의 결과인가, 지구의 자연스러운 순환인가, 우리가 발견하지 못한 이상의 영향인가. 어쩌면 모두인가.

한 가지 확실한 사실은 돌아올 수 없는 강을 건넜다는 것뿐.

평균기온의 상승, 해수면의 상승, 식수와 농작물의 감소로 인한 식량난, 홍수와 가뭄과 폭염과 한파로 극단적이 된 날씨…

그동안 회사와 우호 집단이 수단과 방법을 가리지 않고 막아왔으나, 이제는 한계다. 더 이상 막을 수 없다.

짧으면 15년, 길면 30년 후, 지구상에 존재하는 인간의 문명은 붕괴하기 시작할 것이다. 사람이 먹을 식량을 생산하지 못할 것이고, 아스팔트 도로는 장마나 홍수에 쓸려 사라질 것이다.

지구 종말 시계는 끝내 자정을 가리켰다. 우리에게는 남은 시간이 없다.

회사는 멸망에 대비하라.

이연우의 심장이 쿵쾅거렸다. 손이 떨렸다. 마우스 커서가 주체할 수 없이 움직였지만, 이연우는 눈도 깜빡이지 못하고 글자를 읽고 또 읽었다.

그리고 곧바로 다음 문서를 열었다.

[인류 보존 계획 1차 기획안]

아쉽습니다. 우리에게 별의 순환을 조작할 기술이 없다는 사실이.

아, 시간이 조금만 더 있었더라면 분명 이런 현실을…

하지만 어쩔 수 없죠. 핵전쟁 위기 후, 그리고 두 번의 지구 종말 위험을 막아낸 후 묻어두었던 인류 보존 계획을 실행합시다.

보존해야 할 인간의 숫자는 100만 명씩 다섯, 500만 명입니다.

기원전 8000년쯤, 인간의 숫자는 500만 명이었다고 추산되죠. 우리의 힘이라면 100만 명의 인구로 더 짧은 시간 안에 문명을 재건할 수 있을 겁니다.

지구에 최후의 셸터를 건설하여 100만 명의 생존자를 남겨두고, 화성 기지에 100만 명을 수용하여 지구의 기후가 정상으로 돌아올 날을 준비합시다.

또한, 인간 친화적인 환경의 이차원 두 곳에 100만 명씩 인류를 이주시키고, 마지막 100만 명은 '멸종 방어 장치: 방주'에 넣습니다.

지금부터 회사는 생존과 미래를 위해 전력을 다합니다.

＋ 추가

적대 집단은 신경 쓸 필요 없습니다. 그들도 이 사실을 알아요. 지금
　　설치는 놈들은 잔챙이에 불과합니다.

진짜 위험한 멸망주의자는 우울증에 걸려 방에 틀어박혔습니다. 어
　　차피 멸망할 세상이라면, 자신은 지금까지 뭘 한 거냐고요. 진
　　짜 멸망한다는 말에 회사로 넘어온 사람들도 제법 있고요.

자유예술가협회는 멸망 후에도 예술 작품을 남기기 위해 예술의 전
　　당을 짓는 중이고, 악마 숭배자들은 악마의 힘으로 악마자치구
　　를 만들어 생존을 준비하고 있습니다. 골드버그클럽은 지하 도
　　시를 건설하느라 바쁘고요.

다른 집단들도 비슷비슷합니다. 모두 대형 사고를 칠 여력이 없어요.

　　더는 읽을 수가 없었다. 마우스를 잡은 이연우의 손이 미
끄러져 책상 아래로 흘러내렸다. 고작 짤막한 문서 두 개를 보
았을 뿐인데, 이상에 당한 것처럼 전신에 힘이 빠졌다.

　　머리가 어지러웠고, 귓가에서는 이명이 울리는 듯했다. 이
연우는 넋이 나간 얼굴로 고개를 돌려 창문을 보았다.

　　시계초침제작소의 소장이 음울한 눈으로 바라보던 창가.
이연우는 휘청휘청 걸어, 창가에 서서 도시를 내려다보았다.

　　그곳에는 지구가 있었다. 회사가 포기한 지구가. 머지않은
미래에 멸망할 지구가.

45

이연우의 머리가 하얘졌다. 아무 생각도 떠오르지 않았다. 이연우는 창가에 서서 정지한 사람처럼 굳어 있었다.

시간이 멈춘 도시. 짧으면 15년, 길면 30년 안에 붕괴할 도시. 서른 살인 이연우가 중년의 나이에 마주할 멸망.

흔하게 보았던 뉴스나 다큐 따위의 한 장면이 머릿속을 맴돌았다.

더 이상 식량을 생산하지 못하는 땅, 바다 아래로 잠긴 땅, 쏟아지는 폭우와 폭설, 바닥을 드러낸 강바닥, 꺼지지 않는 산불, 팔열지옥과 팔한지옥을 오가는 계절…

사람 한 명은커녕 회사가 나서도 막을 수 없는 지구적 재앙.

충격과 무력감에 휩싸인 이연우를 깨운 건, 다름 아닌 배고픔이었다.

꼬르륵.

이연우의 시간은 흐르고 있었기에 생체 활동 역시 평소와 같았다. 이연우는 굶주림에 정신을 차리고는 구형 컴퓨터 앞으로 돌아왔다. 배고픔은 지금 당장 중요하지 않았다.

눈과 손이 구형 컴퓨터로 향했다. 동공에 푸른빛이 맺혔다. 'TPL이 방법을 찾기 위해 시간을 멈췄어. 막아낼 방법이 있을지도 몰라. 아니면, 나라도 피할 방법이 있을지도 몰라.'

채팅창은 TPL의 문자를 마지막으로 멈춰 있었다. ACTR도 충격에 빠졌는지, 더는 채팅을 올리지 않았다.

이연우는 남은 문서를 열었다.

[이주지 탐사 보고서]

인류가 이주하기에 적합한 이차원을 탐사하고 작성한 보고서입니다. 위상학적 차원 이동 장치와 이상을 이용한 탐사 결과를 보고합니다.

- 차원 001: 조사원 사망
- 차원 002: 조사원 사망
- 차원 003: 이상 탐사 결과 부적합

…

탐사 결과: 두 곳의 적합 차원 발견함. 해당 차원에 이주지를 건설할 것.

추가 탐사 결과

- 차원 092: 조사원 제임스 콩이 보고함. 사람 살 곳이 아니다. 조사원 이연우의 보고를 검토한 결과, 원주민과 강도 높은 갈등 가

능성 큼. 이주지로서 부적합.

- 차원 093: 조사원 한스 레이븐이 보고함. 조그만 인간의 세상. 검
  토 결과, 이주지로 부적합.

...

최종 탐사 결과: 두 곳의 적합 차원과 다섯 곳의 예비 차원 발견.

[보존 계획 진행 상황]

이주지 탐사 결과가 긍정적이라서 다행입니다. 무엇보다 다양한 차
  원에 이미 인간이 뿌리를 내리고 있다는 점이 고무적이군요.

민들레 씨앗처럼 차원 곳곳에 뿌리내린 인간. 보존 계획이 실패하더
  라도 인류는 명맥을 유지할 수 있겠습니다.

그와 별개로, 보존 계획에 반대하는 직원이 많다는 사실은 부정적으
  로 보이는군요. 우리 고위급 직원들이 그렇게 의욕이 넘칠 줄
  은 몰랐습니다. 지구는 포기하지 못하겠다니.

여러분, 어렵게 생각하지 마세요. 이사한다고, 독립한다고 생각하세요.

살기 좋은 땅을 찾아 이동하는 것은 인간의 본능 아닙니까. 지구라
  는 부모의 품을 벗어나 새집으로 이사 가는 겁니다. 쓸모없고
  위험한 잡동사니는 지구에 두고, 새 출발을 하자고요.

어찌 되었든 보존 계획은 순항하고 있습니다.

최후의 셸터는 완공되었고, 화성 기지는 열심히 증축 중입니다. 두
  곳의 적합 차원에 이주지를 건설하는 중이고, 방주도 점검 종
  료를 눈앞에 두고 있습니다. 보존 인원도 선별이 끝났고, 먼저

이주한 회사원도 많습니다.

모두 10년만 더 힘을 냅시다. 제한 시간 안에 보존 계획을 100퍼센트 수행하도록.

이연우는 심호흡을 반복하며 정신을 날카롭게 가다듬었다. 지금은 울고불고, 좌절하고 절망할 필요가 없었다. 그런다고 현실이 변하지도 않았다.

'TPL. 그리고 보존 계획.'

최선은 아닐지라도 방법은 있었다.

이연우가 키보드에 손을 올렸다. 하지만 좀처럼 타자를 치지 못하고, 무슨 말부터 꺼내야 할지 고민하다가 천천히 키보드를 눌렀다.

- CHS: 방금 읽었습니다. 이게 사실입니까?

- TPL: 믿기지 않겠지만, 사실이네. 회사는 지구를 포기했어.

연구소장에게서 돌아온 확답.

- CHS: 그러면 대책은 있습니까? 시간까지 멈췄지 않았습니까.

- TPL: 아직은 없네.

- TPL: 하지만 시간을 멈춰두고, 지구를 포기하지 못한 사람들이 힘을 모아 해결책을 찾을 때까지 연구하다 보면 비록 희미한 희망일지라도 가질 수 있겠지.

답이 없어서 시간을 멈추고 방법을 찾는다는 말. 확실하지 않은 낙관.

이연우의 손이 다시 잘게 떨리기 시작했다. 이연우는 눈을 꽉 감았다가 다시 떴다. 그사이에 TPL이 보내온 메시지가 보였다.

- TPL: 회사와 우호 집단과 적대 집단. 인간과 이상. 모두가 힘을 합친다면 가능성이 있지 않겠는가?

그 말은 연구소장 스스로를 설득하는 듯했다.

확실하지 않은 희망은 이연우의 관심사가 아니었다. 이연우는 보존 계획과 이주지 탐사 보고서로 눈을 돌렸다.

- CHS: 500만 명의 생존자는 이미 명단이 정해진 겁니까?

지구가 망하더라도 살 방법이 있지 않나. 이연우는 꼭 지구에 연연할 생각이 없었다.

하지만 TPL의 대답은 부정적이었다.

- TPL: 인원 선정은 끝났고, 인사이동도 데드라인에 맞춰 차근차근 진행되고 있지. 선정된 인원은 이상기후 시나리오를 알고 있고.

이걸 몰랐던 이연우는 보존 인원이 아니라는 말이었다.

"…"

결국, 이연우가 이상기후를 피할 방법은 없었다. 이연우의 주먹이 꽉 쥐어졌지만, 차마 키보드를 때리지는 못하고 키보드 조금 위에서 부들부들 떨었다.

몸을 잔뜩 웅크렸던 이연우는 벌떡 일어나 뛰듯이 걸어 소장실을 나갔다. 가슴이 답답해 더는 이곳에 있을 수가 없었다.

소리 없는 도시.

도로 1차선의 자동차 보닛에 기대앉은 이연우는 햄버거를 손에 쥔 채, 도로를 내다봤다. 피로에 전 얼굴과 어두운 눈.

멀리 사거리의 신호등은 파란불이었지만, 모든 차량이 일제히 멈춰 있는 도로의 가운데에서 이연우는 기계적으로 턱을 움직였다.

우걱우걱.

평소 좋아하던 햄버거였건만, 맛이 느껴지지 않았다. 머릿속에서는 이상기후를 피할 온갖 방법이 맴돌았다.

'100년쯤 시간이 멈춘다면.'

적어도 이연우는 재난을 겪지 않고 평화롭게 살다 죽을 수 있었다. 도시에는 이연우가 평생을 쓰고도 남을 자원이 있었으니까.

'시간이 멈춘 이때, 셸터나 방주나 이주지를 찾아서 들어간다면…'

시간이 재생된 후에 회사에서 어떻게 반응할지는 모르겠지만, 주사위로 협박하면 자리 하나쯤은 얻을 수 있지 않을까.

'생존 준비를 한다면…'

생존을 위한 이상을 확보하고, 생존 셸터를 지어 그 안에

온갖 자원을 넣어둔다면. 그럭저럭 살아남을 수는 있을 것 같
았다.

하지만 무얼 선택하든 지금과 같은 삶은 다시는 살 수 없
을 것이었다. 문명이 붕괴할 테니까.

바스락.

햄버거 포장지가 입가에 닿았다. 생각에 빠져 있느라, 다
먹은 줄도 몰랐다.

"…"

햄버거 소스를 입가에 잔뜩 묻힌 이연우는 말없이 포장지
를 보았다. 머지않은 미래에는 추억으로만 되새길 음식.

꾸깃.

햄버거 포장지가 손아귀 안에서 공처럼 구겨졌다. 핏줄이
설 정도로 손에 힘을 준 이연우는 포장지를 도로에 버린 후, 몸
을 일으켰다.

"일단, 시간물리학연구소를 돕자…"

다른 방법은 언제든지 모색할 수 있다. 돌이킬 수 없는 날
이 오면 주사위를 굴릴 수도 있다.

하지만 시간이 멈춘 지금, 가능성은 낮지만 TPL을 도와 이
상기후를 막아낼 방법을 찾을 수 있다면. 그게 최선이었다.

터벅터벅.

이연우는 지친 몸을 이끌고, 시계초침제작소의 소장실로
걸음을 옮겼다. 이연우가 떠난 자리, 던져진 쓰레기가 떨어지다

말고 허공에 멈춰 있었다.

이연우가 자리를 비운 동안에도 채팅창은 멈춰 있지 않았다. 문서를 읽은 ACTR과 대답을 기다린 TPL은 대화를 나누었고, ACTR은 TPL을 돕기로 마음을 먹었다.

- ACTR: 지구를 포기할 수는 없어요. 그래서 시계탑에서는 뭘 도우면 될까요?

- TPL: 방해만 하지 않아도 충분해. 그래도 돕겠다면, 지구의 재생에 필요한 이상이 있는지 확인해주게.

- CHS: 저도 돕겠습니다. 하지만 그 전에 계획부터 설명해주십시오.

돕기 전에 상대가 무슨 계획을 세웠는지부터 알아야 했다. 그래야 적절한 도움을 줄 수 있다.

이연우가 묻자, TPL은 머뭇거리다가 천천히 메시지를 보내왔다.

- TPL: 고장 난 시계로 10년의 시간을 멈췄네. 그 이상은 동력이 부족해. 그래서 10년 동안 회사, 적대 집단, 우호 집단을 가리지 않고 모든 기술과 이상을 이용해 지구를 복원할 방법을 찾을 걸세.

고작 10년. 결과를 확신하기에는 짧은 시간.

구형 컴퓨터 앞에서 이연우는 입술을 매만지다가, 천천히 키보드를 쳤다.

- CHS: 제게 주사위가 있습니다.

신분이 노출될 위험이 있었으나, 어차피 조사하면 다 나올 것이었다. 이연우가 이동하며 치고 지나간 사람부터 자전거와 먹고 마신 흔적까지, 다 남았지 않나.

- TPL: 어떤 이상인가?

이연우가 짧게 주사위에 대해 설명하자, TPL은 곧장 답을 보내왔다.

- TPL: 도박이군. 사용하지 않아도 괜찮네.

- TPL: 그보다는 시계초침제작소의 관측 결과를 알려주게. 그곳에는 시간물리학적인 수치를 계측하는 도구가 많지. 지금도 작동할 거야. 그러니 시간 에너지의 변동 추이와 시간 저항값, 그리고…

- ACTR: 그것만이 아니라 임곗값부터…

이연우는 멀뚱히 채팅창을 쳐다봤다. 뭐라 뭐라 채팅은 계속 올라오는데, 한 단어도 알아듣지 못했다.

결국, 그들에게 몇 번이고 되묻고, 그들이 보내준 사진과 자료를 받아 시계초침제작소를 구석구석 뒤진 끝에야 답을 보낼 수 있었다.

- CHS: 마지막으로 임곗값? 93입니다.

- TPL: …확실한가?

- ACTR: 다시 확인해주세요.

이연우는 눈을 돌려, CRT 모니터 옆에 내려놓은 잡동사니

중 온도계 같은 물건을 보았다. 잠깐 채팅하는 동안 붉은 액체가 조금 올라가 94가 되어 있었다.

타닥타닥.

- CHS: 방금 올라서 94가 되었습니다. 안 좋은 겁니까?

- TPL: 안 좋지. 임곗값이 100이 되면 고장 난 시계로도 시간을 막을 수 없으니까. 그렇다면 생각보다 여유가 없겠는데. 10년은커녕 한 달도…

임곗값이 너무 높았다. 이대로면 연구는 시작도 할 수 없었다.

채팅이 멈췄다. 시간을 멈췄는데도, 그들에게는 시간이 없었다. 그 사실 앞에서 그들은 고민하다가 이연우를 찾았다.

- TPL: 그 주사위, 리스크가 얼마나 크지?

- CHS: 대실패가 나오면 무슨 일이 일어날지 모릅니다.

이연우는 그가 겪었던 일들에 대해 숨기지 않고 그들에게 말했다. 차원 이동과 총기 폭발과 시간 정지의 저항.

채팅창은 한참을 멈춰 있다가, 우울한 감정을 잔뜩 품은 채 다시 대화가 올라왔다.

- TPL: 위험이 너무 크군… 주사위는 포기하지.

지구를 재생하기 위해 시간을 멈췄다. 그런데 까딱 잘못하면 지구가 영원토록 멈출지도 모르는 일 아닌가. 그들은 그런 위험을 감당할 수 없었다.

- TPL: 어쩌면 운명일지도 모르겠어. 사람의 힘으로 막을

수 없는···

이연우는 고개를 숙여 두 손을 내려다봤다. 이상기후를 막지 못한다면, 자기 살길부터 찾아야 했다. 하지만 그렇다고 아예 손 놓고 있을 수만은 없지 않을까?

생존은 쉬웠다. 생존 준비를 하는 김에, 다른 일을 도울 여력은 충분했다.

이연우는 고개를 들었다.

- CHS: 아직 시간이 있습니다.

회사가 예견한 멸망은 15년에서 30년 사이. 지구를 포기하지 못한 사람들의 연구는 그 시간 안에 결과를 보면 된다.

모두가 노력한다면, 어쩌면 자정을 가리킨 지구 종말 시계가 다시 자정부터 움직일 수 있지 않을까.

- CHS: 그 연구, 멀쩡하게 움직이는 세상에서 계속합시다.

46

이연우의 말에 대답이 돌아왔다.

- TPL: 당연히 계속해야지.

TPL은 독단적으로 종말 방어 장치까지 가동했다. 잠깐은 좌절해도, 아예 꺾일 정도로 의지가 약한 사람이 아니었다.

이연우가 조금은 멋쩍은 미소를 지으며 모니터를 보았다.

- TPL: 임곗값의 추이를 보니, 우리에게는 한 달 정도 남았어. 그 시간 동안 조직을 정비하고, 대략적인 행동 지침을 세우지.

한 달이란 시간.

연구를 이어가기에는 짧은 시간이기에, 그들은 시간이 재생된 후 무엇을 할지부터 정하기로 했다.

- TPL: 우리의 목적은 지구의 재생. 그것을 위해서는 수단을 가리지 않는다.

- CHS: 모든 집단의 기술과 이상을 동원하여 방법을 찾는

다. 맞습니까?

이연우가 묻고, TPL이 답했다.

 - TPL: 맞아. 쉽지는 않을 걸세. 강탈과 협박은 필수일 거야.

그 뒤로 TPL은 그동안 조사한 자료를 보내왔다. 여러 집단에서 소유한 이상. 각 집단에서도 핵심으로 꼽히는 중요 자원.

골드버그클럽의 황금만능주의, 자유예술가협회의 지구화 地球畵, 멸망주의자의 지우개 등등…

총 들고 협박해도 건네주지 않을 이상 개체들. 그것을 읽은 이연우는 의문을 가졌다.

 - CHS: '우리의 목적'이라고 했는데, 또 누가 있습니까?

 - TPL: 많지는 않아. 회사원 중 내 뜻에 공감한 몇, 안면이 있는 이런저런 집단 사람 몇. 그리고 자네 둘.

 - ACTR: 진짜 조금이네요…

그럴듯한 집단이라기에는 시간물리학연구소의 소장이 지인을 끌어모아 만든 동아리 수준이었다.

 - TPL: 그래도 해봐야지. 각자 자기 자리에서 시계 톱니바퀴처럼 자기 할 일을 한다면, 지구 종말 시계를 다시 돌릴 수 있지 않겠는가.

이연우는 작은 한숨을 내쉬었다. 역시 쉽지 않았다. 모두가 힘을 합친다길래, 동맹이라도 맺은 줄 알았더니…

물론, 그래도 돕기야 하겠지만…

 - CHS: 저는 뭘 할까요? 조사원인데요.

- TPL: 훌륭하군. 조사 중에 우리 목표에 필요한 이상 개체를 발견한다면, 따로 챙겨주게.

일전에 골드버그클럽이 했던 제안과 비슷했다. 그러나 이연우의 대답은 그때와 달랐다. 이연우는 고개를 까딱이며 키보드를 두들겼다.

'어차피 생존에 필요한 이상 개체면 적당히 숨기려고 했어.'

- CHS: 가능하다면 그리하겠습니다. 그것 말고는 없습니까?

- TPL: CHS가 한국에 있지? 이제부터 자네는 한국 지부의 지부장일세. 한국에서 필요한 일이 있으면 부탁하지.

- TPL: 그리고 가능하면 한국 지사의 회사원을 포섭해주게.

이연우의 표정이 떨떠름하게 변했다.

- CHS: 한국에 조직원이 있습니까?

- TPL: 자네뿐일세.

- CHS: 그러면 지원은요?

- TPL: 지원까지 하기에는 우리 역량이…

일만 있고, 지원도 대가도 없다는 소리 아닌가. 그나마 받은 건 허울뿐인 직위고. 그야말로 열정 하나로 일하라는 소리였다.

TPL도 민망한지 뒤늦게 채팅을 올렸지만, 이연우의 의욕은 이미 바닥을 친 뒤였다.

- TPL: 그래도 회사에서 간섭하지는 않을 걸세. 그럴 여유도 없고, 암묵적으로 눈감아주는 부분도 있고. 필요하면 내가

다소의 금전적 지원을 해주는 것도 가능해.

　- CHS: 예, 알겠습니다.

　이연우는 적당히 얼굴을 찡그리고 대답했다. 할 수 있는 일은 돕는다. 그뿐이었다.

　'1순위는 내 생존이야.'

　머지않은 미래에 다가올 멸망으로부터 살아남을 길을 마련하는 것이 우선이었다. TPL을 돕는 일은 적당히 여유가 있을 때. 무리하지 않는 선에서만.

　- ACTR: 그런데 조직 이름은 뭐예요?

　- TPL: 지구를 포기하지 못한 사람들의 모임이면 충분하지 않나?

　- ACTR: 네? 그건 너무 촌스럽잖아요! 새로 지어요!

　- TPL: 직관적이고 좋다고 생각하는데. 굳이 바꾸겠다면, 좋은 이름 있나?

　ACTR과 TPL이 이름을 두고 다퉜다. 이런저런 이름을 내밀었지만, 서로 의견이 달라 채팅이 끊이지 않고 이어졌다. 이연우는 끼어들지 않았다. 이름이야 중요하지 않았다.

　그저 느슨한 자세로 앉아 허공을 노려보며, 생존 준비를 어떻게 할까 고민했을 뿐.

　'생존을 돕는 이상 개체를 확보하고, 이주지나 셸터로 잠입할 방법도 찾아보고. 최후에는 주사위 도박도 나쁘지 않겠지.'

　주사위로 차원 이동을 일으켜 이주지로 가는 방법도 있지 않나.

그러는 동안 이름이 정해졌다. 이연우는 모니터를 보았다.

- ACTR: 그러면 시계수리공으로 해요.

자정을 가리킨 지구 종말 시계가 멈추지 않고 00시 01분부터 움직이게 고치는 사람들.

- TPL: 알겠네, 알겠어.

- ACTR: CHS도 동의하죠?

- CHS: 이름은 신경 안 씁니다.

그렇게 이연우는 시계수리공의 한국 지부 지부장이 되었다.

이런저런 계획을 세우고 고치기를 반복하다 보니, 임곗값이 99까지 치솟았다. 앞으로의 연락은 메신저 앱으로 하기로 결정한 그들은 시간이 재생되기를 기다렸다.

터벅터벅. 풀썩.

지하 강당으로 돌아온 이연우는 김각정 연구원에게 사원증을 돌려준 후, 원래 앉아 있던 자리로 돌아왔다.

가만히 무대를 바라봤다.

이상 소유 자진 신고 기간 현수막이 걸려 있었고, 김각정 연구원은 한창 강의하던 그 자세 그대로 멈춰 있었다.

시간이 멈춘 세상. 모두가 그대로이건만, 이연우만이 바뀌었다. 이연우는 눈을 감았다.

'한 달 동안 나름대로 할 일은 했어.'

시계초침제작소의 기밀문서를 찾아 읽었다. 모르던 정보를 머릿속에 넣었고, 골드버그클럽의 총기 제작장이 이 도시에 있음을 알아내기도 했다.

이연우가 가슴을 매만지자, 안주머니에 넣어둔 사제 권총의 윤곽이 선명하게 드러났다.

'금괴 같은 건 없었지만, 권총만으로도 충분하지.'

골드버그클럽의 총기 제작장에서 사제 권총 몇 자루를 훔쳐 왔다. 총탄도 넉넉하게.

계속 조사원으로 일할 몸이라 차마 회사 비품은 건들지 못했지만, 적대 집단의 것을 가져오는 데는 거리낄 것 없었다.

'이상 개체를 확보하지 못한 게 아쉽지만…'

그리고 시간이 흐르기 시작했다.

모든 사람이 느릿하게 움직이기 시작했다. 소음이 쏟아졌다.

핸드폰을 툭툭 치는 소리, 무수한 숨소리, 바스락거리는 소리를 포함한 인기척, 소곤거리는 잡담 소리, 연구원의 목소리.

"…오오오 이이동할 수 있습니다."

김각정 연구원이 눈을 끔뻑거렸다. 뭔가 변했는데, 뭔지 모르겠는 눈치였다. 연구원은 괜히 옷매무새를 가다듬은 후, 강의를 계속했다.

스피커를 타고 삥삥 터지는 소음.

소리가 낯설었다. 한 달가량의 시간을 정적 속에서 살았던 이연우는 몸을 웅크렸다.

'금방 적응할 거야.'

예민한 귀가 고통을 호소했지만, 감각은 빠르게 무뎌졌다. 과연, 강의가 끝날 즈음이 되자 모든 감각이 이전과 같아졌다.

"강의는 여기서 끝마치겠습니다. 시계초침제작소의 연구원 김각정이었습니다."

짝짝짝짝.

박수 소리가 우레처럼 울려 퍼졌다. 이연우도 박수를 치다가, 자리를 떠나는 사람들 사이에 섞여 지하 강당을 벗어났다.

1층의 데스크 앞.

이연우를 붙잡았던 보안 요원이 데스크 밑에서 에코백을 꺼내, 이연우에게 건넸다.

"여기 있습니다, 사우님."

"예, 감사합니다."

이연우는 뒤도 돌아보지 않고, 쏟아져 나오는 인파와 하나가 되어 건물을 떠났다.

그 뒷모습을 보던 보안 요원은 대기하던 자리로 돌아와 혀를 찼다.

"헛소문 맞네. 아무 일도 안 일어났잖아."

이상 조사반의 사무실.

이연우는 차근차근 보고서를 작성했다. 강연 후기라는 제목으로 시간이 정지한 동안 무엇을 했는지 쓴 보고서.

'TPL의 연구소장은 회사가 무시할 거라고 말했지.'

그 말대로 되었다.

보고서를 올린 지 시간이 꽤 지났음에도, 회사 상부에서는 따로 조치를 취하지 않았다.

그럴 여력이 없기 때문인지, 그들도 지구를 포기하지 못했기 때문인지는 모르겠으나, 못 본 척 슬쩍 넘기고 있었다.

그리고 다시 시간이 흘러, 늦여름의 나른한 오후.

반장이나 유지유나 이연우나 의자에 늘어져 있는 가운데, 유지유가 발끝으로 바닥을 차 의자를 돌렸다.

지이익.

발끝이 끌리며 유지유의 의자가 이연우가 있는 방향에서 멈췄다. 이연우는 핸드폰에 집중하고 있었다.

"뭘 그렇게 봐요? 여자 친구 생겼어요? 요즘 핸드폰 엄청 보던데."

이연우가 움찔 놀라며 핸드폰 화면을 껐다. 시계수리공의 채팅방이 사라지고, 까만 화면으로 돌아왔다.

"예? 아뇨. 그냥 요즘 신경 쓰이는 게 생겨서…"

유지유가 짓궂은 미소를 띠고 뭐라 말하려던 순간, 이연우는 자연스럽게 말을 돌렸다.

"날씨가 심상치가 않잖아요. 지구 망한다는 말도 많길래, 걱정되더라고요."

이연우는 대수롭지 않게 말하며 유지유와 반장을 살폈다. 그들이 이상기후를 알고 있는지.

하지만 그들은 모르는 모양이었다. 유지유가 풋, 하고 웃음을 터뜨렸고, 삐죽 튀어나온 반장의 정수리가 절레절레 움직였다.

"연우 씨, 그런 거 믿어요? 회사원이면서?"

"신입아, 진짜 그렇게 위험한 상황이 오면 회사가 뭐든 한다. 이상한 걱정 하지 마."

회사원이기에 가지는 낙관과 자신감.

이연우의 가슴이 무겁게 가라앉았다. 그는 슬며시 핸드폰을 보는 척하며, 지나가듯 말했다.

"…그래도 보다 보면 재밌더라고요. 생존주의? 서바이벌? 그런 것도 조사원 일에 도움이 되겠다 싶고요."

이상 조사반 사람들을 포섭할지는 정하지 못했다. 이상기후 시나리오라도 알려줄까 고민했지만, 답도 없는데 괜히 걱정만 안겨주는 듯하여 아직 말하지 못했다.

잠깐의 잡담이 끝났다.

유지유가 핸드폰으로 동영상을 보고, 반장이 꾸벅꾸벅 졸기 시작하고, 이연우가 시계수리공의 채팅방을 구경할 때.

똑. 똑.

누군가 이상 조사반의 문을 두드렸다. 조사원들이 문을 바라보자, 두 명의 정보부 요원이 걸어 들어왔다.

"안녕하십니까. 정보부에서 나왔습니다."

"안녕하세요!"

김갑동과 이서연.

심문 때 본 두 요원이 허리를 숙였다가 폈다. 반장은 졸린 눈으로 그들을 보았다.

"정보부? 거기서 왜?"

이연우가 긴장했다. 혹시 시계수리공 때문일까. 핸드폰을 쥔 손이 식은땀으로 젖었다.

두 요원이 넓고 텅 빈 데스크를 둘러보다가, 이연우와 시선을 마주쳤다. 그들이 애매한 표정을 지었다.

"이연우 씨 도움이 필요해서, 지원받으러 왔습니다."

테러

반장의 눈에서 졸음기가 확 사라졌다. 졸음기가 사라진 자리에는 짜증이 서렸다.

"이 새끼들은 조사원이 무료 나눔인 줄 아나. 달라고 하면 줘야 하나? 너 어디 과 소속이야? 상사 누구야?"

"그… 저희는 감사과인데…"

김갑동 요원의 이마에 식은땀이 송골송골 맺혔다. 그는 조사반의 반장이 얼마나 성질이 더러운 사람인지 잘 알았다.

'말 잘못하면 큰일 난다.'

혓바닥이 돌처럼 굳었다. 위협하듯 감사과 상사의 이름을 꺼낼 수도 없었다.

조사반장은 감사과장과 비슷한 권한이 있었다.

"이 새끼들 이상 같은데? 조사 좀 합시다. 어? 막아? 너 이상이지? 이상 개체한테 지배당하고 있지? 특전대 불러라!"

테러

당장 최근만 해도 부모 감별사 최재민과 이연우를 보호하겠다며, 둘에게 관심을 보인 부서 몇 곳을 뒤집어엎었던가.

잘못하면 감사과도 그 꼴이 날 것이었다.

"절대 강제 아닙니다! 이연우 씨 도움이 절실해서 여쭤보러 왔습니다!"

어느새 군인처럼 각진 자세로 선 김갑동이 크게 외쳤다. 그 말에 반장의 눈매가 조금은 풀어졌다.

"…뭔 일인데? 감사과 일에 조사원이 왜 필요해?"

"조사원이 아니라, 이연우 씨가 필요합니다. 정확히는 사고를 부르는 특성이 필요합니다."

네 사람의 시선이 동시에 이연우에게 향했다. 이연우는 불편한 표정을 지으며, 슬며시 책상 칸막이 안으로 몸을 숨겼다.

"일단 무슨 일인지 설명부터 해주세요."

"연우 씨, 별일 아니라… 사실, 별일이긴 한데요."

이서연이 나섰다. 그녀는 말을 고르듯 의족 허벅지를 툭툭 두드리다가, 잠깐 김갑동을 보았다. 어디까지 말해도 되나 묻는 시선.

"다 말해. 믿을 수 있는 사람들이야."

"으흠. 그럼, 말할게요. 요즘 이상하게 회사의 이념을 왜곡하는 사람이 굉장히 많거든요. 왜곡하는 방식도 다양해서 파벌이 지금 엄청 나뉘었어요. 피만 안 봤지, 거의 내전 상태라…"

이서연은 너무 자세하게 이야기했다. 하지만 김갑동은 끼어들지 않았다. 반장의 시선이 무서워서.

"그런데 그중 한 파벌이 이번에 행동으로 나섰다고 하더라고요."

"그 파벌이 정확히 뭡니까?"

이연우는 침착하게 질문했다.

파벌이 나뉜 이유는 짐작이 갔다. 이상기후와 보존 계획. 그에 따른 반응. 자신도 파벌의 일종인 시계수리공의 일원 아닌가.

이서연은 눈을 찡그리며 말했다.

"인류관리회사. 보호를 넘어 인류를 관리해야 한다고 주장하는 사람들이요."

이연우가 숨을 멈췄고, 동시에 반장과 유지유의 표정도 일그러졌다.

"지랄 염병하네."

"우리가 적대 집단도 아니고. 그 사람들 회사원 맞아요? 스파이 아니에요?"

인류를 보호하겠다는 사명과 이념만을 등대 삼아 살아온 직원들에게는 이만한 모욕이 없었다. 그들의 열정과 희생을 모두 짓밟는 말이었으니까.

이서연도 어두운 얼굴로 고개를 저었다.

"스파이 아니고, 다들 착실한 회사원이에요. 그런데 요즘 갑자기…"

테러

이연우는 그 이유를 알고 있었다. 그렇기에 담담하게 물었다.

"그래서 그 사람들이 무슨 일을 한다고 합니까? 정부 주요 인사를 세뇌라도 한답니까?"

"어떻게 알았어요?"

이서연은 눈을 동그랗게 떴고, 반장의 눈치를 살피던 김갑동은 눈을 가늘게 뜨고 이연우를 노려봤다.

이연우는 대충 손을 내저었다.

"인류관리회사라면서요. 회사원이 몇이나 있다고 인류를 관리합니까. 정부를 세뇌해야지."

이연우는 조사원으로서 이 정도 직관은 당연하다는 듯, 태연한 표정을 보여줬다. 하지만 속으로는 다른 생각을 했다.

'세계 각국의 입법기관이나 행정기관을 장악해, 이상기후에 대처할 생각인가.'

그 또한 방법이라면 방법이었다.

하지만 반장과 유지유는 벌컥 성을 냈다.

"정신 나간 새끼들. 그게 적대 집단이랑 뭐라 달라? 그걸 회사원이라고 왜 데리고 있어? 기억 소거제, 아니지, 죽여버려야지!"

"정보부는 뭘 하고 있는 거예요? 그런 인간들 처리하는 게 당신들 일이잖아요."

"그게… 정보부도 파벌이 나뉘어서…"

김갑동이 눈을 내리깔며 말을 흐렸다. 현장 요원에 불과한 김갑동이 할 수 있는 일이 없었다. 정보부도 파벌 싸움이 한창이었으니까.

원리 원칙에 맞게 일하라는 상관의 명령에 따라, 본래 할 일을 할 뿐.

김갑동이 피곤한 얼굴을 한 번 쓸어내린 후, 반장을 보았다.

"그들은 이상을 동원해, 국무회의에 참석한 인원을 싹 다 세뇌할 계획이라고 합니다."

국무회의.

대통령부터 행정 각부의 장관까지 참여하는 회의. 그들을 세뇌한다면 정부의 중추를 장악했다고 말해도 과언이 아니었다.

반장의 표정이 딱딱하게 굳었다. 그는 회사가 의지만 갖는다면 이 정도 일쯤은 충분히 가능하다는 사실을 알았다. 비록 한국 지사의 파벌 하나에 불과하더라도.

탁탁.

반장은 책상을 두들기다가 물었다.

"그거 막을 수 있나? 보니까, 너희만 나서는 거 같은데?"

"지금 그나마 멀쩡한 게 감사과뿐이라. 저희라도 나서야죠."

"특전대는? 그쪽에 지원은 안 받고?"

"그쪽도 지금 상태가…"

침묵이 내려앉았다. 잠깐의 시간이 지난 후, 이연우가 손을 들었다.

"돕겠습니다."

김갑동과 이서연의 얼굴이 조금 밝아졌다. 이연우의 도움이 정말 절실했으니까. 그들은 이연우에게 고개를 꾸벅 숙였다.

"고맙습니다."

"연우 씨, 위험한 일은 없을 거예요! 그냥, 청와대 근처만 돌아다니면 끝이에요!"

그들은 사고와 이상을 끌어들이는 이연우를 미끼 삼아 인류관리회사 파벌의 일원을 잡겠다는 계획을 짧게 설명했다.

어느새 이연우의 책상 앞에 몸을 기댄 김갑동이 안심시키듯 말을 이었다.

"아무리 파벌 싸움 중이어도 한 가족이라 목숨이 위험할 정도로 싸우지는 않습니다."

"예, 그래서 언제 지원 나가면 됩니까?"

"내일 오전 10시에 청와대에서 정기 국무회의가 열립니다. 혹시 모르니 6시까지 와주세요."

이연우는 묵묵히 고개를 끄덕였다. 속으로는 무엇을 들고 갈지, 인류관리회사 파벌을 만나면 무슨 말을 할지 고민하면서.

어슴푸레한 새벽.

에코백을 느슨하게 걸친 이연우는 핸드폰을 두들기며 경복궁 외곽 도로를 따라 걸었다. 우선, 김갑동과 이서연을 만나기 위해 가는 길이었다.

하지만 그 전에, 이연우는 시계수리공의 채팅방에서 정보를 얻고 있었다.

- TPL: 회사가 파벌이 나뉘었다… 그럴 수도 있다고 생각하네. 이상기후에 대처하는 길은 하나가 아니니까.

- CHS: 모르셨습니까?

- TPL: 나는 천생 연구원이라… 친구도 몇 없네.

- ACTR: 저도 잘… 시계탑에는 시간만 연구하는 괴짜들이 모여 있어서요.

도움이 안 됐다.

이연우는 핸드폰을 주머니에 넣고 주변을 둘러보았다. 약속 장소에 다 왔다.

멀지 않은 거리의 편의점.

플라스틱 테이블 위, 이슬이 맺힌 얼음 커피가 놓여 있었다. 그 앞의 김갑동과 이서연은 자잘한 전자 기기를 손보고 있었다.

평상복을 입고 변장 같은 화장을 한 그들은 단순한 시민 같았지만, 대화가 남달랐다.

"배터리 충전 다 했지?"

"네. 예비용으로 들고 온 것도 몇 개 있어요. 선배님은요?"

"형광 조끼, 협력 증명 문서, 테이저건, 다 챙겨 왔지."

이연우는 터벅터벅 발소리를 크게 내며 그들에게 다가갔다. 순간, 긴장한 그들은 눈동자만 움직여 이연우를 보고는 몸에서 힘을 뺐다.

"연우 씨, 왔어요?"

"일찍 왔네."

"잠이 일찍 깨서… 그건 다 뭡니까?"

이연우는 플라스틱 의자에 걸터앉아, 그들이 매만지던 무선 이어폰을 보았다.

"통신 장비. 보디가드가 끼는 인이어 같은 거지. 받아."

김갑동은 자그마한 이어폰 하나를 이연우에게 내밀었다.

"네가 청와대 주변을 돌아다니면, 우리는 근처에서 따라다닐 거야. 필요한 지시는 이걸로 전할 거고, 일 터지면 바로 합류한다."

"그게 끝입니까? 몽타주 같은 거 없어요?"

이어폰을 손에 쥔 이연우가 김갑동과 이서연을 번갈아 봤다. 그들은 어색한 미소를 지었다.

"사실 우리도 누가 올지 몰라서… 의심 가는 사람도 엄청 많고. 그래서 네가 사고를 끌어들이길 기다려야 해."

이연우는 이어폰을 툭 내려놓으며, 황당한 표정을 지었다.

"그럼, 정보는 어떻게 얻었습니까? 뭐 내부자나 해킹으로 얻은 거 아닙니까?"

"아냐. 감사과장님이 담배 피우다가 그놈들이 떠들던 소리를 엿들었다고 하던데…"

이런 게 정보부? 이연우가 입을 헤벌리고 있자, 이서연이 서둘러 핸드폰을 켜 이연우에게 넘겼다.

"그래도 짐작 가는 이상 개체는 있어요. 여기 목록이에요."

이연우는 본능적으로 이서연의 핸드폰을 보았다. 회사 앱에 접속한 화면에는 이서연이 작성한 문서가 있었다.

인류관리회사 파벌이 사용할 것으로 예상되는 이상 개체.

분홍빛을 내뿜는 최면 어플, 병원에서 받을 법한 공포증 처방서, 아이들이 만든 포스터 같은 '지구가 멸망한다!' 등등… 사람의 심리를 조작하는 이상.

이연우는 눈살을 찌푸렸다.

"외형으로 나타나는 게 아닌데… 만나도 못 알아보겠는데요."

"그래서 네가 제일 중요해. 분명히 너한테 다가올 거야. 알아보는 일은 우리가 할게."

"일단, 알겠습니다. 어려운 일도 아닌데."

산책하듯 돌아다니기만 하면 끝. 목숨까지 위험하지는 않은 일.

이연우는 이어폰을 귀에 꽂았다. 이서연이 핸드폰을 가져가더니, 통화하듯 말했다.

"들리죠?"

– 들리죠?

목소리와 이어폰 소리가 겹쳤다. 이연우는 고개를 끄덕였다.

테러

"잘 들립니다."

"그러면 이것도 받고."

김갑동이 가방에서 A4 문서를 꺼내 건넸다. 이연우는 그걸 손에 쥐고 쭉 훑었다.

이상 관리청 협력자 증명 문서.

경찰이나 군인의 검문을 막아주는 문서.

"한국 정부 비밀 기관인 이상 관리청에서 받은 건데, 저기 올라가다 보면 검문받잖아? 그거 막아줄 거야."

경복궁 돌담길을 오르다 보면 검문소가 하나 나온다. 청와대로 들어가는 길목이라 경찰이 검문하는데, 그걸 피할 수 있다는 말.

이연우의 시선이 에코백으로 향했다.

그곳에는 사제 권총이 있었으니까. 시간이 멈춘 동안, 골드버그클럽의 총기 제작장에서 훔쳐 온 권총이.

권총 옆으로 문서를 밀어 넣은 이연우가 자연스럽게 자리에서 일어났다.

"그럼, 지금부터 걷겠습니다."

"그래. 부탁할게."

이연우는 경복궁 돌담길을 따라 걷기 시작했고, 두 정보부 요원은 조금 떨어진 거리에서 관광객처럼 사진을 찍어가며 이연우를 따라갔다.

48

이연우는 돌담길을 걸었다.

이른 새벽이 완연한 아침이 되고, 길가를 거니는 사람과 도로를 달리는 자동차가 점점 늘어나기 시작했다.

출근이 바쁜 회사원, 일찍부터 놀러 온 관광객, 산책을 나온 주민…

이연우는 경복궁 외곽을 빙빙 돌다가, 편의점에 들러 커피를 사 마시기도 하고, 간단한 삼각김밥 따위를 입에 넣기도 했다.

협력 문서를 본 검문소의 경찰이 이연우를 이상한 눈으로 보기도 했다.

그렇게 걷기를 한참, 이연우가 잠깐 멈추고 혼잣말을 중얼거렸다.

"다리가 아픈데…"

지금이 9시니까, 거의 세 시간을 걸은 셈이었다.

종아리부터 허벅지는 물론이고, 에코백을 걸친 어깨와 목까지 안 아픈 곳이 없었다. 발바닥에는 물집이 잡혔는지, 걸을 때마다 이물감이 들었다.

이어폰에서 축 처진 목소리가 들렸다.

– 저도 아파요. 의족이 허벅지를 짓눌러서…

불평이 쏙 들어갔다. 이연우보다는 이서연이 더 고통스러울 테니까. 괜히 헛기침을 반복한 이연우가 다시 혼잣말을 흘렸다.

"화장실이 어디 있을까."

잠깐 화장실에 들르겠다는 말이었는데, 이서연의 대답이 냉큼 돌아왔다.

– 거기 왼쪽 건물 보이죠? 아까 지나가면서 봤는데, 그 안에 있더라고요.

"…"

어정쩡한 표정을 지은 이연우가 화장실로 걸음을 옮겼다.

이연우는 세면대 앞에서 걸음을 멈췄다. 그러고는 잠깐 거울을 보았다.

아침인데도 얼굴이 피로에 찌들어 있었다. 늦여름이라 선선한 아침인데도, 끈적한 땀으로 얼굴이며 목이며 팔뚝까지 젖었다.

쏴아아.

시원한 물로 세수를 몇 차례 하고 팔뚝의 찌든 땀까지 씻

어내던 이연우가 순간 멈칫했다.

"아침부터 뭐냐, 이게."

"진짜 이런 일에 왜 우릴…"

이연우는 떠들면서 화장실로 들어오는 두 남자와 흐릿한 거울을 통해 눈이 마주쳤다. 두 남자도, 이연우도 멈췄다. 그저 눈동자만 빠르게 움직이며 서로를 살폈다.

'일반인이 아니야.'

이쪽에서 일하는 사람의 분위기가 있다. 그 분위기가 두 남자에게서 느껴졌다. 두 남자도 이연우에게서 그 분위기를 느꼈다.

쏴아.

물이 쏟아지는 소리만 들려오는 가운데, 긴장이 흘렀다.

먼저 행동한 건 이연우였다. 입을 벌리고, 크게 외쳤다.

"지원, 빨리!"

"제압해!"

두 남자가 거칠게 달려들어서, 이연우는 총을 꺼낼 생각도 못 하고 젖은 손으로 에코백을 휘둘렀다.

쐐액.

이런저런 공구가 잔뜩 들어 있는 에코백이 한 남자의 얼굴을 때렸다. 가방의 무게와 철제 공구의 단단함. 묵직한 소리와 함께 휘청인 남자가 얼굴을 감싼 순간, 다른 남자가 지척까지 다가와 두 손을 뻗었다.

"너!"

어깨와 손목을 동시에 노리는 손과 이연우의 발목을 후려치는 발. 유도 기술인 듯했다.

'잡히면 죽는다!'

매트도 없는 바닥에 내리꽂히면 중상이다.

이연우는 세면대에 엉덩이를 올리며, 두 다리를 들어 남자의 명치를 밀어 찼다. 하지만 계속 걸었던 탓일까. 다리에 힘이 제대로 실리지 않았다.

남자는 밀려나지 않고, 그대로 이연우의 발목을 붙잡았다. 발목이 으스러지라고 쥐는 손.

"화장실! 여기요!"

"이 새끼들!"

동시에 허겁지겁 뛰어온 두 요원이 합류했다. 이연우와 마찬가지로 잔뜩 지친 김갑동과 이서연은 두 남자에게 몸을 들이받았다.

우당탕퉁탕.

두 남자가 넘어지고, 이연우의 발목을 잡은 손이 미끄러졌다.

이연우는 다급하게 화장실 안쪽으로 달려간 후, 상황을 살폈다.

"이만 포기해!"

"세 명이다! 지원, 지원 요청해!"

"악!"

난리가 났다. 네 명은 이리저리 엉켜서 난투를 이어갔다.

코피를 줄줄 흘리는 남자는 김갑동과 치고, 막고, 때리고, 붙잡기를 반복했고, 유도를 익힌 남자는 쓰러진 자세에서 이서연의 발목을 붙잡았다가, 그대로 뽑힌 의족을 보고 당황을 감추지 못했다. 이서연의 몸이 기우뚱 기울었다.

'못 이기겠어.'

이연우는 에코백 안에 손을 넣어 빠르게 뒤지다가, 총을 꺼냈다.

"멈추세요."

아무도 듣지 않았다. 그들은 싸움에만 온 정신을 집중하고 있었다.

이연우는 권총을 겨눴다.

"여기 총 있습니다."

그 말에 거짓말처럼 모두의 움직임이 멈췄다. 뒤엉킨 자세에서 그들은 고개만 돌려 이연우를 보았다. 거무튀튀한 사제 권총에 집중된 시선.

"…골드버그클럽?"

출시된 어떤 총기와도 다른 모델. 골드버그클럽의 사제 권총.

두 남자의 표정이 이상하게 일그러졌다.

"테러리스트가 아니라?"

"테러리스트요? 저희가요? 당신들이 테러리스트 아니고요?"

이연우의 표정 역시 이상하게 변했다. 뭔가가 잘못됐다. 잡히라는 물고기 대신 다른 물고기가 걸렸다.

남자가 작게 말했다.

"우린 이상 관리청 직원인데…"

어색하게 눈치를 살피던 김갑동과 남자는 주먹을 내렸고, 다른 남자는 이서연에게 의족을 돌려줬다.

김갑동이 얻어맞은 얼굴을 문지르며 말했다.

"우리, 대화가 필요해 보이는데. 거기, 이연우 씨도."

총기에서 떨어지지 않는 눈동자. 이연우는 어깨를 으쓱이고는 총을 에코백에 넣었다.

"장소부터 옮기죠. 여기는 좀…"

그들은 가까운 카페로 들어갔다.

이연우가 커피를 받아 탁자 중앙에 올려두자 사람들은 저마다 커피를 들고 갔지만, 누구 하나 입을 열지 않았다.

김갑동과 이상 관리청 직원은 멍들고 부어오른 얼굴이나 코피를 막은 코를 꾹꾹 누르면서, 서로를 노려봤다.

한국 내에서 경쟁하는 기관 간의 은근한 기 싸움이었다. 네가 먼저 말하지 않으면 나도 말하지 않겠다는 태도.

'이럴 때가 아닐 텐데.'

툭, 탁자를 친 이연우가 입을 열었다. 먼저, 김갑동을 향해

서였다.

"골드버그클럽 안 들어갔습니다."

"…그럼, 그 총은 어떻게 구했어?"

"훔쳤어요."

"뭐?"

김갑동이 무슨 말도 안 되는 소리를 하냐는 듯, 퉁퉁 부어오른 눈으로 이연우를 보았다. 이연우는 태연했다.

"그럴 일이 있었습니다. 자세한 건 비밀인데, 상부에는 다 보고했고요."

그 대화를 듣던 남자가 한쪽 눈만 찡그렸다. 듣자 하니 골드버그클럽이 아니었다.

"당신들, 누구야?"

"회사요."

"인류보호회사?"

이연우가 협력 문서를 꺼내 보여줬다. 물에 젖고 구겨졌지만, 위조가 아니라 진짜였다.

"아, 헛짓했네…"

두 남자가 동시에 긴장을 풀었다. 그들은 머리를 감싸 쥐고, 의자에 등을 기대며 한숨을 내쉬었다. 그러고는 갑자기 등을 꼿꼿하게 세웠다.

"여러분도 첩보 들었나 봅니다. 이렇게 된 거 협력 어떻습니까?"

"…무슨 첩보 들었습니까?"

"당신들도 알 텐데. 오늘 국무회의."

김갑동과 이서연이 잠깐 눈을 마주했다.

'애네가 그걸 어떻게 알지? 회사 내부에서 일어난 일인데?'

'몰라요.'

눈으로 나누는 대화는 이상 관리청 직원의 말에 의해 빠르게 끝났다. 남자가 말했다.

"우리도 정확한 내용은 모릅니다. 이상 위험 보안국에서 단편적인 위험을 예지했는데, 이상으로 인한 테러가 일어난다고만 했습니다. 그쪽은 뭐 더 아는 거 없습니까?"

김갑동은 능숙하게 말을 받았다.

"우리도 비슷합니다. 국무회의에 테러가 일어난다고 예측해서, 그거 막으러 왔습니다."

다 말할 필요는 없었다. 회사의 파벌 하나가 정부 인사를 세뇌하러 왔다고, 정부의 비밀 기관에 알려서 좋을 게 없다.

이상 관리청 직원은 의심하지 않고, 손목시계를 힐끔 보았다.

싸우는 중에 깨졌는지, 잔뜩 금이 간 손목시계. 직원은 쓰린 마음을 애써 달래며 시간을 확인했다.

"9시 20분… 청와대로 갑시다. 상대가 누구든 결국 청와대로 들어올 테니까."

대충 커피를 벌컥벌컥 마신 후 자리에서 일어난 그들은 카폐를 나섰다. 목적지는 청와대였다.

"안 됩니다. 못 들어갑니다."

말없이 걷던 다섯 사람은 청와대 정문에서 막혔다. 이상 관리청의 직원이 정문 경비에게 뭐라 뭐라 목소리 높여 말했지만, 정문 경비는 모른 척했다.

직원이 쾅쾅 발을 굴렀다. 한 손에 무슨 사원증 같은 것을 들고 내밀며 흔들었다.

"당신들은 막을 권한이 없습니다!"

"계속 난동 부리시면 저희도 가만히 있지 않겠습니다."

무뚝뚝한 얼굴로 그리 말하는 경비의 눈동자에는 언뜻 분홍빛이 스친 듯했다.

여차하면 망설이지 않고 대통령 경호처, 서울경찰청 경비단과 수도방위사령부 경비단에 신호를 보낼 태세.

이상 관리청 직원이 입을 꾹 다물었다.

그때 인류보호회사의 세 명이 이상 관리청 직원을 제치고, 정문으로 자연스럽게 다가갔다.

"잠깐 지나가겠습니다."

"알겠습니다. 지나가시죠."

철컹.

굳게 닫힌 정문이 열렸다. 이상 관리청의 두 명은 눈을 휘둥그레 뜨고 회사원들을 보았다.

테러

형광 조끼를 걸친 그들은 자연스럽게 청와대에 진입했다. 김갑동이 슬쩍 웃으며, 직원들을 향해 손을 흔들었다.

"청와대 안쪽은 우리가 담당하겠습니다. 바깥 일 좀 부탁합니다."

민간 대응반의 장비인 자연스러운 형광 조끼. 잠입에 특화된 이상 장비를 입은 그들은 닫히는 철문 너머로 멀어졌다.

이상 관리청의 직원들은 차마 따라붙지 못하고, 당혹한 눈으로 회사원들을 바라보기만 했다.

정문에서 조금 멀어졌을 즈음, 김갑동이 히죽 웃었다.

"저놈들 표정 봤어? 닭 쫓던 개 같은 얼굴 해서. 어디 감히 일개 기관이 회사에 비비려고."

김갑동은 얼어맞아서 푸르게 멍들고 퉁퉁 부은 얼굴로 미소를 감추지 못했다. 이서연은 미묘한 표정을 지었다.

"선배님, 이렇게 좋아할 때는 아닌데요."

김갑동의 미소가 턱 굳었다. 어쨌든 회사의 파벌이 정부 요인을 세뇌하러 왔고, 그는 그걸 막으러 온 몸이니까.

김갑동은 입을 우물거리다가, 문득 그들 앞에서 걷고 있는 사람을 발견했다.

"어…"

그들처럼 형광 조끼를 입은 남자가 느긋하게 걷고 있었다. 분홍빛을 내뿜는 핸드폰을 왼손에 쥐고 흔들면서.

그가 문득 인기척을 느끼고 뒤를 돌아봤다. 중년의 남자였다. 고생이 많았는지 잔주름이 많은 얼굴.

김갑동이 입술을 떨며 말했다.

"1차 대응과 과장님?"

49

1차 대응과 과장이 직접 왔을 줄은 몰랐다. 기껏해야 현장 직 한두 명일 줄 알았는데… 김갑동은 찢어진 입술을 꽉 깨물었다.

당황할 때가 아니었다. 눈을 질끈 감으며 김갑동이 버럭 외쳤다.

"눈 감아! 저거 보면 안 돼!"

눈만 감으면 최면 어플을 피할 수 있다.

이연우는 이미 눈을 감은 뒤였고, 이서연이 다급하게 한 손으로 눈을 덮었다. 어두운 시야 속에서 과장의 목소리가 들렸다.

"감사과 친구들이군. 그쪽은 처음 보는 사람이고. 그런데 눈 감고 있으면 나를 어떻게 막으려고…"

한창 말하던 과장의 목소리가 멈추었다. 그의 시선은 이서

138

연의 허벅지로 향했다. 과장이 눈매를 살짝 찡그렸다. 의족에
폭탄을 박은 신입 요원의 이야기는 유명했으니까.

"폭탄?"

폭발은 두렵지 않았다. 안전거리만 확보하면 된다. 하지만
폭발로 인한 결과는 성가시다. 국무회의가 연기될 테고, 정부
주요 인사들은 피신할 테니까.

이서연이 허벅지를 두드리며 친근하게 말했다. 여전히 손
으로 눈을 덮은 상태로.

"과장님, 이유는 묻지 않을게요. 저희랑 같이 돌아가요."

과장은 고개를 저었다. 그러고는 단호한 목소리로 거절
했다.

"그럴 수는 없지. 해야 하는 일이야."

"과장님, 저는 견습 요원이지만 이건 배웠어요. 이상이 정
부와 엮이면 안 되잖아요. 세계대전의 참상을 과장님도 아시잖
아요."

국가와 이상이 엮이면 무슨 일이 벌어지는지, 그들은 역사
에서 교훈을 얻었다.

그렇기에 정치나 정부에 지나치게 간섭하지 않는 것, 나아
가 국가가 위험한 이상 개체를 소유하지 못하도록 막는 것이
회사의 방침이었다.

과장도 잘 알고 있었으나, 그 결과 또한 알았다. 이상기후.
자멸의 길로 달려가는 인류.

'아무것도 모르고 있나… 그렇다면 설득은 필요 없겠지.'

과장은 이렇게 생각한 후, 소리 없이 발걸음을 옮겼다. 같은 식구끼리 싸울 필요는 없었다. 각자의 자리에서, 주어진 상황 안에서 최선을 다할 뿐.

세 걸음쯤 움직였을까.

과장이 문득 걸음을 멈췄다. 두 정보부 요원이 어긋난 방향을 향하고 있을 때, 누군지 모를 남자가 눈을 뜨고 과장을 보고 있었으니까.

분홍빛을 내뿜는 핸드폰부터 앞으로 내미는 순간, 남자가 먼저 말했다.

"조사원 이연우입니다."

"…그 조사원이군."

주사위를 가진 조사원. 사건 사고가 끊이지 않는 이상한 조사원.

과장은 핸드폰을 다시 내렸다. 저항이 가능한 상대, 그것도 무슨 일을 일으킬지 모르는 상대를 자극할 필요는 없었다.

이연우는 에코백에서 권총을 꺼내 들고는, 총구를 바닥으로 내렸다.

"싸울 생각은 없습니다. 저는 과장님의 행동을 이해합니다."

"글쎄."

"저도 압니다."

그 말에 과장의 반응이 달라졌다. 반쯤은 시큰둥하고 반쯤은 긴장했던 얼굴이 살짝 풀어졌다. 과장은 떠보듯이 말했다.

"뭘?"

"시나리오와 계획. 500만 명."

의미심장한 세 단어. 정보부 요원 둘은 머리 위로 물음표를 띄웠고, 과장은 흥미를 보였다. 과장이 고개를 살짝 기울였다.

"그렇다면 알 텐데. 이건 해야 하는 일이라는 걸. 그런데 날 막으러 왔나?"

"아닙니다. 당신을 만나러 왔습니다."

대화를 이어가기 전에 이연우는 잠깐 말을 골랐다. 정보부 요원이 듣고 있는 자리. 신중해야 했다.

다행히 말을 꾸미기는 어렵지 않았다.

"저도 파벌의 하나에 속해 있습니다. 그들을 대표하여 협력 관계를 맺으러 왔습니다."

그를 위해서 이 일에 지원을 나온 것이다. 테러를 막기 위해서가 아니라.

"지금 무슨 소리를…!"

"연우 씨!"

두 요원의 얼굴이 일그러졌으나, 그들은 이 대화에 참여할 자격이 없었다. 과장과 이연우는 서로를 바라보며 그들만의 대화를 이어갔다.

"무슨 파벌이지?"

"시계수리공입니다."

"처음 듣는데."

이연우는 고개를 끄덕였다. 한국에는 그 한 명뿐이었다. 아는 게 이상했다.

"국내외 기관 여럿이 모인 파벌입니다."

과장의 눈이 조금 커졌다. 인류관리회사 역시 해외 지사의 동지와 말을 주고받지만, 국내외 기관이 모였다고 말하기는 힘들었다.

"확실한가? 대략적인 목표만 공유하는 수준이 아니고?"

"제가 한국 지부장입니다. 우리는 하나의 목표를 가지고 힘을 모았습니다."

물론, 실속은 없었지만, 포장하기 나름이었다. 당당한 표정과 자신감 있는 자세.

과장은 시계수리공이라는 단어를 몇 번 중얼거리다가, 문득 손목시계를 보았다.

9시 45분.

잠깐 대화할 시간은 있었다.

"흥미롭군. 너희는 어떤 방식으로…"

그 순간이었다. 돌연 굉음이 터졌다.

콰아아앙!

과장과 이연우, 눈을 뜬 두 정보부 요원의 고개가 오른쪽으로 돌아갔다.

여민관. 국무회의가 열릴 건물에 푸른 불꽃이 피었다. 테러였다.

콰아아아!

불꽃 속에서 푸른 꽃이 열기와 굉음을 내뿜으며 피어올랐다. 열기와 화염으로 이루어진 꽃은 산소를 먹어치우며 조금씩 몸집을 부풀렸다.

동시에 청와대는 난리가 났다. 공격받은 벌집처럼 곳곳에서 사람이 쏟아져 나왔다.

민간인과 병력의 발걸음이 일제히 땅바닥을 울렸고, 고함이 허공을 채웠다.

"테러다! 빨리 움직여!"

"저게 뭐야?"

"그… 어디야! 이상? 관리청? 불러!"

총기를 든 경찰과 군인이 다급하게 달렸다. 다들 경황이 없는 표정.

무리 지어 달리는 병력은 회사원을 잠깐 보았지만, 그냥 스쳐 지나갔다. 형광 조끼를 입은 그들이 이 자리에 있는 것은 자연스러운 일이었기에, 병력 또한 그들을 무시하고 여민관으로 움직였다.

"머저리들이…!"

과장의 얼굴이 악귀처럼 일그러졌다. 빠득, 이 갈리는 소리가 유난히 선명하게 들렸고 나직한 읊조림이 소란에 더해졌다.

김갑동이 손을 떨며 푸른 꽃을 가리켰다.

"뭡니까! 저거 회사가 소유한 이상 개체 아닙니까! 저게 왜…!"

"머저리 같은 강경파 놈들이 손을 쓴 거지. 머리부터 날리겠다고."

김갑동과 이서연과 이연우의 시선이 과장에게 향했다. 과장은 순식간에 냉정을 되찾았다. 1차 대응과 과장으로서 차분하게 명령했다.

"김갑동 요원, 이서연 견습 요원. 회사에 보고부터 해. 저거 수습 늦으면 일대가 파괴된다."

산소를 먹고 자라는 푸른 화염 꽃.

충분히 자라면 사방으로 씨앗을 흩뿌리고, 그 씨앗은 산소를 먹고 자란다. 막지 않는다면, 지구의 산소가 고갈할 때까지 자랄 것이다.

김갑동과 이서연이 눈을 번쩍 뜨고는, 핸드폰을 꺼내 어딘가로 전화하기 시작했다.

"김갑동 요원입니다! 지금 청와대에 테러가… 뭐요? 당신 어디 파벌이야? 지금 푸른 꽃으로 테러가 일어났다니까! 그래!"

"긴급 보고, 긴급 보고. 정보부 감사과 견습 요원 이서연. 위치는 청와대. 이상 테러입니다."

몸을 돌려 목청을 높이고, 빠르게 속삭이는 두 사람.

그동안 과장과 이연우, 두 사람은 침묵했다.

과장은 이 상황에서 정부 요인들을 세뇌하기는 힘들어서, 이연우는 슬슬 도망갈까 고민하느라.

짧은 시간 동안 더 자라난 푸른 꽃이 시야 한구석을 차지했다.

'인류관리회사 파벌에 시계수리공에 대한 말은 했으니까, 이만 돌아가도 돼.'

이연우는 목적을 이뤘다. 테러는 관심사가 아니었다. 15년 후면 인류가 멸망할 텐데.

"그럼 저는 이만…"

이연우는 과장에게 작별 인사를 하기 위해 고개를 돌렸다가, 사람 하나를 보았다.

수많은 사람이 내달리는 도로. 그 사이로 저벅저벅 걸어오는 한 사람이 있었다. 그들처럼 형광 조끼를 입고, 푸른 알갱이가 든 실린더를 쥔 남자. 그가 과장을 보고 걸음을 멈췄다.

"1차 대응과 과장? 안타깝지만 한발 늦었어."

과장이 몸을 돌려 상대의 얼굴을 확인하곤, 냉정하게 말했다.

"특전대 작전 과장. 선을 넘었군."

"에헤이. 그쪽도 똑같은 짓을 하려고 왔으면서, 나한테 이러면 안 되지."

작전 과장은 천연덕스럽게 한쪽 입가를 비틀어 올렸다. 그는 실린더로 1차 대응과 과장의 핸드폰을 가리켰다.

"사람을 세뇌하는 거나 죽이는 거나, 똑같잖아. 이왕 행동하기로 한 사람끼리 이러지 말자고. 모로 가도 서울로만 가면 되잖아?"

"다르지. 이건 회사가 용납하지 않을…"

"용납하지 않으면 어쩔 건데? 여력이 없는데. 그리고 회사가 무슨 자격으로?"

1차 대응과 과장은 침착을 유지하는 반면, 작전 과장의 눈동자에는 돌연 불꽃이 확 튀는 듯했다. 목소리에 분노와 열기를 품었다.

"회사는 지구를 포기했어. 사람들을 살릴 수 있는데도."

작전 과장이 실린더를 식칼처럼 내리치며 외쳤다.

"70억 명만 죽이면, 이상기후는 해결돼. 어렵지도 않지. 회사가 억제하고 있는 이상 개체 몇 개만 풀어놓아도 핵무기는 우스우니까!"

"반박할 가치도 없는 말이군."

이연우는 한 걸음 물러나 그들의 대화를 들었다. 상황을 파악하고, 남자가 속한 파벌의 이념을 알아냈다.

'인류학살회사? 이상기후의 원인은 인간이니, 인간을 죽이겠다?'

이해는 갔지만, 선뜻 공감하기 힘든 목표. 애초에 이상기후의 원인조차 파악하지 못했는데.

'저 파벌과 손을 잡아도 괜찮을까?'

작전 과장이 갑자기 차분해졌다. 감정이 양극단을 오갔다.

"보존 계획이 진행된다면 500만 명만 살겠지. 다른 집단도 다 합친다면 그쯤 살릴 테고. 하지만 70억 명을 죽이면 10억 명이 살아남아. 이게 더 많이 살리는 길이야."

"그걸 몰라서 안 하나?"

70억 명의 생명을 직접 거두면, 회사는 더 이상 인류보호회사가 아니게 될 것이다.

"그딴 짓을 하면 회사는 다시는 과거로 못 돌아가."

"피는 우리가 보고, 책임도 우리가 질 거야. 너희, 인류관리회사는 얼마 안 남은 인류를 잘 관리하면 돼. 우리가 차려놓은 밥상에 숟가락만 올리면 된다고."

1차 대응과 과장은 단단한 얼굴로 짧게 고개를 저었다.

"우리는 우리가 알아서 해. 너희 도움은 필요 없어."

"그래? 하하. 그러면 끝까지 우리를 방해하겠다고?"

"네가, 지금, 날 방해했지."

작전 과장은 실린더를 던질 듯한 자세를 취했고, 1차 대응과 과장은 슬며시 핸드폰을 들어 올렸다. 분홍빛이 일렁이는 핸드폰.

불길이 이글거리는 작전 과장과 냉정한 1차 대응과 과장이 눈도 깜빡이지 않고 서로를 노려봤다. 상대에게 틈이 보이는 순간, 공격에 나설 태세.

그쯤에서 이연우가 끼어들었다. 목을 몇 번 가다듬고, 성

테러

큼 걸어 1차 대응과 과장의 옆에 섰다.

긴장이 분산되었다. 1차 대응과 과장과 작전 과장은 제삼자인 이연우를 바라보았다.

"조사원 이연우입니다."

"그 조사원?"

작전 과장이 흠칫 놀라며, 푸른 씨앗이 들어 있는 실린더를 꽉 붙잡았다. 이연우를 노리는 실린더. 1차 대응과 과장이 옆에서 말을 거들었다.

"이쪽도 알아. 시계수리공이라는 파벌에 속해 있다던데."

"못 들어봤는데. 무슨 파벌이지?"

"이상기후를 해결하기 위한 파벌입니다."

"그러니까 무슨 방법으로?"

슬슬 작전 과장의 눈동자에 불티가 튀는 듯했다.

이연우가 말했다.

"회사, 적대 집단, 우호 집단을 가리지 않고 모든 이상 개체와 기술을 모아 이상기후를 물리칠 방법을 찾기로 했습니다."

1차 대응과 과장과 작전 과장의 표정이 복잡해졌다. 조금의 부끄러움인지, 후회인지, 회상인지 모를 낯빛. 그들은 입술을 몇 번 달싹이다가 작게 말했다.

"정직하고, 이상적이군."

"…좋네."

이상으로부터 인류를 보호하라.

1차 대응과 과장과 작전 과장은 그를 위해 쉬운 길을 선택했다. 이상기후로부터 살아남기 위해 이상으로 인류를 조작하는 길. 본말전도. 적대 집단으로 정의되는 행동.

반면 시계수리공은 인류보호회사의 초심을 잃지 않았다. 올곧게, 정면으로 이상기후에 맞서고자 했다.

비록 그 길이 좁고 희미하여 보이지 않는다 해도, 그들은 정도를 무시하지 않았다.

50

푸른 꽃이 자라나는 청와대.

이글거리는 열기가 바람을 타고 훅 밀려오는 도로. 땀을 뻘뻘 흘리며 바쁘게 오가는 사람들. 요란한 목소리들.

그 소란 속에서, 오직 회사원들 사이만 고요했다.

"…"

"…"

김갑동과 이서연은 대화를 엿듣다가 안색이 창백해졌고, 1차 대응과 과장과 작전 과장은 허공 어딘가를 보며 생각에 잠겨 있다가 천천히 눈을 돌려 이연우를 보았다.

실린더를 느슨하게 고쳐 쥔 작전 과장이 말했다.

"그래서 뭐? 무슨 말을 하려고?"

"동맹이든, 협력 관계든 맺을 수 있겠습니까? 솔직히 말해, 시계수리공 힘만으로는 가능성이 적습니다. 함께하는 사람이 많을수록 성공할 확률이 올라갑니다."

이연우는 솔직하게 말했다. 당신들의 도움이 필요하다고. 힘을 더해달라고.

이연우의 목소리가 진솔했다. 사실 시계수리공이라고 해 봐야, 사람 몇 명 모인 동아리 수준이었으니까. 눈동자로 감정을 그대로 내비쳤다.

과장은 주머니를 뒤져 명함 하나를 꺼내 이연우의 에코백에 밀어 넣었다.

"내가 도울 수 있는 일이라면 돕지. 파벌 안에도 말해보겠는데, 아마 도우려고 할 거야."

파벌이 어떻든, 시계수리공을 비웃고 무시할 사람은 없었다.

"감사합니다."

이연우는 고개를 꾸벅 숙이고는 에코백을 열어 안에 놓인 명함을 보았다. 정보부 1차 대응과 과장이란 글씨.

'정보부 과장. 큰 도움이 될 거야.'

전화번호를 뇌리에 새기듯 뚫어져라 보는 때, 휘리릭, 새로운 명함 하나가 날아들었다.

대응과 과장의 명함 위에 놓인 또 다른 명함. 한국 지사 특전 본부 작전 과장. 그의 목소리가 들렸다.

"우리를 방해하지만 않으면 돕지. 그리고 그쪽 활동 범위는 되도록 피하겠어."

이연우가 그를 보니, 작전 과장은 불씨가 사그라든 눈으로 푸른 꽃을 보고 있었다.

"그쪽이 성공만 하면, 좋은 일이지. 좋은 일이야."

몸을 비스듬히 돌린 자세. 표정이 잘 보이지 않았다. 이연 우는 말없이 고개만 꾸벅 숙였다.

싸울 듯한 분위기는 온데간데없이 사라졌다. 작게 한숨을 내쉰 1차 대응과 과장이 핸드폰을 들어 올렸다.

"뒤처리가 바쁘겠어. …저 친구들도 귀찮겠고."

회사원들이 고개를 돌렸다. 정문 방향에서 이상 관리청 직원 둘이 허겁지겁 뛰어왔다. 이상 관리청 신분증을 든 손이 벌벌 떨렸다.

"어떻게 된 겁니까! 결국, 못 막았…"

근처까지 다가온 이상 관리청 직원들이 작전 과장의 손을 보았다. 푸른 씨앗이 밀봉된 실린더.

그 순간, 회사원들의 마음이 하나가 되었다.

'국가기관 놈들한테 약점 잡힐 수는 없지.'

갈 길이 멀었다. 명색이 정부 기관인 이상 관리청이 하나하나 발을 걸기 시작하면 귀찮아질 것이었다.

이연우가 먼저 말했다.

"모두 회사원입니다. 안타깝게도 테러는 막지 못했지만, 추가적인 테러는 막았습니다. 여기 특전대원께서 테러리스트의 이상 개체를 강탈하였습니다."

동시에 1차 대응과 과장이 핸드폰을 그들에게 들이밀었다.

연하고 짙은 분홍빛이 명멸하며, 그들의 눈동자가 흐려졌다.

1차 대응과 과장이 이연우의 말을 받아, 말했다.

"이게 현 상황이다. 멸망주의자가 회사의 푸른 꽃을 훔쳤다. 회사는 수습하기 위해 노력하였으며, 추가적인 테러를 막았다. 또한, 회사는 이미 일어난 테러를 수습하기 위해 전력을 다한다."

"아… 그렇습니까…"

"아…"

멍하니 서서 흐린 목소리.

과장이 핸드폰을 거두자, 그들의 눈에 초점이 잡히기 시작했다. 그들은 눈을 몇 번 깜빡이다가, 활짝 피어난 푸른 꽃을 노려보았다.

분노가 차오른 눈과 목소리.

"멸망주의자…! 우리나라에서 이런 짓을!"

멸망주의자라면 충분히 이런 일을 벌일 수 있었다. 세상이 망하길 바라는 집단이니까.

띵딩딩딩.

그때 둘의 핸드폰이 울리기 시작했다. 이상 관리청의 전화였다. 화면을 본 이상 관리청 직원들의 얼굴에서 붉은 기운이 단번에 빠졌다.

다급히 전화를 받은 그들은 고개를 숙여가며 말하기 시작했다. 이연우와 과장이 말해준 내용이 고스란히 옮겨졌다.

"예, 예. 회사에서 추가 테러는 막았습니다. 수습하기 위해 전력을 다한다고 합니다."

"생존자는 아직 확인하지 못했습니다. 예, 우선 회사를 도와 뒷수습을 하겠습니다."

진땀을 빼며 통화를 끝낸 두 사람이 멍하니 과장과 푸른 꽃을 번갈아 보았다.

"이제 뭐 합니까? 저건 어떻게 막습니까?"

"푸른 꽃을 죽이기 위한 약물을 적재한 특수 헬기가…"

한창 말하던 1차 대응과 과장의 목소리가 끊겼다. 그는 푸른 꽃에서 시선을 떼지 못했다.

활짝 만개한 푸른 꽃.

푸른 불꽃으로 이루어진 이상이 만개했다. 이제 불꽃이 산소를 먹어치우는 굉음은 들리지 않았다. 푸른 꽃잎이 조용히 하늘거리며, 먼지나 잎사귀, 건축자재 따위를 태웠다.

꽃가루처럼 흩날리는 검은 연기 사이로, 언뜻 푸른 알갱이가 별 무리가 되어 날아올랐다.

바람을 타고 사방으로 흩날리는 씨앗.

"이렇게 빨리?"

과장이 눈을 크게 떴다. 분명 푸른 꽃이 번식하고 있었다. 예상 시간보다 빠르게 자라서.

작전 과장은 당연하다는 듯, 1차 대응과 과장을 힐끔 보았다.

"열심히 개량했지. 테이저건에 쓰는 전기 뱀처럼 무기로 쓸 수 있게. 멸망주의자 놈들, 어떻게 알고 훔쳤나 몰라."

푸른 꽃의 씨앗이 사방으로 퍼졌다. 조금쯤은 몽환적인 광경이었지만, 그 결과는 끔찍했다. 청와대 곳곳에 내려앉은 씨앗.

그들이 서 있는 도로 주변으로도 떨어져 내린 씨앗이 산소를 먹고, 새싹이 되어 움트고, 푸른 줄기가 자라고, 꽃봉오리가 맺혔다.

"불, 맞지?"

"일단 꺼!"

사람들은 재빠르게 반응했다. 뛰다 멈춰서 구두로 짓밟기도 했고, 윗도리를 벗어 푸른 씨앗을 내리치기도 했다. 누군가는 소화기를 들고나와 하얀 분말을 흩뿌렸다.

채 자라지 못한 작은 꽃봉오리가 스러졌다.

하지만 사람의 눈이 닿지 않는 곳에서는 여전히 푸른 꽃이 성장하고 있었다.

그 꽃이 전부 만개하면 다시 씨앗을 흩뿌릴 것이다. 그 씨앗은 다시 꽃이 되어 피어날 테고.

"이러면 서울 도심이…"

푸르게 물든 과장의 눈썹이 파르르 떨렸다. 1차 대응과 과장이기에 예상이 됐다.

회사에서 출동하기까지 걸리는 시간, 푸른 꽃이 번식하는 속도, 그사이에 일어날 피해 규모와 죽어갈 사람들.

1차 대응과 과장이 제자리에서 서성이기 시작했다.

"회사만으로는 늦어. 지금 할 일이… 거기 이상 관리청."

"예, 예!"

주변에 내려앉은 씨앗을 짓밟고 있던 이상 관리청 직원들이 퍼뜩 고개를 들었다.

과장은 그들과 청와대를 번갈아 가리켰다.

"일대를 대피시키고, 소방서에 연락해서 씨앗의 전파를 막도록 해."

회사 또한 정부 기관을 움직일 수 있었으나, 국가기관인 이상 관리청의 요청이 더 잘 통했다.

직원이 전화번호를 누르다 말고, 과장을 보았다.

"대피 명령과 비상경계령은 이미 내려졌을 겁니다. 저 꽃, 어떤 식으로 대응할지 지침을 알려주십시오."

"화재. 결국은 불이야."

봉오리나 씨앗 정도는 물을 뿌리고 산소를 차단하기만 해도 죽는다.

하지만 이 또한 시간이 걸렸다. 그들이 대응을 시작할 때까지 얼마나 번식할지가 문제였다.

"지금 당장 씨앗을 처리해야 해."

1차 대응과 과장은 사방에서 움트는 푸른 꽃을 보았다.

기하급수적으로 증식하는 꽃. 지금 바로 대응해야 했다. 지금 죽이는 씨앗 하나가 피해를 크게 줄일 테니까.

1차 대응과 과장이 최면 어플을 들고, 주변 사람에게 다가 갔다. 한창 바쁘게 움직이던 정장 차림의 여자가 과장을 보기 무섭게, 얼굴에 최면 어플이 들이밀어졌다.

"소화기를 찾아서 들고, 주변을 돌아다니며 푸른 불을 처 리해라."

"네…"

그런 식으로 주변 사람 몇을 세뇌한 1차 대응과 과장은 회 사원들을 돌아보았다.

"나는 여기 남아서 최대한 저지한다. 너희는 이만 복귀해."

"목표는 이뤘으니까, 막지는 않겠어."

실린더를 든 작전 과장이었다. 1차 대응과 과장은 눈살을 한 번 찌푸렸으나, 더 실랑이하지는 않았다. 작전 과장이 설렁 설렁 걸어, 멀어졌다.

이연우도 에코백을 어깨에 걸쳤다. 그는 정보부 요원 둘을 툭툭 쳤다.

"그만 갑시다."

"아, 가야… 가야지."

김갑동과 이서연은 영혼이 빠져나간 얼굴로 비척비척 걸 었다. 대화를 엿들으며 이상기후와 보존 계획을 눈치챘기 때문 이었다.

그들은 말없이 청와대 정문을 향해 걸었다.

청와대 정문을 나서, 도시의 거리로 진입했다. 거리는 사람

테러

으로 북적였다. 핸드폰을 들고 청와대를 찍는 사람, 도망치는 사람, 대피하라며 고함치는 경찰 등등⋯

거기에 바람을 타고 거리에 내려앉은 푸른 씨앗까지.

"이게 뭐야? 예쁜데?"

"불 꺼야 하는 거 아니야?"

"일단 찍어."

산소를 먹고 자라는 씨앗에 핸드폰을 들이댄 사람들이 뭉쳐 있었다. 경찰이 와서 그들을 대피시키려 해도, 사람들은 떠나지 않았다.

"⋯"

"⋯"

이연우가 문득 걸음을 멈췄다. 넋을 놓고 이연우만 따라 걷던 김갑동과 이서연이 몇 걸음 걷다가 따라서 멈췄다.

이연우는 전봇대를 올려다보고 있었다.

"김갑동 씨, 테이저건 가져왔습니까?"

"아, 아. 가져는 왔는데."

"전기 뱀으로 푸른 꽃 처리할 수 있습니까?"

"그건⋯"

정신이 나간 김갑동의 얼굴에 서서히 표정이 돌아오기 시작했다.

"가능은 할 텐데, 전기를 잔뜩 먹으면 통제를 벗어날 확률이 높아. 사고만 더 키우는 꼴⋯"

김갑동이 말을 멈췄다.

엉망이 된 청와대와 난리가 난 도로. 사고는 이미 크게 났다. 거기에 지구가 멸망한다지 않나. 그에 비하면 전부 사소한 문제였다.

김갑동이 힘 빠진 웃음소리를 냈다.

"그래, 뭐. 해보지. 이제 와서 뭐가 더 나빠지겠어."

"선배님, 제가 할게요!"

이서연이 김갑동의 가방을 냅다 열고, 그녀의 테이저건을 꺼냈다. 김갑동이 어어, 하는 사이, 그녀는 테이저건으로 하늘에 걸린 전선을 겨눴다.

"우리 애가 착해요. 말도 잘 듣고, 저랑 친하기도 하고요."

찰칵.

방아쇠가 당겨지고, 푸른 번개가 번쩍 전선으로 날아들었다. 전선을 휘감은 푸른 뱀.

뱀은 잠시 가만히 있다가, 머리로 추정되는 부분을 들어 이서연을 내려다봤다. 눈망울로 보이는 부분이 동그랗게 떠졌다. 꼭 진짜 이거 먹어도 되냐는 듯.

이서연이 고개를 끄덕였다.

"얼른 먹어! 그리고 커져서 이 꽃 처리해줘!"

뱀이 고개를 돌려, 사방에 피어오른 푸른 꽃을 보았다. 그러고는 고개를 전봇대에 처박고 전기를 빨아들이기 시작했다.

번쩍이는 섬광. 푸른 번개가 지상에 맺혔다.

푸른빛이 점점 강렬해졌다. 이연우는 한 손으로 눈가를 가린 후, 애매한 표정을 지었다.

'아니, 나는 도망치는 길이 푸른 꽃으로 막히면 처리할 수 있나 물어본 건데.'

하지만 여기서 꽃을 처리할 수 있다면, 그 또한 나쁘지는 않았다. 이연우는 섬광에 찌푸린 눈으로 푸른 번개 뱀을 보았다.

전기를 먹어치우며 순식간에 성장해, 거리의 전봇대를 전부 휘감은 뱀을.

51

전기 뱀은 순식간에 덩치를 키웠다.

전봇대를 따라 구역 하나를 빙글빙글 돌아 똬리를 틀었고, 쉴 새 없이 번쩍이는 전광이 온 세상을 푸르게 물들였다.

뱀이 하늘을 향해 고개를 쳐들고는 입을 쩍 벌렸다. 포효는 없었으나, 마치 번개가 거꾸로 치솟은 느낌이었다. 번개가 용의 형상을 취했다.

푸른빛 아래, 사람들은 입을 벌리고 머리 위를 올려다보았다. 몰아치는 번개의 섬광 때문에 눈이 아픈데도, 좀처럼 시선을 떼지 못했다.

"와…"

나직한 감탄사만 흘러나왔다. 경찰들은 본분을 잊었고, 도망치던 사람들은 걸음을 멈췄으며, 카메라 앱을 켠 사람들은 본능적으로 핸드폰을 들어 올렸다.

처음 보는 거대한 이상 개체에 모두가 정신이 반쯤 나갔다. 회사원들조차 그랬다.

"전기 뱀이 이 정도였다고…?"

김갑동이 손을 떨며 슬며시 가방을 어깨에서 내려, 손으로 들었다. 가방에는 그의 테이저건과 그가 관리하는 전기 뱀이 있었으니까.

물론, 읽고 들어서 그 위험성을 알고는 있었다. 발전소를 점령한 전기 뱀의 사례도 있었으니까. 이건 그것만 못해도, 온몸으로 직접 체감하니 새삼 두려움이 몰려왔다.

번쩍이는 번개와 거대한 뱀의 몸체가 건물 사이로 보이는 좁고 네모난 하늘을 덮고 있었다.

이연우도 폭발물 대하듯 가방으로부터 물러났다. 식은땀이 흘렀다. 그는 이서연을 보았다.

'저게 통제가 될까?'

이서연은 번갯불이 비치는 눈을 반짝이며, 주먹을 치켜들었다.

"충분해! 이제 꽃을 처리해!"

이연우와 김갑동이 바짝 굳어서 긴장한 시선을 보내자, 괴수가 된 번개 뱀은 번개처럼 갈라진 혀를 몇 번 날름거렸다.

어지간한 건물보다 커진 뱀이 머리를 까딱이며 거리를 쭉 내려다봤다.

자신을 넋 놓고 올려다보는 사람들. 자신에게 밥 주고, 집

주고, 장난치고 놀아준 인간 친구들.

그리고 자신과 비슷한 느낌을 주는 파란 꽃. 맛없어 보였다.

"어… 말 못 들었나? 친구야!"

"이거 통제 안 되면…"

그사이 회사원들의 안색은 번갯불보다 파랗게 물들기 시작했다. 저게 날뛰기 시작하면, 전깃줄을 타고 송전탑이나 발전소까지 나아가면…

그들은 잔뜩 좁아진 동공으로 뱀을 보았다. 머뭇거리기를 잠시, 다행히 뱀은 서서히 움직이기 시작했다.

빠직. 빠지직.

전기를 얼마나 먹었는지, 번개 다발보다는 플라스마에 가까워진 뱀의 몸통이 꿈틀댔다.

그러고는 번개가 되어 도심을 누비기 시작했다. 푸른 번개가 하늘을 달렸다.

콰릉!

뱀의 몸통에서 잔가지처럼 뻗어 나온 번개가 자그마한 씨앗이나 꽃봉오리를 내리쳐 죽였다. 활짝 만개한 꽃은 가장자리부터 똬리를 틀어 조른 후, 캑캑대며 입으로 크게 베어 물어 뜯어냈다.

찰나에 일어난 일이었다.

섬광이 번쩍이며 뱀이 지나간 자리에는 탄 냄새와, 정전이 일어난 건물, 번개가 흘러 까맣게 탄 가로수, 멈춰 선 사람들 따

테러

위만 남았다.

콰르르릉!

청와대 주변을 크게 몇 바퀴 돈 뱀이 마침내 청와대로 날아들 때까지, 거리는 조용했다. 누군가가 얼빠진 얼굴로 중얼거렸다.

"뭐지…?"

현실과 동떨어진 이상.

꽃처럼 생긴 불꽃이 날아다니지를 않나, 번개로 이루어진 용이 하늘을 누비지를 않나. 꿈인가 의심이 들기도 하고, 이벤트인가 싶기도 하고.

하지만 현실임을 깨닫는 데는 얼마 걸리지 않았다.

사람들이 흥분하며 카메라에 찍힌 번개 뱀을 보았고, 가족이나 친구와 대화하기도 했고, SNS에 글을 올리기 시작했다.

이서연도 그들만큼이나 흥분해서, 붉게 달아오른 얼굴로 외쳤다.

"봐요! 우리 애 엄청 착하다니까요!"

반면, 김갑동의 얼굴은 새까맣게 죽었다. 그는 정신이 번쩍 든 표정으로 거리를 둘러봤다.

"이거 어떻게 수습하냐."

푸른 꽃만 해도 머리가 아픈데, 번개 뱀의 목격자가 한둘이 아니었다. 거기다 서울이었다. 여기 있는 사람들, 곳곳으로 흩어질 텐데. 숫자가 많아 하나하나 추적하기도 힘들었다.

이연우는 잠깐 하늘을 보았다.

"수습할까요?"

"…그렇지. 안 할지도 모르겠네."

15년 안에 지구는 멸망할 것이고, 회사는 지구에서 탈출할 것이다. 굳이 이런 일에 힘을 쓸까.

"비밀 유지가 깨질지도…"

"난장판이 벌어지겠네요."

그들은 미래를 보았다. 경험으로, 직관으로, 역사로 추측 가능한 미래.

회사는 인류 보존 계획에 집중했다. 반대하는 사람은 파벌이 갈려 내전 중이었다. 적대 집단은 살길을 찾아 바빴고, 뭘 모르는 잔챙이들은 자유롭게 설쳤다. 현재만 해도 이랬다.

이상이 공개되면 어떨까.

일반인들은 지금만큼이나 다양한 반응을 보일 것이다.

"이상 종교, 이상 권리 보호 협회, 이상 국가, 이상 팬클럽, 이상 정치. 회사가 제거한 놈들만 해도 이런데, 망했네. 다시 돌아가겠네. 아니, 어차피 망할 지구인가."

김갑동이 축 늘어졌다. 이연우는 몸을 돌렸다. 그가 말했다.

"우리가 뭐 어떻게 할 수 있는 일이 아닙니다. 할 일을 해야죠."

"맞다! 연우 씨! 수리공이랑 이상기후? 그거 다 뭐예요? 짐작은 가는데, 설명 좀 해주세요."

"아, 그거."

북적이는 인파.

형광 조끼를 입은 그들은 전기 뱀을 쫓아 청와대로 올라가며 대화했다. 사람들은 그들에게, 분명히 전기 뱀을 쏜 그들에게 신경조차 쓰지 않았다.

푸른 꽃을 막아냈으나 멸망에 한 걸음 가까워진 세계. 회사원들이 거리에서 자연스럽게 사라졌다.

푸른 꽃은 푸른 전기 뱀이 처리했다. 살이 잔뜩 찐 푸른 전기 뱀은 한참 동안 다이어트하여 다시 작아졌다. 테이저건에 들어갈 정도로.

이서연은 크립티드연구동호회로 스카우트 제안을 받기도 했다. 푸른 뱀을 정말 잘 교육했다면서, 그 능력을 살려보라고.

당연히 이서연은 거절했다. 그건 멋이 안 난다는 이유였다.

대신 이서연은 시계수리공 한국 지부에 가입했다. 김갑동도 마찬가지였다.

"여기 생맥주 나왔습니다."

한 술집.

이연우와 이서연과 김갑동이 한 테이블에 앉아 뻥튀기를 주워 먹다가 시원한 맥주잔을 붙잡았다.

짠.

맥주잔이 테이블 중앙에서 부딪혔다. 맥주를 꿀꺽꿀꺽 몇 모금 마신 후, 김갑동은 시끌시끌한 술집을 둘러봤다.

"이게 진짜야? 아니, 뭔…"

"유튜브 봐봐. 장난 아니야."

큰 소리로 대화를 나누는 사람들과, 얼마 전에 있었던 푸른 꽃과 푸른 뱀 사태를 방송하는 텔레비전.

아나운서가 거대한 푸른 꽃과 고개를 쳐든 뱀을 배경으로 또박또박 말했다.

– 청와대에서 일어났던 참사의 원인은 여전히 불명입니다. 우리는 저것이 무엇인지 알지 못하기 때문입니다.

"지랄 났네…"

"이제 비밀 유지도 때려치웠나 봐요."

대놓고 공표하지는 않았지만, 이쪽 세계 사람이 나서서 알리지도 않았지만, 자연스럽게 알려지는 것을 막지는 않는다. SNS고 인터넷이고 난리가 났는데도.

이 순간에도 이상의 존재가 빠른 속도로 퍼지고 있었다. 푸른 꽃의 번식과는 비교도 안 되는 속도로.

김갑동이 맥주잔을 들어 맥주를 벌컥벌컥 마시기 시작했다. 많이 남아 있던 맥주가 전부 사라졌다.

쾅, 유리잔을 거칠게 내려놓은 김갑동이 헛웃음을 흘렸다.

"회사가 진짜 포기했구나."

이연우에게 이야기를 듣고, 부정하고, 좌절하고, 분노하기를 며칠이었나.

테러

김갑동은 이제 현실을 받아들였다.

반면 이서연은 처음부터 의욕을 잃지 않았다. 주먹을 쥐며 자신 있게 말했다.

"그러면 우리가 하면 되죠. 우리도 이제 시계수리공 소속이잖아요."

"가능할까."

김갑동은 맥주잔 손잡이를 매만졌다. 의심이 들었다.

"파벌 하나로 가능한 일이라면 회사가 진작 했겠지. 물론 아무것도 안 하는 것보다는 낫겠지만."

"다른 파벌도 나름대로 대응하고 있으니, 희망은 있지 않겠습니까."

이연우는 핸드폰을 두들기다가 고개를 들고 그들에게 말했다. 동료가 된 사람들, 응원은 어렵지 않았다.

"15년 조금 안 되게 남지 않았습니까. 가능할 겁니다."

"그렇겠지?"

"안 되도 되게 해야죠."

"맞아요. 힘내자고요."

다시 맥주잔을 쥐고 건배하려다가, 김갑동은 자신의 잔이 비어 있는 것을 발견했다.

김갑동이 벨을 눌러 종업원을 불렀다.

"그래! 좋게 생각하자! 한참 남았잖아! 막을 수 있겠지! … 여기 소주 한 병이요."

종업원은 금방 소주잔 세 개와 소주 한 병을 가져왔다. 김갑동은 소주를 받아, 바로 따서 잔을 채웠다.

"기분 나쁜 이야기는 그만하고, 마시자!"

"아니, 오늘 시계수리공으로서 뭘 할지 대화하려고…"

"대화할 게 뭐 있어. 적당히 살다가 이상기후 막는 데 쓸 만한 거 있으면 얻는 거잖아. 이상이든, 사람이든."

짠.

그렇게 잔을 부딪치기를 몇 번.

안주가 나오기도 전에 술 몇 병을 해치운 그들은 그 자리에서 한참 동안 먹고 마시기를 반복했다.

김갑동은 답답했기 때문인지, 혼자 연거푸 술잔을 기울이더니 완전히 취해버렸다.

이서연과 이연우가 서로를 마주 봤다.

"이제 가야 할 거 같은데요."

"많이 취했네."

김갑동이 동공이 풀린 눈으로 손을 휘저었다. 힘없이 흐느적거리는 손.

"계산, 내가 할 거야. 다 비켜. 비켜어…"

"선배님, 무슨 치킨집 차리겠다고 돈 아꼈잖아요."

"적금 깼어. 치킨집이 무슨 소용이야. 이, 이, 빌어먹을 회사. 때려치울 수도 없어."

김갑동은 갑자기 벌떡 일어서더니, 계산대로 비틀비틀 걸어갔다. 이서연과 이연우는 말리지 않았다. 대신 슬슬 떠날 준비를 했다.

소지품을 챙긴 둘은 먼저 술집에서 나왔다.

밤바람이 서늘했다. 잠깐 술집 안쪽을 바라보던 이서연은 문득 핸드폰을 들어 무언가를 찾아 이연우에게 보여줬다.

"박상준 씨 기억나요?"

"누구였지?"

곰곰이 생각하다 보니 기억이 떠올랐다.

인간자격시험을 보고 합격한 사람. 신입 사원 연수를 버티지 못하고 돌아간 사람. 안개 괴물이 나오는 괴백산에서 자살 시도를 한 사람.

"아, 그 사람."

"요즘 엄청 유명해졌어요."

이서연이 핸드폰을 까딱였다. 이연우에게 보여준 것은 한 동영상 사이트였다.

어렴풋하게 기억나는 박상준의 얼굴이 흔한 형식의 섬네일에 박혀 있었다. 푸른 꽃과 푸른 뱀 사진에 눈이 아픈 자막이 덧씌워졌다.

이서연이 핸드폰 화면을 몇 번 눌러 박상준의 채널로 들어가니, 그가 올렸던 영상 리스트가 보였다. 눈에 들어오는 영상이 익숙했다.

[충격! 괴백산에 괴물이 산다! 보호구역으로 지정된 괴백

산, 나라에서 괴물을 키운다?!]

[청해항구 사건의 비밀! 말도 안 되는 조사 결과, 정부는 무엇을 숨기고 있나!]

[아파트에서 살인 사건이 일어났는데도 침묵하는 이유!]

그것 말고도 수많은 음모론, 미스터리, 공포를 영상으로 만들어 올렸는데, 조회수가 심상치 않았다.

"와."

이연우는 순수하게 감탄했다.

공무원 시험을 포기하고, 먹고살 길을 잘 찾았다고. 타이밍도 좋았다. 회사가 정상이었으면 모조리 검열되었을 테니까.

미러전

52

쏴아아아.

역대급 태풍이 온다더니, 비바람이 어마어마하게 몰아쳤다.

회사에서 출근하지 말라는 지침이 내려올 정도로 무서운
폭우와 강풍이 창문을 때렸다. 닭 튀기는 듯한 빗방울 소리와,
덜컹거리는 창문.

"저것도 이상기후인가…"

침대에 누운 상태로 고개만 돌려 창문을 보던 이연우는 이
내 핸드폰을 만지작거렸다.

– 이게 말이 되는 사고입니까! 촉법소년? 유조차? 가스
차? 가스관 폭발? 상식적으로…

박상준의 과장과 추측투성이인 영상을 보기도 했고, 청와
대 사태로 인한 여파를 찾아보기도 했고, 모바일 게임을 하기
도 했고, 시계수리공으로서 여러 사람과 대화를 나누기도 했다.

그렇게 딱히 한 것도 없는데 찾아온 오후.

띠링!

문자가 왔다. 발신자는 1차 대응과 과장. 며칠 전에 부탁했던 일에 대한 답장이었다.

"왔다."

슬슬 배가 고파서 뭘 먹을까 고민하던 이연우가 벌떡 몸을 일으켰다. 문자 앱을 열자, 기나긴 문자 내역이 주르륵 있었다.

이전에 나누었던 대화.

- 이연우: 이것들 혹시 가능할까요?

- 1차 대응과 과장: 어렵지 않은 일인데, 지금은 푸른 꽃 테러를 수습하느라 바빠. 어떻게 멸망주의자 짓으로 만들긴 했는데, 비밀 유지가 문제야.

- 이연우: 천천히 하셔도 괜찮습니다. 그런데 지금 인터넷에 난리 났는데, 그건 어떻게 되는 겁니까?

- 1차 대응과 과장: 거의 비밀 유지는 포기하고 방관하는 쪽으로 가닥이 잡혔어.

며칠 동안, 테러의 결과와 비밀 유지에 관한 정보를 직접 들었다.

- 1차 대응과 과장: 정보 통제에 쓰던 장비들, 이 기회에 덜어내서 이주지로 옮긴다더군.

- 1차 대응과 과장: 정보 생명체와 문화적 재해 전파를 막기 위한 장비만 남긴다고.

조사원으로서는 알 수 없었을 정보도.

'이건 다 읽은 거고'.

획획.

엄지손가락이 화면을 밀어 올렸다. 화면이 미끄러지며, 방금 온 문자가 화면을 차지했다.

─ 1차 대응과 과장: 여기 자네가 부탁했던 거. 뭘 하려는 건지 모르겠는데, 조심해서 써.

이연우는 조심스럽게, 실수로라도 다른 곳을 누르지 않게 심혈을 기울이며 화면을 내렸다.

그곳에는 언젠가 보았던 스팸 문자가 있었다.

[…당신을 대신해, 당신의 싫은 순간을 대신 해주는 도플갱어를 소
환하는 법!
링크를 누르기만 하면, 도플갱어가 소환되어 당신의 고통을 대신 처
리해줄 것입니다!
링크: 666.13.666]

나태의 악마를 소환하는 법.

이연우는 배고픔도 잊고, 링크를 뚫어지게 쳐다봤다. 나태의 악마가 목적이 아니었다. 그걸 소환하면 찾아올 사람이 목적이었다.

'이걸 소환하면 악마 숭배자가 감지하고 찾아오겠지'.

악마 숭배자와 접촉하기 위한 수단.

조금 위험한 방법.

이연우는 자리에서 일어나 방 안을 서성이기 시작했다.

침대 아래로 흘러내린 이불을 밟기도 했고, 비바람에 흔들리는 창문을 열었다 닫기도 했고, 창문 옆에 달린 완강기를 괜히 붙잡기도 했고, 현관 옆의 복층 계단을 오르내리기도 했다.

'악마 숭배자와 대화가 통할까. 나태의 악마를 소환해도 괜찮을까.'

생각은 해두었지만, 막상 실행에 옮기려니 슬금슬금 걱정이 되었다.

'나태의 악마. 소환한 채로 13일이 지나면 내가 지옥으로 이동된다고 했지. 그러면 나태의 악마가 내 자리를 차지하고 나로 산다고. 그러니까 13일 안에 나태의 악마를 죽여야 한다고.'

나태의 악마는 큰 문제가 아니었다.

지옥이라 불리는 이차원에 떨어져도 탈출할 기회가 있다. 주사위가 있으니까.

나태의 악마도 마찬가지. 사제 권총을 쥐고 있으면 처리는 어렵지 않다.

이연우가 거실 중앙에서 걸음을 딱 멈췄다. 동그란 플라스틱 테이블 앞에서 그가 작게 중얼거렸다.

"…하자."

악마 숭배자와 동맹을 맺으면 좋다. 악마자치구의 정보도

얻을 필요가 있었다. 살 만한 곳이면 악마 숭배자가 되는 것도 길이었다.

성큼성큼.

에코백에 집어넣었던 사제 권총부터 챙긴 다음, 이연우는 심호흡을 반복했다.

"한다, 소환한다."

살그머니, 엄지손가락을 링크 위로 올리고, 손톱이 하얗게 질릴 정도로 강하게 눌렀다.

결과는 즉각적으로 나타났다.

촤악.

회색 물줄기가 화면 위로 치솟았다. 포물선을 그리며 떨어진 회색 점토는 마네킹 형상을 이루었고, 이내 이연우와 똑같은 외형으로 조형되었다.

후다닥.

이연우는 얼른 현관문으로 달려가 회색 점토를 향해서 총을 겨눴다. 머리를 맞힐 자신이 없으니, 넉넉한 몸통을 겨누는 총구.

그사이에 회색 점토 마네킹에 색과 숨결이 깃들었다. 회색이 이연우와 같은 피부색으로 물들었고, 후, 크게 숨을 뱉는 소리가 들렸다.

그것은 이연우와 똑같은 외형을 하고 이연우를 보았다. 잠깐 사이에 총구를 스치는 시선.

그것이 두 손을 만세 하듯 들었다.

"저항할 생각 없습니다."

항복.

하지만 진짜 이연우의 눈썹이 파르르 떨렸다. 식은땀이 이마에 맺히더니, 이내 떡진 머리에 스며들었다.

자신과 똑같은 얼굴. 자신과 같은 기억. 자신과 같은 사고방식.

이연우는 지금 와서야 자신이 크나큰 실수를 저질렀음을 깨달았다.

'저거 나잖아. 내가 얌전히 죽어주겠냐고.'

거꾸로 생각하면 간단했다.

이연우가 나태의 악마라면, 원본을 죽일 것이다. 지구에서 이연우로 살기 위해.

'죽여야 해. 지금 당장.'

동시에 그들의 눈이 마주쳤다. 똑같은 눈매와 똑같은 눈동자, 그리고 똑같은 생각. 그들은 서로가 같은 생각을 한다는 것을 깨달았다.

어떻게든 상대를 죽인다는 생각.

우르릉.

천둥이 쳤다. 잠시 후 번개가 번쩍였고, 거세게 몰아치는 강풍에 덜컹거리던 창문이 와장창 깨졌다.

빗물이 스며드는 방 안, 바람이 소용돌이치는 원룸.

이연우가 방아쇠에 손가락을 거는 순간, 가짜 이연우가 말했다.

"지금 날 죽이면 목적 못 이루지 않습니까? 이렇게 바로 죽이면 악마 숭배자도 감지 못 할 텐데."

"필요 없어."

나태의 악마가 말을 거듭할수록 이연우의 살의가 짙어졌다. 나태의 악마도 마찬가지.

"당신은 주사위도 있지 않습니까? 이렇게까지 할 필요는…"

"내가 그만한 리스크를 감수할까? 확실한 총을 놔두고?"

"그렇지. 나 같아도 안 하지."

대화를 들어줄 필요가 없었다. 지금 대화는 결국 내가 살고 상대를 죽이기 위한 수단이었다. 자신이기에 알았다.

이연우가 방아쇠를 당겼다.

탕!

가짜 이연우는 즉시 몸을 던졌다. 이연우가 사격을 결심하는 순간 이뤄진 행동.

핏.

총탄이 가짜 이연우의 팔뚝을 긁고, 깨진 유리창을 지나쳤다. 빗줄기 사이로 사라진 총탄.

이연우는 서둘러 현관문에서 거실로 진입하려다가 걸음을 멈췄다.

'어디 갔지? 복층?'

가짜 이연우가 시야에서 사라졌다. 대신 들리는 것은 복층으로 향하는 계단을 서둘러 올라가는 발소리.

복층에 오른 가짜 이연우가 말했다.

"권총 안 쏴봤잖아? 사격 연습도 못 했고. 차라리 주사위 굴리지?"

"절대 안 굴리지."

들어줄 가치가 없었다.

주사위는 최후의 수단. 그걸 굴리라는 소리는 나태의 악마가 주사위 도박이 필요할 정도로 궁지에 몰렸다는 소리였다.

'내가 더 유리해.'

똑같은 신체라도 이연우는 총을 들었으니까.

그렇다고 총만 믿을 수도 없었다. 어쨌든 상대는 나 자신이었다.

"…"

이연우는 잠깐 생각하다가, 핸드폰을 뻗어 원룸 천장에 달린 형광등의 스위치를 눌렀다.

복층이라 높은 천장. 형광등을 바꾸려면 사다리가 필요한 천장의 하얀 조명이 켜졌다.

이연우는 살짝 눈동자를 내려 그림자를 보았다. 복층은 현관 위에 있기에, 복층 난간에서 드리워진 그림자가 보였다.

현관 앞으로 삐죽 튀어나온 네모난 그림자.

'상자? 복층에 쌓아둔?'

이런저런 책이나 버리기에는 아까운 잡동사니, 언젠가는 쓸 일이 있을 생활용품, 다른 계절에 입을 옷을 넣어둔 상자의 그림자가 분명했다.

'내가 들어가는 순간 떨어뜨릴 생각이야.'

터벅.

이연우는 일부러 발소리를 크게 냈다. 습기로 찐득한 바닥에 발바닥이 달라붙었다 떨어지는 소리.

몸을 숙여 머리를 먼저 들이밀었다.

툭.

복층 난간에서 가짜 이연우가 아래를 노려보다가 검은 정수리가 보이기 무섭게 손을 놨다. 가벼운 소리와 함께 떨어지는 상자.

상자의 그림자가 점점 커지고 짙어지는 순간, 이연우는 숙였던 몸을 펴며 재빨리 몸을 뒤로 뺐다.

쿵!

무거운 상자가 코앞을 스치고 바닥을 때렸다. 이연우로부터 한 걸음 거리에 떨어진 상자.

한 번이 아니었다.

쿵! 쿵! 쿵!

여섯 개의 상자가 비뚜름하게 쌓였다. 현관이 상자로 막혔다. 언뜻 희미하게 계단을 슬그머니 내려오는 발소리가 들렸다.

'상자를 치울 때 습격할 생각인가?'

이연우는 그 자리에서 핸드폰 화면을 켰다.

'이건 네가 갇힌 거야'.

전화를 걸었다. 상대는 전화를 바로 받았다.

- 어, 신입아. 왜?

"반장님, 제가 지금 나태의 악마를 소환했습니다. 지원 바랍니다."

- 아니, 그걸 왜 소환해? 그리고 지원은 또 왜? 지금 소환한 거면 별일 없을 텐데.

나태의 악마는 소환자에게 위험이 되지 않는다. 소환자와 똑같이 행동하고, 소환자의 일상을 따라 하기 때문이다.

하지만 이연우는 달랐다.

처음부터 죽일 생각을 하고 소환했으며, 이연우는 죽을 생각이 없었다.

"지금 서로 죽이려고 하고 있습니다."

- 뭐? 도대체 뭘 하면… 신입아, 일단 버텨라. 태풍 때문에 시간이 좀 걸려.

"금방 오신다고요? 알겠습니다."

상대를 압박하기 위한 거짓말로 마무리하고 통화를 끝냈다.

이연우는 현관과 상자의 틈새를 보았다. 하얀 조명이 적당히 새어 나오는 틈새.

통화하는 순간에 복층에서 내려온 가짜 이연우가 은밀하게 거실을 돌아다니며 이연우의 물건을 챙겼다.

차 키, 지갑, 신분증, 에코백, 완강기 박스.

그러고는 깨진 창문 옆에 있는 완강기 지지대로 향했다. 화재가 일어나면, 로프를 늘어뜨려 지상으로 대피하기 위한 완강기.

이연우가 눈을 크게 떴다.

'도망칠 생각이야.'

놓치면 위험하다. 저게 13일 동안 소환되어 있으면, 지옥으로 간다.

이연우는 냅다 상자를 걷어찼다.

쾅, 충격음이 터지고, 상자가 우르르 무너졌다. 가짜 이연우는 완강기 박스의 로프와 갈고리 따위를 쥔 자세로 바로 몸을 돌렸다.

"저기 말로…"

대화는 필요 없었다.

탕. 탕. 탕. 탕.

방아쇠를 연달아 당겼다. 천둥 같은 사격 소리와 자욱한 화약 냄새.

가짜 이연우는 눈을 깜빡이다가 천천히 고개를 숙여 몸통을 내려다봤다. 구멍이 셋. 핏물이 서서히 번졌다. 가짜 이연우가 한숨을 쉬었다.

"이렇게 죽기는 싫은데."

촤아아악.

가짜 이연우가 회색 점토가 되어 무너졌다. 회색 점토가 질감을 잃고 페인트처럼 퍼졌다.

그 위로 빗방울이 내리쳤고, 회색 점토는 결국 증발하여 사라졌다.

원룸에 남은 것은 깨진 유리창, 유리 가루, 바닥을 흠뻑 적시고 있는 빗물뿐.

"진짜…"

이연우는 현관 벽에 몸을 기대며 한숨을 길게 내쉬었다. 다리에 힘이 풀려 주저앉았다. 이제 와서 손끝이 떨리기 시작했다.

"내가 멍청이지."

자신과 똑 닮은 것을 죽였다는 충격이나, 자신처럼 생긴 것이 죽는 모습을 봤다는 충격 같은 건 없었다.

하지만 까딱 잘못했으면 자신이 죽을 뻔했다는 생각에, 그것도 자기가 초래한 위험이라는 생각에 정신이 아찔했다.

찰싹찰싹.

이연우는 자기 뺨을 몇 대 쳤다. 그러고는 자리에서 일어나 뒷정리를 시작했다.

"다시는 이런 위험한 짓은 안 해야지."

비

53

뒤처리는 귀찮았지만 어떻게든 끝났다.

태풍 속에서도 총기 소리를 신고받고 찾아온 경찰과 성수를 받아 오느라 조금 늦은 반장이 동시에 도착해, 조사를 피했다.

태풍이 지나간 뒤, 깨진 유리창을 새로 달고 비에 흠뻑 젖은 집 안을 청소하는 일은 어렵지 않았고.

그렇게 태풍이 지난 후.

이상 조사반의 사무실.

이연우는 반장 앞에 서서 어색한 미소를 지었다. 반장의 눈매가 매서웠다.

"도대체 그걸 왜 소환해?"

"그게, 혹시 조사 업무에 도플갱어를 써먹을 수 있을까 시험을 해보려고 했는데요. 저도 이렇게 될 줄은 몰랐습니다."

적당히 둘러댄 말. 악마 숭배자와 접촉하기 위해 소환했다고는 말하지 못했다.

다행히 반장은 의심하지 않았다. 한숨을 푹 쉬며 의자에 등을 기댔다. 한숨 같은 목소리가 이어졌다.

"신입아, 신입아."

그 자신이 이전에 부조리의 악마를 상대하기 위해 소환한 일도 있었고, 이연우가 오죽 사건 사고를 많이 겪었으면 나태의 악마라도 쓰려고 했을까, 그런 생각이 들기도 했다.

반장이 책상 위를 툭툭 두들기며, 이연우를 올려다봤다.

"그래, 그럴 수도 있지. 조사원이 무슨 장비를 지원받는 것도 아니고. 자기 힘으로 장비 챙기는 느낌으로 그럴 수 있지."

사정을 봐주려는 듯한 말. 이연우의 어색한 미소가 자연스럽게 변했다.

하지만 반장은 갑자기 책상을 쾅 내리쳤다. 얼마나 세게 쳤는지 모니터가 흔들렸다.

"그래도 어! 이상 개체를 함부로 소환하면 안 되지! 하다못해 우리가 보는 앞에서 했어야지! 그리고 골드버그클럽 총은 또 어디서 났어?"

"아, 그거 훔친 건데요."

"뭐?"

화를 내던 반장이 황당한 표정을 지었다. 근처에서 구경하고 있던 유지유의 표정도 같았다. 귀를 의심하는 표정.

이연우는 재빨리 에코백에 손을 넣어 사제 권총을 꺼냈다.

거무튀튀한 사제 권총이 사무실에 모습을 드러냈다. 반장과 유지유가 어떻게 반응하기도 전에, 이연우가 반장의 책상 위에 총을 놓았다.

그러고는 유지유에게도 총 하나를 건넸다.

"꽤 많이 훔쳤거든요. 반장님과 유지유 선배님도 하나씩 받으십쇼. 공구나 나이프보다는 권총이 좋지 않습니까."

"진짜 주는 거예요?"

"잠깐. 지유야, 만지지 말아봐."

눈을 반짝이며 권총을 잡으려던 유지유가 멈췄다. 그녀는 반장을 보았다.

반장은 심각한 눈으로, 악마 소환을 추궁할 때보다 진지한 눈으로 총을 보았다.

골드버그클럽의 총을 이렇게 많이?

"…너, 골드버그클럽에 들어갔냐? 이건 뇌물이고?"

반장이 무거운 목소리로 물었다. 그도 골드버그클럽을 잘 알았다. 그들의 방식도. 이게 총처럼 보이지만, 금괴 같은 무언가일지도 몰랐다.

하지만 이연우는 두 손을 열심히 내저었다.

"저 심문받을 때 일, 아시지 않습니까. 이거 진짜 훔친 겁니다."

"어떻게? 한두 자루도 아닌데."

여전한 의심.

이연우가 머리를 긁적였다. 시간이 정지한 동안 있었던 일을 보고한 문서는 반장을 거치지 않고 바로 상부로 올라갔다. 올라간 문서는 반장도 못 보게 보안이 걸렸고.

"이게 보안 걸린 문제인데… 저번에 강의 들으러 가지 않았습니까?"

"이상시간학 강의?"

"그때 왜 그랬는지 모르겠는데, 시간이 멈췄습니다. 주사위가 저항해서 저는 잘 움직였고요."

"그러면 그때?"

반장이 이연우를 유심히 살피면서 물었다. 이연우는 씩 웃었다.

"골드버그클럽의 총기 제작장이 근처에 있더라고요. 그대로 들어가서 털어 왔죠."

"허. 그놈들이 도둑질당하는 날이 다 오네."

짧게 감탄한 반장이 냅다 손을 뻗어 권총을 덥석 잡았다.

유지유가 슬그머니 뒤로 의자를 빼는 순간, 반장은 익숙하게 총기를 분해했다. 손이 휙휙 움직이는가 싶더니, 탄창이 빠지고 총기 부품이 후드득 떨어졌다.

이연우가 살짝 놀라서 보고 있자, 반장이 중얼거렸다.

"진짜 신품이잖아."

흠집 없는 총기 부품이 반짝반짝 빛났다.

"써보셨습니까?"

"몇 번 써봤지. 일하는 중에 놈들 총 뺏어서 쓴 적도 있고.

몰래 챙겨 온 것도 있고."

"예?"

반장이 한 손을 내려 서랍을 드르륵 열었다. 서랍을 뒤적거리던 손이 곧 올라왔다. 손에는 먼지 쌓인 권총이 있었다.

똑같은 모델.

"신입아, 나도 한 자루 있다. 총알은 다 쓰고 없는데. 어쨌든 잘 쓰마. 시말서는… 됐다. 우리만 알고 있으면 되지."

이연우는 작게 고개를 숙였다.

그러고는 에코백에서 총알을 잔뜩 넣어둔 검은 비닐봉지를 꺼내, 슬그머니 반장의 책상 위에 올려두었다. 잘그락거리는 소리.

의심을 거둔 반장이 흐뭇하게 웃었다.

"총알도 훔쳤어? 잘했다. 넉넉하네."

"그… 반장님. 혹시 이 권총 관리하는 법이랑 사격하는 법 배울 수 있을까요?"

"아, 당연하지. 지유도 이리 와. 이왕 얻은 총, 쓰는 법 정도는 알아야지."

그렇게 그들은 반장의 지도 아래, 총기를 관리하는 법과 권총을 사용하는 요령을 배웠다.

"권총 꼭 쏠 필요는 없어. 보여주는 것만으로도 상대를 위협할 수 있다."

"이런 연습만으로는 부족해. 사격장 가서 다른 권총으로 연습해. 그게 제일 효과 좋다."

"쏠 거면 확실하게 해. 저격 같은 말도 안 되는 생각은 하지도 말고. 적당한 거리에서 총탄을 쏟아부어. 그중 한 발만 맞아도 충분해."

"상대도 총 들었으면… 그건 나도 모르겠다. 어쨌든 나도 특전대원은 아니지 않냐."

그렇게 배우길 한참.

띠링!

반장의 컴퓨터에서 경쾌한 알람 소리가 났다. 문서가 도착했을 때 들리는 소리.

진지하게 말하던 반장이 고개를 돌려 모니터를 보았다. 살짝 찌푸려진 눈살.

"이 새끼들은 또 뭘 하려고."

이연우와 유지유는 총기를 매만지며, 반장의 말을 기다렸다.

딸깍딸깍.

마우스를 몇 번 클릭하고, 드르륵, 휠이 몇 번 움직였다. 반장은 이상한 눈으로 모니터를 들여다보다가, 이연우를 올려다봤다.

"신입아, 지원 요청 들어왔다."

"저 말입니까?"

"그래, 너. 딱 너만 콕 집어 보내달라는데."

이연우는 문득 불길한 느낌이 들었다.

반장이 이리 와서 보라고 손짓하자, 이연우는 머뭇머뭇 반장의 옆으로 가서 화면을 보았다.

[조사원 지원 요청]

- 한국민담연구소 연구원 서편호

- 저희 연구 활동에 조사원 이연우가 꼭 필요합니다. 제발 지원 부탁드립니다. 이 연구에 인류의 미래가 달려 있습니다.

- 장소는 머리골의 사람없는산골펜션입니다. 반드시 와주세요.

"이놈은 뭔, 지원 요청서를 이렇게 성의 없이 썼어. 신입아, 무시해도 된다."

"…아닙니다. 가겠습니다."

"이거 강제 아니야."

하지만 이연우는 인류의 미래라는 단어만 보고, 천천히 고개를 끄덕였다.

'이상기후와 관련된 연구 같아. 조사할 가치는 있어.'

그리고 이 연구원은 인류관리회사나 인류학살회사와는 다른 느낌이 들었다. 다른 파벌인지는 모르겠지만, 시계수리공으로서 접촉하는 것도 괜찮아 보였다.

"그래, 네가 가겠다면."

반장이 떨떠름한 표정을 지으며, 지원 요청에 답신을 보냈다.

"연우 씨, 잘 갔다 와요. 음, 준비 단단히 하고요. 또 뭐 이상한 사고 터질 거 같은데. 아, 총 있으니까 괜찮나?"

"…그렇겠죠."

그렇게 이연우의 출장이 결정됐다.

부웅.

이연우의 중고 경차가 구불거리는 산길을 달렸다. 목적지는 머리골의 사람없는산골펜션. 그의 지원을 원한 서편호 연구원이 있는 곳.

이연우는 내비게이션 앱을 힐긋거리며, 그가 사전에 조사한 내용을 떠올렸다.

'머리골. 사람없는산골펜션.'

머리골에는 사람 머리 모양으로 조각한 큼직한 바위가 오래전부터 있어, 머리골이 되었다고 했다.

사람없는산골펜션은 한적한 산골에 있어, 고요함과 사람없는 편안함을 즐기라는 의미에서 그런 이름을 지었다고 했다.

'그쪽에 전해지는 민담 같은 건 못 찾았는데, 한국민담연구소가 뭘 연구하는지 모르겠어.'

고민하다 보니 목적지에 도착했다. 내비게이션이 알람 소리를 내며 도착을 알렸다.

- 목적지에 도착했습니다.

이연우는 주차장에 차를 세운 뒤, 핸드폰과 에코백을 챙겨나왔다. 자갈로 덮인 주차장 위에 서서 주변을 쭉 둘러봤다.

"좋은데?"

인가라고는 하나도 없는, 고요한 산골에 위치한 자그마한
펜션.

시원하고 맑은 공기가 가득했고, 도시의 시끄러운 기척이
라고는 하나도 들리지 않아 적막했다. 나무의 푸르름과 맑고
높은 하늘.

일하러가 아니라 놀러 왔으면 좋았을 느낌.

"나중에 조사반끼리 놀러 오자고 할까."

이연우는 잠시 풍경을 감상하다가, 펜션으로 다가갔다.

펜션 근처에서 머리가 듬성듬성한 아저씨가 빗자루를 쥐
고 배수로를 보다가, 발소리를 듣고 이연우를 쳐다봤다.

"아이고, 무슨 일로 오셨습니까? 지금 펜션은 다 차 있는
데요."

"안에 있는 사람이랑 일행입니다."

"아! 미리 이야기 들었습니다. 들어가시죠."

이연우는 가볍게 고개를 숙이고, 펜션 주인을 지나쳤다.

펜션 주인은 이연우의 뒷모습을 지켜보다가, 빗자루로 길
가를 쓸기 시작했다. 태풍에 휩쓸려 날아온 나뭇잎과 나뭇가지
따위가 쓸려 내려갔다.

싸악. 싸악.

빗자루로 쓰는 박자에 맞춰 펜션 주인이 중얼거렸다.

"머리가 하나, 머리가 둘, 머리가 셋, 머리가 넷… 머리가 더
필요해…"

54

펜션은 2층 건물이었는데, 1층에는 주인이 머무는 방과 간단한 편의점, 창고 따위가 있었고, 2층에 네 개의 방이 있었다.

이연우는 곧장 계단을 통해 2층으로 올라갔다. 걸음이 한 번도 멈추지 않았다. 서편호 연구원의 방을 찾는 것은 어렵지 않았기 때문이다.

"아, 졸려…"

누가 봐도 대학원생처럼 보이는 남자.

초췌한 안색을 한 남자가 플라스크와 실린더 따위의 실험 도구를 한 아름 끌어안고, 흐느적흐느적 어느 방으로 들어갔다.

대충 열리고 닫히는 문.

'저기인가.'

이연우는 남자가 들어간 방 앞에서 서서, 문을 쿵쿵 두드렸다.

"계십니까?"

- 누구세요?

피곤한 목소리가 문 너머에서 돌아왔다. 의아함이 섞인 목소리.

이연우는 답했다.

"서편호 씨 안에 있나요? 그분이 부르셔서 왔는데요. 제가 방을 잘못 찾았나요?"

- 아뇨, 제대로 찾아오셨는데… 잠시만요.

언뜻 사람이 바쁘게 움직이는 기척이 문 너머에서 느껴졌다.

빠르게 걸음을 옮기는 소리와 대학원생 같은 남자에게 잔소리하는 중년의 목소리.

- 내가 사람 하나 온다고 말했을 텐데. 이렇게 기억을 못하면 연구는 어떻게 하나?

- 아, 맞다… 깜빡깜빡하네요…

목소리가 점점 선명하게 들렸다. 문 앞까지 다가온 인기척. 직후, 문이 열렸다.

중년과 노년 사이의 어딘가에 위치한 남자가 활짝 웃으며 이연우를 반겼다.

"이연우 씨?"

"예. 지원 요청하셔서 왔습니다. 서편호 연구원님 맞습니까?"

"예, 예. 맞습니다. 정말로 와주셨군요. 정말, 정말 감사합니

199   비

다. 연구에 이연우 씨가 꼭 필요했습니다."

지나친 환영.

이연우는 내심 경계심을 품으며, 다시 한번 서편호 연구원을 위아래로 살폈다.

흰머리가 몇 가닥씩 나기 시작한 머리. 뿔테 안경과 이지적인 얼굴. 마르지도 뚱뚱하지도 않은 몸.

'일단 겉보기에는 위험해 보이지는 않는데.'

그가 손을 뻗어 방 안을 가리켰다.

"여기 이렇게 서 있지 마시고, 안으로 들어오시죠. 설명해 드리겠습니다."

"…알겠습니다."

이연우가 펜션의 방으로 들어갔다. 서편호는 앞서 걸으며 사람 좋게 웃었다.

"여기 펜션에 있는 방, 저희가 다 장기 숙박으로 계약했거든요. 여기는 저희가 임시 실험실로 쓰는 방입니다."

"본격적이네요."

이연우는 빠르게 눈을 움직이며, 주변 환경부터 살폈다.

방문 너머에는 널찍한 거실이 펼쳐져 있었는데, 이런저런 책상과 화학 실험실에서 쓰는 것 같은 복잡한 도구들이 잔뜩 놓여 있었다. 컴퓨터도 세 대나 설치되어 있었다.

대학원생 같은 남자는 컴퓨터 앞에서 키보드를 두드렸고, 비슷한 느낌인 대학원생 여자는 실험 도구 앞에서 무언가를 하고 있었다.

"저 대학원생, 아니, 보조 연구원은 최현상이고, 저쪽 여자 보조 연구원은 공윤아입니다. 제 연구를 돕는 착한 친구들이죠."

서편호가 그들을 언급해도, 그들은 구부정한 자세로 자기 할 일에만 집중했다.

서편호는 신경 쓸 필요 없다는 듯, 이연우를 안쪽 방으로 안내했다.

화장실 옆으로 붙어 있는 작은 방 하나.

"여기는 제가 자는 방인데. 하하. 손님을 대접할 방을 준비를 안 해서."

"괜찮습니다."

거실보다 작은 방에는 침대가 하나 놓여 있었고, 동그란 탁자가 창가에 가깝게 있었다.

서편호가 탁자 앞 의자에 앉으면서 건너편 의자를 손짓했다.

"앉으세요. 마실 것은 따로 없네요."

"필요 없습니다. 목이 안 말라서."

"아, 좋죠. 좋아요."

"그런 것보다는 저를 왜 불렀는지부터 설명해주시죠."

이연우가 의자를 끌어 뺀 후 앉자, 서편호는 몸을 돌려 침대에 아무렇게나 놓여 있는 문서 몇 장을 찾아 탁자 위에 놓았다.

"이연우 씨 이야기는 들었습니다. 주사위는 둘째 치고, 이상이나 사고를 부른다고요. 개인적으로는 헛소문이라고 생각하는데."

"…그거랑 상관이 있습니까?"

"그 헛소문이라도 믿고 싶은 마음이라. 이 문서 좀 보시죠."

서편호가 종이 한 장을 쭉 밀었다. 이연우가 눈동자만 내려 훑어보니, 무슨 고문서 같은 것을 조사한 자료였다.

[문헌에서 나타난 머리골의 이상 현상]

– …이러한 기록을 보아, 머리골에는 불규칙적으로 '머리가 빠지는 비'라는 이상이 나타나는 것으로 추정된다.

"이곳에 짧으면 몇 년, 길면 몇백 년의 주기로 머리가 빠지는 비가 내린다고 추정되는데, 이게 언제 내릴지 몰라서."

이연우가 와주면 비가 내릴까, 지푸라기라도 잡는 마음으로 이연우를 불렀다는 것이었다.

얼결에 기우제 부적이 되어버린 이연우는 눈살을 살짝 찌푸렸다.

"머리가 빠지는 게 전부입니까? 그러면 인류의 미래 어쩌고 한 말은 뭡니까?"

그 말만 보고서 찾아왔는데, 머리가 빠지는 비라니. 그건 잘해야 강화된 산성비 아닌가.

굳이 찾아온 보람이 없었다.

서편호는 능청스럽게 머리를 쓸어내렸다.

"탈모는 인류의 적 아닙니까. 이 이상 현상을 잘 분석하면 탈모를 물리칠 수 있지 않을까요? 충분히 가치 있는 일이죠."

이연우가 작게 한숨을 쉬었다. 의욕이 전부 사라졌다. 적당히 펜션에서 쉬다 가야겠다는 생각이 들었다.

"그러면 저는 언제까지 있으면 되겠습니까? 급한 일이 아니면 빨리 조사원으로 복귀하고 싶은데요."

"어디 보자. 곧 추석이죠. 추석 연휴가 끝날 때까지만 함께 해주시죠."

그 말에 이연우는 확 인상을 썼다.

추석 연휴 내내 이곳에 있어달라니. 취업한 후 첫 명절이라, 반드시 본가로 내려갈 생각이었는데.

하지만 이어지는 서편호의 말에 이연우의 얼굴이 사르르 풀렸다.

"출장비는 넉넉하게 드릴 겁니다. 일단 1000만 원을 생각하고 있는데, 부족할까요?"

"아닙니다. 저는 뭘 하면 될까요? 자리만 지키면 될까요?"

명절 연휴, 기껏해야 4일.

그동안 펜션에서 시간만 보내면 1000만 원? 이건 못 참는다. 얼굴에 미소가 걸렸다.

'못 가는 대신 부모님께 용돈이나 넉넉하게 드리면 충분하지.'

이연우가 싱글벙글 웃자, 서편호도 하하 웃었다. 그는 가볍게 고개를 까딱였다.

"예, 이곳에 함께 있어주시면, 충분합니다."

"알겠습니다. 혹시 시킬 일 있으면 불러주십시오."

"일이라. 사람이 부족하면, 부탁하겠습니다. 그럼 짐 풀고 쉬시면 됩니다."

이연우는 가볍게 자리에서 일어나 방문을 열고 나서다가, 몸을 돌렸다. 이연우를 주시하던 서편호와 시선이 마주쳤다.

서편호가 고개를 기울였다.

"왜 그러시죠? 출장비가 부족한가요?"

"아뇨. 저는 어떤 방을 쓰면 되나 해서…"

"빈방 중 아무거나 쓰시면 됩니다. 방 하나는 보조 연구원들이 쓰고 있으니까, 그 방만 아니면 됩니다."

네 개의 방 중 하나는 실험실 겸 서편호의 숙소. 방 하나는 보조 연구원들의 방.

남은 두 개의 방 중 하나를 고르면 됐다.

이연우가 경쾌한 걸음으로 방을 나섰다.

서편호는 이연우가 닫고 나간 방문을 보며 입매를 비틀어 올렸다.

"쉽군. 좋은 결과를 얻겠어."

하룻밤이 지났다.

늦은 아침, 이연우는 느지막이 일어나 졸린 눈을 비비며 펜션 앞마당에 나왔다.

흐린 하늘 아래 푸른 잔디가 깔린 앞마당. 나무 벤치에 기대앉은 이연우는 핸드폰을 켜 엄마에게 전화를 걸었다.

"여보세요?"

– 이 시간에 웬일로 전화니.

"이번 추석에 못 내려가서. 가려고 했는데, 회사에서 일해야 해."

수화기 건너편에서 엄마가 투덜거리는 소리가 들려왔다.

– 뭔 놈의 회사가 명절에도 일을 시킨다냐.

"대신 돈 엄청 받아."

– 어디 돈 벌기가 쉬운 일이니. 너 월급 받는 것도 나는 이해가 안 된다. 위험한 일 아니면 그렇게 받을 리가 없어.

날카로운 눈치. 이연우는 식은땀을 살짝 흘렸다.

"아… 조금 위험하긴 한데, 그렇게까지 위험하지는 않아. 어, 어. 일해야 해. 끊을게."

이연우는 일부러 부산스러운 소리를 냈다. 자리에서 일어나 큰 소리로 발을 구르고, 나무 벤치를 툭툭 찼다.

그러고는 곧바로 전화를 끊었다. 역시 무슨 일을 하는지 말하기는 힘들었다.

한숨을 돌린 이연우가 문득 사람 한 명을 보았다.

"아, 피곤해…"

보조 연구원 최현상.

새빨갛게 충혈된 눈을 깜빡이며, 최현상이 걸어왔다. 아침

부터 무슨 일을 했는지, 옷자락에 흙먼지와 풀대가 잔뜩 묻어
있었다.

그리고 질질 끌다시피 들고 가는 삽과 큼직한 쌀가마니.

이연우가 얼른 다가갔다.

"무거워 보이는데, 들어드릴까요?"

"아, 괜찮아요. 보기엔 이래도 가벼워서."

삽을 늘어뜨린 최현상이 잔뜩 부푼 쌀가마니를 한 손으로
가볍게 흔들었다. 언뜻 보니, 축축하게 젖은 흙더미가 잔뜩 들
었다.

'엄청 무거워 보이는데.'

이연우는 빼앗듯이 흙 포대를 두 손으로 받쳐 들었다가,
크게 휘청였다. 이마에 핏줄이 돋고, 이가 꽉 다물렸다.

"윽!"

"주세요."

최현상이 한 손으로 흙 포대를 도로 가져가고서야, 이연우
가 머쓱한 표정을 지었다.

"힘이 엄청 세시네요."

"아닌데… 가벼운데… 그쪽 힘이 약한 거 아닌가요?"

아니었다. 쌀 포대에 써진 40킬로그램이란 글자. 심지어
쌀 대신 흙으로 가득 찼다.

이연우는 순간 의아한 표정을 지었다. 눈동자가 빠르게 최
현상의 위아래를 훑었다.

'근육이 보이지는 않아. 뭐지? 타고났나?'

이연우의 시선은 마지막으로 흙 포대에서 멈췄다.

"…이 흙은 뭔가요? 연구에 쓰나요?"

"아, 맞다. 빨리 옮겨야 하는데. 흙은 연구 재료 맞아요. 머리 빠지는 비의 성분이 흙에 남아서. 저는 이만 가볼게요. 늦으면 교수님한테 혼나요."

그렇게 중얼거리며, 최현상은 흔들흔들 펜션으로 들어갔다.

이연우도 슬슬 아침 겸 점심을 챙겨 먹으러 펜션으로 돌아가다가 걸음을 멈췄다.

도로 끝, 펜션 주인과 낯선 사람들이 보였다.

"죄송합니다. 제가 컴퓨터에 익숙하지 않아서, 실수했나 봅니다."

연신 듬성듬성한 머리를 굽신거리는 펜션 주인. 그 뒤로 짜증 가득한 얼굴로 거칠게 쫓아오는 세 명의 남녀.

"저기요, 그런 실수를 하면 어떻게 해요. 돈이야 환불받는다 쳐도, 시간 들여서 여기까지 찾아왔는데! 이미 방이 가득 차 있다니요!"

"죄송합니다, 죄송합니다. 아이고, 그거 잘못 눌렀다고 빈 방으로 올라갈 줄은. 일단 1층에 제가 쓰는 방이라도…"

그들과의 거리가 가까워졌다.

이연우는 살며시 눈을 찌푸렸다.

'펜션 주인이 뭘 실수해서 손님을 받았나 본데. …느낌이 좋

지 않아.'

언뜻 찾아봤을 때, 이 펜션은 10년은 족히 유지된 곳이었
다. 이런 기본적인 실수를 할까?

그때였다.

톡!

빗방울 하나가 이연우의 볼을 때리고 흘러내렸다.

톡!

또 하나의 빗방울이 펜션 주인의 듬성듬성한 정수리를 내
리쳤다.

둘의 고개가 수직으로 꺾이며 하늘을 보았다. 먹구름이 몰
려오는 하늘. 한 방울, 두 방울 떨어지는 빗방울이 흐릿한 선을
그으며 지상으로 낙하했다.

펜션 주인의 얼굴이 단단하게 굳었다.

"…이렇게 빨리? 안 돼."

그는 불만으로 가득한 손님들을 뒤로하고 재빠르게 달리
기 시작했다. 어디서 그런 힘이 나왔는지, 바람처럼 내달리는
걸음.

이연우도 망설이지 않았다. 냅다 몸을 돌려 펜션으로 달려
갔다.

'뭔지 모르겠는데, 불길해. 머리가 빠지는 비인가?'

탈모는 없지만, 조심해서 나쁠 건 없다.

두 사람이 순식간에 펜션 안으로 사라졌다.

"뭐야, 저 사람들."

"무슨 급한 일 있나…"

남겨진 손님 셋은 황당하게 멈춰 있었는데, 돌연 짐이 가벼운 남자 하나와 여자 하나가 펜션 주인을 쫓아 허겁지겁 달렸다.

달리는 남자의 표정은 뭔가를 깨달은 사람처럼 눈빛이 번뜩였다. 그는 여자의 손목을 강하게 잡고 억지로 끌어당겼다.

"아파! 왜 그래!"

"빨리 달려!"

그렇게 사람들이 사라진 자리에는 짐을 잔뜩 든 남자 하나만 남아 있었다.

툭, 툭, 투두둑.

쏴아아아.

소나기처럼 쏟아지기 시작한 비.

"아, 비. 다 젖겠네. 짐이나 나눠 들지."

큼직한 쇼핑백 두 개를 든 남자는 힘겹게 걸음을 옮겼다. 빗물에 흠뻑 젖으면서. 거북목처럼 머리를 앞으로 내밀면서.

우두둑. 찌직.

그의 목이 늘어졌다. 뼈가 뒤틀리는 소리를 내며, 가죽이 찢어지는 소리를 내며.

누가 잡아당기는 것처럼 남자의 목이 늘어나다가, 끝내 뚝 머리가 떨어졌다.

데구르르.

이름 모를 남자의 머리가 축축하게 젖은 땅을 굴렀다. 빗물을 머금은 잔디, 질척이는 흙, 빗물이 고인 웅덩이를 구르다 멈춘 머리.

철퍽.

부릅뜬 두 눈 옆으로, 머리가 빠진 남자가 발을 디뎠다.

머리 없는 인간이 펜션으로 다가갔다.

55

이연우와 펜션 주인은 비가 쏟아지기 전에 실내로 들어왔다.

펜션 현관에서 멈춰 선 이연우는 숨을 몰아쉬었다. 빠르게 오르내리는 가슴과 적당하게 긴장한 전신의 근육.

하지만 그 와중에도 펜션 주인을 주시하는 눈. 이연우는 호흡을 조절하며 슬금슬금 물러났다.

'행동이 수상해. 평범한 사람이 아니야.'

2층으로 올라가는 계단을 선점한 발, 여차하면 주먹을 휘두르기 위해 꽉 쥐어진 손.

펜션 주인 역시 가쁜 숨을 들이켰다. 그러다가 문득, 이연우와 시선이 마주쳤다. 그는 어색하게 웃었다.

"그으… 머리가 얼마 안 남아서. 산성비 이런 거, 예민하거든요."

"안 물어봤습니다."

듬성듬성한 머리를 쓰다듬는 손. 굳이 할 필요 없는데도 내뱉는 어리숙한 변명.

이연우는 펜션 주인을 뚫어져라 노려보며, 한 걸음 한 걸음 조심스럽게 계단을 올랐다.

'무장이 우선이야. 총부터 챙기자.'

상황이 불확실하고 알 수 없는 위험이 느껴질 때는 총부터 들어야 하는 법.

이연우는 자기 방으로 달려가 에코백에 넣어둔 권총부터 확인했다. 매일같이 닦아내는 총의 상태는 좋았다.

철컥.

'관리 상태 좋고. 탄창 꽉 채웠고.'

총기의 묵직함만큼 마음이 든든했다.

다른 공구도 한 번씩 점검하고 에코백을 어깨에 걸친 후, 조용한 복도를 지나쳐 이연우는 다시 1층으로 내려왔다.

"…"

1층에는 어느새 모든 사람이 내려와 있었는데, 모두 현관문을 노려보고 있었다. 비가 쏟아지기 전에 들어온 낯선 남녀와 수상한 펜션 주인과 연구팀 전원이 바짝 긴장한 자세로 현관문 너머의 무언가를 보고 있었다.

이연우도 현관문을 본 후, 언제든 총을 꺼낼 수 있게끔 에코백에 손을 넣어 총을 쥐었다.

'저게 뭐지?'

반투명한 유리창으로 이루어진 현관문에 사람 그림자가 드리웠다. 머리 없는 사람의 그림자가 두 손을 들어, 꾸욱 유리문을 짓눌렀다.

쩌적.

두 손바닥을 중심으로 유리문이 갈라지더니, 끝내 와장창 깨져 나가며 유리 파편과 빗물, 두 팔이 펜션 안으로 들어왔다.

머리 없는 사람이 빗물과 유리 파편을 뒤집어쓴 채로 펜션으로 느릿하게 걸어 들어왔다. 철퍽, 빗물을 발자국처럼 남기며 점점 사람들에게 가까워지는 머리 없는 남자.

사람들이 본능적으로 숨을 들이켜며 뒤로 물러날 때. 그러나 서편호와 낯선 남자와 펜션 주인이 눈빛을 번뜩일 때.

탕!

총성이 울렸다.

이연우였다. 사람들이 깜짝 놀라 이연우를 보았지만, 이연우는 냉정하게 머리 없는 남자를 향해 한 걸음씩 나아가며 방아쇠를 당겼다.

탕! 탕! 탕!

'말 그대로 머리가 빠지는 비? 머리가 빠진 사람은 저런 좀비 같은 걸로 변하고?'

탕! 탕!

총알을 아끼지 않고 쏟아부었다. 머리 없는 남자는 짧은 순간 쏟아진 총격을 이기지 못하고 춤추듯 비틀거렸지만, 조금 밀려날 뿐 쓰러지지 않았다. 구멍이 숭숭 난 몸으로도 멀쩡하게 움직였다.

점점 가까워지는 거리.

이연우가 문득 걸음을 멈췄다. 식은땀에 젖은 집게손가락이 연달아 방아쇠를 당겨도 총탄이 나가지 않았다.

철컥. 철컥.

탄창 하나를 전부 사용했다. 머리 없는 남자는 죽지 않았다.

'이래도 안 죽어?'

이연우는 자연스럽게 뒷걸음질 치며, 주변 사람들을 보았다.

"뭐 하십니까? 저거 제압 안 합니까?"

"아니, 그거, 총…"

"어, 어. 저거 온다. 빨리 제압하세요!"

이연우가 소리를 지르자, 사람들이 번쩍 정신을 차렸다.

"최현상! 제압해!"

"예!"

서편호가 최현상에게 명령하자, 최현상이 흙 묻은 삽을 번쩍 들어 올렸다. 수직으로 세워진 삽날이 칼날처럼 공기를 가르고 떨어졌다.

쐐애애액! 푸욱!

머리 없는 남자의 어깨를 가르고 상반신에 절반쯤 박힌 삽.

"이야아!"

이어서 펜션 주인이 길쭉한 빗자루로 머리 없는 남자의 발목을 강하게 후려쳤다. 마침 걸음을 내딛던 순간이라, 머리 없는 남자는 그대로 균형을 잃고 쓰러졌다.

서편호가 히죽 웃었다.

"최현상! 공윤아! 죽이지 말고 구속해! 신선한 연구 재료다!"

"어… 뭐로 구속해요?"

"로프나 노끈 같은 거 없나?"

"그런 건 안 챙겨 왔는데요."

그때 펜션 주인이 후다닥 달려가 창고에서 붉은 노끈을 들고 왔다. 그러고는 최현상에게 건넸다.

"여기 있습니다!"

최현상은 피곤한 얼굴로 노끈을 길게 풀어 양 끝을 두 손으로 쥐었다. 그는 머리 없는 남자를 잠시 위아래로 훑어봤다.

일어나려고 버둥거리는 머리 없는 남자.

펜션 주인이 빗자루로 관절을 눌렀고, 공윤아가 신발로 명치를 짓밟았다.

"다리부터 묶을게요."

붉은 노끈이 발목부터 종아리, 허벅지를 꽉 휘감았다. 이어 손목과 몸뚱어리, 팔과 어깨까지 꽁꽁 묶었다.

한편 이연우는 뒤로 물러나 탄창에 총알을 가득 채운 다음, 사람들을 하나하나 둘러봤다.

'펜션 주인, 수상해. 서편호도 수상하지. 나한테 정보를 숨

겼어. 저 낯선 남자도 이상하고'

머리 없는 괴물이 나타났는데도, 낯선 남자는 흥분한 기색으로 머리 없는 남자를 촬영하고 있었다. 혼자 중얼거리는 목소리.

"역시. 이런 게 진짜 있었어. 우리가 모르는 세상이. 고문서만 뒤적거리기를 잘했어."

이연우는 잠깐 고민했다.

'나도 찍혔나? 내 기억 소거제 먹이고 핸드폰 훔칠까?'

비밀 유지와 상관없이 얼굴이 노출되기 싫어서 떠오른 생각.

하지만 아무래도 지금 당장 급한 일은 아니었다. 위험한 이상 현상과 수상한 사람들로부터 도망치는 게 우선이었다.

이연우는 에코백에서 접이식 우산을 꺼냈다.

'차에 탈 때까지만 비를 피하면 될 거야. 한두 방울 맞는 건 괜찮았잖아'

이연우는 펜션을 떠나기로 했다. 난장판이 된 현장을 지나쳐 현관문으로 다가갔다.

서편호는 눈을 희번덕거리며 머리 없는 남자를 보다가, 이연우를 보고 얼굴을 딱딱하게 굳혔다. 가라앉은 목소리가 들려왔다.

"이연우 씨? 어디 갑니까?"

"출장비 필요 없습니다. 이만 가겠습니다."

"바깥은 위험할 텐데요?"

가지 말라고 말리는 꼴을 보니까, 떠나야겠다는 마음이 더 강해졌다.

이연우는 서편호를 노려보았다.

"제 역할은 끝나지 않았습니까. 당신이 원한 대로 비 내렸습니다. 이제 제가 남을 이유가 없을 텐데요. 그리고 정보까지 숨겼고."

"하지만 이대로 떠나면⋯"

"됐습니다."

이연우는 몸을 돌려 성큼성큼 현관문을 나섰다. 운동화가 빗물과 유리 파편을 짓밟았다.

이연우가 현관문 너머로 사라졌다. 비가 쏟아지는 바깥으로.

서편호는 최현상을 보며 입술을 달싹이다가 주먹을 꽉 쥐었다. 그러고는 문득 무언가를 떠올리고는 슬며시 웃다가 표정을 굳히기를 반복했다.

"글쎄. 탈출하기가 쉬울까. ⋯아니, 저 인간은 탈출할 수 있을지도 모르는데. 빌어먹을."

비가 쏟아지는 바깥.

이연우는 우산을 바짝 내려 비로부터 머리를 보호했다. 우산의 살이 머리를 스칠 정도로 내렸기에, 간혹 바람이 몰아쳐도 머리만은 빗물에 맞지 않았다.

이연우는 주차장에서 걸음을 멈췄다. 우산 아래로 그의 얼굴이 일그러졌다.

"누가 이런 짓을…"

네 대의 자동차.

이연우의 경차와 연구팀의 SUV, 펜션 주인과 손님의 승용차가 각각 하나.

남녀 세 명이 타고 왔을 승용차를 제외하면, 모두 타이어가 터져 있었다. 못이 박혀 있었고, 구멍이 뚫려 있어 타이어가 흐물흐물 늘어졌다.

딱 봐도 운전이 불가능했다. 이연우가 이를 갈았다.

'누가 했지? 펜션 주인? 서편호? 아니지, 범인은 중요하지 않아.'

탈출이 우선이었다.

이연우는 잠깐 눈을 감고 주사위를 불렀다. 자기 자동차를 수리하기 위해.

"혹시 이거 수리될까?"

오랜만에 부름을 받은 주사위가 신나서 펄쩍 뛰었다. 주사위는 데구르르 구르다가 결과를 내보였다.

실패!

펑!

작은 폭발음이 들렸다. 이연우는 눈을 의심했다. 멀쩡했던 중고 경차의 엔진에서 연기가 피어올랐다. 굳이 보닛을 열어보지 않아도 알 수 있었다. 자동차가 망가졌다는 것을.

"후우."

이연우가 한숨을 쉬었다. 싼값에 막 타려고 산 차였지만, 주사위 때문에 망가질 줄은…

'상관없어. 꼭 내 차만 탈 필요는 없잖아.'

이연우는 걸음을 옮겨 유일하게 멀쩡한 승용차를 봤다. 그 번호를 외웠다. 8562.

그러고는 곧장 펜션으로 돌아왔다.

펜션 1층에는 여전히 사람들이 모여 있었는데, 이연우가 다가오는 것을 보고 저마다 무기를 쥐다가 이연우의 머리가 멀쩡한 것을 보고 조심스럽게 삽이며 빗자루를 내려놨다.

서편호가 살짝 웃으며 말했다.

"역시 바깥은 위험…"

철컥.

사제 권총이 거무튀튀한 빛을 뿜내며 사람들을 겨눴다. 서편호의 얼굴이 굳었다.

"8562. 누구 차입니까?"

"그… 제 차인데요."

낯선 남자가 머리 없는 남자를 촬영하던 핸드폰을 슬며시 아래로 내렸다. 이연우는 그를 향해 총을 겨눴다.

"차 키. 이리 주세요."

"예? 아니, 그거 할부 한참 남은 새 차⋯"

"총 맞을래요, 차 키 줄래요?"

"드리겠습니다."

남자는 얼른 주머니에서 차 키를 꺼내, 이연우에게 공손히 바쳤다. 이연우는 그의 머리 앞에서 총을 까딱였다.

"에코백에 넣으세요. 헛짓하면 바로 총 쏩니다. 탄창 갈아 꼈으니, 총알도 넉넉합니다."

한 손에는 우산, 한 손에는 총을 들어서 차 키를 받을 손이 없었다.

남자는 손을 잘게 떨며, 이연우의 에코백에 차 키를 밀어 넣었다. 가까운 거리라 총구가 머리통에 닿았다. 그 차갑고 무거운 감촉.

"예, 넣었습니다."

남자는 공손히 두 손을 앞으로 모으고 뒷걸음질 쳤고, 이연우는 뒤로 한 발 물러섰다.

이연우는 사람들의 얼굴을 유심히 살피며 한마디를 남겼다.

"주차장 가보니까, 이 사람 차 빼고는 타이어 다 터져 있었습니다. 못을 박았더군요. 누가 했는지는 모르겠는데, 알아서 판단하세요."

사람들의 표정이 가지각색으로 변했다.

펜션 주인은 움찔 입을 떨었고, 서편호는 눈을 찡그렸고, 낯선 남자는 이제야 위험에 빠졌음을 깨닫고 하얗게 질렸다.

어쨌든 이연우가 알 바는 아니었다.

철벅.

이연우는 조금씩 뒷걸음질 치면서 주차장으로 갔다.

56

이연우는 낯선 남자의 승용차에 올라탔다. 물론, 비에 맞지 않게끔 조심하며. 조수석까지 머리를 기울인 뒤에야 우산을 접었다.

빗물에 젖은 우산을 염산 다루듯 조심스러운 손길로 조수석 바닥에 둔 뒤, 이연우는 곧바로 시동을 걸고, 액셀을 밟았다.

승용차가 속력을 높이며 주차장을 벗어났다.

부우웅.

'일단 비가 내리지 않는 곳까지만 가자.'

이연우는 흐릿한 전면 도로를 보았다. 회색빛으로 물든 세상, 쏟아지는 비. 와이퍼가 바쁘게 움직이며 쓸어내린 빗물은 바람에 밀려 데구르르 굴렀다.

길을 찾을 생각도 없었다. 오직 직진. 머리가 빠지는 비의 영역만 벗어난다.

촤아악.

빗물이 고인 웅덩이를 지나칠 때면, 빗물을 파도처럼 뿌리며 달리는 자동차.

산골의 좁고 구불구불한 길을 몇 분 정도 달렸을까.

"어."

돌연 산짐승 같은 것이 자동차 앞으로 뛰어들었다. 이연우는 이를 꽉 물며, 도리어 액셀을 강하게 밟았다. 짐승이 죽든 말든, 차가 망가지든 말든, 여길 벗어나는 게…

쿵. 쾅. 쾅. 쾅!

끼이이익!

브레이크를 밟았다. 그럴 수밖에 없었다.

짐승이 한두 마리가 아니었다.

산골 도로에 멈춘 자동차, 헤드라이트가 깨져버린 자동차 안에서 이연우는 떨리는 눈으로 백미러를 보았다.

그가 지나쳐 온 길. 그가 치고 지나온 짐승 무리.

끼긱. 끽.

멧돼지, 고라니, 들개, 들고양이 따위가 비에 흠뻑 젖은 털을 자랑하며 자리에서 일어났다. 몸통이 움푹 파이고 다리가 부러진 상태로, 머리가 없는 몸으로.

머리 없는 짐승이 부러진 다리를 질질 끌며 자동차로 다가왔다.

이연우는 깨달았다.

'머리가 빠지는 비. 사람만이 아니야. 짐승도 마찬가지야.'

그리고 또한 포위되었음도.

백미러에서 눈을 떼고 주변을 둘러보았다. 비 오는 산길. 양옆으로 높게 솟은 산봉우리와 무성한 나무.

그 틈으로 보이는 머리 없는 짐승의 무리가 이연우를 향해 점점 다가왔다.

머리 없는 멧돼지나 고라니처럼 큼직한 동물이 산길을 내려왔고, 도로 앞에서는 머리 없는 다람쥐, 머리 없는 닭, 머리 없는 뱀 따위가 오르막길을 거슬러 올라왔다.

철컥.

이연우는 에코백에서 총부터 잡아 쥐었으나, 심장은 불안하게 쿵쾅쿵쾅 뛰었다.

'사람한테 적의가 있어. 어떻게 하지. 이대로 전진? 펜션으로 후퇴?'

그때였다.

쾅, 굉음을 내며 거뭇한 무언가가 전면 유리창에 내리꽂혔다. 크게 균열이 일어난 유리창.

이연우는 화들짝 놀라 총부터 내세웠다. 금이 간 유리창 너머, 머리 없는 까마귀가 꺾인 날개를 퍼덕거렸다. 이연우는 입술을 깨물며 까마귀 너머의 하늘을 보았다.

한 마리가 아니었다.

비 오는 하늘 아래, 까마귀며 비둘기며 매 따위가 날갯짓하고 있었다. 머리 없는 몸으로, 오직 이연우를 향해 일직선으로.

"…염병."

반장한테 옮았는지 비슷한 욕을 하며, 이연우는 기어를 후진으로 바꿨다.

'펜션으로 돌아가야 해.'

눈에 보이는 하늘은 전부 비를 쏟고 있었다. 잠깐 달린다고 비의 영역을 벗어날 수 없었다.

또한 새가 큰 문제였다. 유리창이 깨지면, 비를 맞을 수밖에 없었다. 머리가 빠진다는 말이었다.

부우웅!

승용차가 뒤로 달리며, 그가 이미 치고 지나간 머리 없는 짐승들을 다시 한번 짓밟았다. 방지턱을 만난 것처럼 들썩이는 승용차.

동시에 자동차가 후진하여 지나간 도로로 픽, 픽, 픽, 머리 없는 새들이 수직으로 내리꽂혔다. 폭격에 가까운 낙하.

아슬아슬하게 스친 새가 사이드미러를 박살 내도, 이연우는 백미러만 보며 운전에 집중했다.

'실수하면 죽는다.'

중앙선도 지키지 않았다. 중앙선에 차를 걸친 채로, 구불구불한 길을 휘청휘청 후진했다.

때때로 차 천장을 두들기는 새와 한 번 더 맞아 거의 부서지기 직전인 유리창. 엉망이 된 차가 간신히 펜션으로 돌아왔다.

다행히 펜션에 가까워질 즈음에는 새가 더 이상 공격하지 않았다.

쾅!

중간에 유턴한 자동차가 정면으로 펜션 입구를 들이박았다. 펜션 벽과 문을 그대로 박살 내며 안으로 진입한 자동차.

주차를 마친 이연우는 사제 권총을 꺼내 쥐고, 펜션 안으로 들어갔다.

펜션 1층에는 낯선 남자와 낯선 여자, 우비를 뒤집어쓴 최현상, 펜션 주인이 있었다. 그들은 눈을 동그랗게 뜨고, 완전히 무너진 현관과 망가진 자동차를 보았다.

"어, 어. 내 차. 차."

"내 펜션! 아이고! 이걸 다 부수면…"

하얗게 질린 얼굴로 혼잣말을 중얼거리던 그들이 돌연 입을 닫았다.

살벌한 얼굴을 한 이연우가 총을 쥐고 내렸기 때문이었다. 그는 수상한 사람들을 노려보다가, 문득 질문했다.

"서편호 연구원이랑 그 머리 없는 사람은 어디로 갔습니까?"

"실험하겠다고 임시 실험실로 가져갔어요. 윤아랑 서 박사님은 실험실에 있어요."

"그분들 불러주세요."

"어… 저는 빗물 채취하러 나가야 하는데."

최현상이 우비를 꾹 눌러쓰자, 낯선 남자와 함께 온 낯선

226

여자가 후다닥 계단을 올랐다. 공포에 질렸는지 몸을 벌벌 떠는 낯선 여자가 계단 너머로 사라졌다.

최현상은 삽과 페트병이 들어 있는 봉투를 흔들며, 이연우를 지나쳐 무너진 벽면을 통해 바깥으로 나갔다.

'힘만 강하지, 평범한 보조 연구원 같은데.'

이연우는 최현상을 향해 말했다.

"저 비, 짐승들 머리도 뽑습니다. 조심하세요. 머리 없는 것들, 사람한테 해 끼치려는 놈들 같으니까."

"정보 감사합니다. 역시 조사원이시네요. …나간 김에 그 짐승도 챙겨야 할까요? 실험 재료 같은데."

"거기 차 앞에 머리 없는 새 박혀 있으니까, 그거 가져가 쓰세요."

"아. 고맙습니다. 이따 가져갈게요."

밝아진 안색으로 떠나는 최현상.

그사이에 펜션 주인은 눈치를 보다가 창고로 사라졌고, 1층에는 이연우와 낯선 남자만 남았다.

이연우는 침착하게 낯선 남자에게 차 키를 던졌다. 낯선 남자는 차 키를 붙잡고는 울상을 지었다. 정말로 눈에 눈물이 맺혔다.

"할부 한참 남았는데…"

"그건 죄송합니다. 하지만 그 전에, 당신 누구입니까? 어디 소속입니까? 여기는 뭘 어떻게 알고 왔습니까?"

비

"그게…"

남자가 권총을 힐끗 보고는 침을 꿀꺽 삼켰다. 긴장과 흥분과 슬픔이 복잡하게 섞인 목소리로 말했다.

"미스터리나 괴담 추적하는 동영상 제작하는 팀인데요. 이곳에 머리가 빠지는 비가 내린다는 문헌을 찾아서… 찾아왔습니다."

그러더니 갑자기 고개를 퍼뜩 들어 이연우를 보았다.

"어디 비밀 기관 소속 맞죠? 청와대 사태 그것처럼, 진짜 남들이 모르는 뭔가를 알고 계시죠? 그 서 박사님이란 분도 그렇고, 같은 소속 같은데… 인터뷰, 아니, 이야기라도…"

"그건 지금 중요하지 않습니다. 위험에 대처할 준비부터 하세요."

이연우는 남자에게서 눈을 돌렸다. 단순한 일반인이었으니까.

그보다는 서편호와 펜션 주인이 먼저였다.

펜션 주인은 어딘가로 사라졌고, 서편호는 옅은 미소를 지으며 계단을 내려왔다. 그는 무너진 현관과 현관을 뚫고 들어온 자동차를 보고도 웃음을 잃지 않았다.

"이연우 씨? 무슨 일입니까? 가신다면서."

"탈출 불가능했습니다."

"자동차까지 타셨는데요?"

이연우는 한숨을 짧게 쉬고, 몸을 옆으로 옮겼다. 그는 총을 들어 자동차를 가리켰다.

"저기 새 보입니까?"

"머리가 없군요. 역시 짐승도 영향을 받나 봅니다."

"머리만 빠지는 수준이 아닙니다. 머리 없는 것들이 오직 저만 노렸습니다. 그러니까…"

서편호는 자동차 앞까지 걸어가, 여전히 살아서 꿈틀거리는 까마귀를 쿡 찔렀다. 이연우에게 등을 보인 자세.

이연우의 눈에 광채가 번뜩였다. 재빠르게 손을 움직였다.

철컥.

서편호의 뒤통수에 닿은 총구. 서편호의 움직임이 딱 멈췄다.

"…같은 회사원끼리 왜 이러십니까."

"뭘 알고 있는지 말하세요. 나한테 숨긴 정보, 전부."

"지금 일반인이 보고 있는데…"

"회사가 비밀 유지 손 놓은 거 모릅니까?"

여차하면 방아쇠를 당길 수 있게, 검지를 방아쇠에 걸었다.

서편호는 침묵하다가 천천히 손을 움직여 꿈틀거리는 까마귀를 뒤적거렸다.

"그럼, 회사가 지구를…"

"압니다. 헛소리하지 말고, 지금 정보를 내놓으세요. 이게 무슨 이상인지, 어떻게 대처해야 하는지."

"대처할 필요 없습니다. 이건 우리 인류의 희망이니까."

서편호가 항복하듯, 양손을 들어 올리고 천천히 몸을 돌렸다. 부서진 현관과 자동차, 비가 쏟아지는 야외를 배경으로, 그가 이연우를 똑바로 보았다.

눈동자에 알 수 없는 열의와 사명이 반짝였다.

"저는 거짓말하지 않았습니다. 이 연구에 정말 인류의 미래가 걸려 있죠."

이연우는 살짝 물러섰다. 지나치게 가까운 거리. 반격당할 위험이 있었다.

여전히 서편호의 머리를 겨누며, 이연우가 질문했다.

"말 돌리지…"

"이상기후로 멸종한다면, 이상기후에 적응하면 됩니다."

서편호가 한 손을 뒤로 빼 까마귀를 붙잡았다. 그의 손아귀 안에서 머리 없는 까마귀가 몸을 비틀었다.

"이 생명력. 이 생명력만 인간에게 부여한다면, 우리는 지구에서 살아남을 수 있습니다. 충분히 가능합니다."

우두둑, 강하게 힘을 준 손아귀. 까마귀한테서 바람 빠지는 소리와 뼈가 으스러지는 소리가 났다.

그런데도 까마귀는 죽지 않고 그 몸을 꿈틀댔다. 서편호는 까마귀의 움직임을 손바닥으로 느끼며 기쁘게 웃었다.

"그리고 흙에 남은 성분을 통해 연구는 어느 정도 성공했습니다. 불면증, 탈모, 기억상실, 공격성 향상, 정신이상, 사망 등의 부작용만 줄인다면, 우리는 살아남을 수 있습니다. 그러니까 이연우 씨."

서편호가 언뜻 이연우의 뒤를 보았다. 이연우는 본능이 경종을 울리는 것을 느꼈다.

"부디 우리 연구에 협조해주시길. 당신한테 '빗물'을 주입하고 주사위로 부작용을 극복하면, 완벽한 '빗물'을 얻을 테니까."

획.

서편호가 이연우의 얼굴을 향해 까마귀를 던졌다. 이연우는 물러나지 않았다. 도리어 앞으로 몸을 던졌다.

'뒤! 위험한 건 내 뒤야!'

쐐액!

뽀족한 무언가가 뒤통수를 스치고 지나갔다. 앞에서는 까마귀가 얼굴을 쓸고 지나갔다.

이연우는 몸을 던진 기세 그대로 서편호를 덮쳤다. 그와 가까이 붙어 서편호의 배에 대고 방아쇠를 당겼다.

탕탕탕!

세 번의 총격.

동시에 서편호의 팔을 붙잡고 그대로 빙그르 반 바퀴 돌았다. 둘의 위치가 바뀌었다. 이연우는 서편호를 방패처럼 앞세웠다.

투명한 약물을 방울방울 흘리는 주사기가 멈췄다. 소리 없이 내려온 공윤아가 주사기를 떨어뜨렸다.

"박사님."

"아."

서편호는 창백한 얼굴로 배를 매만졌다. 세 개의 구멍이 뚫린 복부에서 피가 쏟아졌다.

"안 돼. 연구가…"

이연우는 씁쓸한 표정을 지었다. 이상기후로부터 살아남기 위해 발버둥 치던 사람이었다.

'하지만 나한테 위험한 약물을 주입하려던 사람이었지.'

이연우는 옷자락으로 얼굴을 쓸어내렸다. 까마귀가 스치며 묻은 빗물이 닦였다.

57

서편호는 얕은 숨을 뱉었다. 그는 맑은 눈으로 공윤아를 보았다.

대학생 때부터 관심을 두고 대학원생으로 끌고 와 마침내 인류보호회사까지 입사시킨, 그의 수제자.

그리고 최현상과 낯선 여자 다음으로 '빗물'을 시험할 예비 실험체였으나, 상황이 이리되었으니 어쩔 수 없었다.

"공윤아. 네가 내 연구를 이어가… 그리고 이연우 씨."

서편호는 고개를 들어 자신을 앞세운 이연우를 보았다. 이연우는 무슨 생각을 하는지 알 수 없는 무표정이었다. 서편호가 쓰게 웃었다.

"죄송합니다. 하지만 제 제자만큼은 살려주세요. 당신을 건드릴 일은 없을 겁니다."

"그래서 이 비, 어떻게 그치게 만듭니까?"

이연우는 한결같았다.

서편호는 언뜻 들었던 이연우의 소문을 떠올렸다. 온갖 사건 사고를 끌어모으는 인간 부적. 실제로 이연우가 오기 무섭게 비가 내리지 않았나.

'그런데도 살아남은 이유가 있었나.'

생존에 특화된, 그야말로 조사원의 모범. 서편호는 솔직하게 말했다.

"그건… 사람 일곱 명을 바치면 됩니다. 자세한 건 제자한테… 제발 제자만은 살려…"

그 말을 끝으로 서편호가 스르륵 눈을 감았다. 다리에 힘이 풀려 풀썩 쓰러졌다. 아직 죽지는 않았는지, 가는 숨결이 이어졌다.

이연우는 서편호를 내려다봤다. 그러다가 누군가 다가오는 기척을 느끼고, 총을 앞세웠다.

공윤아였다. 그녀는 바닥에 떨어뜨렸던 주사기를 들고 다가오다가 멈췄다.

"당신한테 뭘 할 생각은 없어요."

"…"

서편호를 바라보는 공윤아.

이연우는 말없이 서편호와 공윤아를 피해 펜션 안쪽으로 걸어갔다. 서편호가 아직 죽지 않았으니, 응급처치라도 하거나 다른 곳으로 옮겨둔다고 생각했다.

하지만 다음 순간, 이연우는 눈을 크게 떴다.

푸욱.

공윤아가 서편호의 목에 주사기를 꽂았다. 엄지로 누름대를 꾹 눌러 투명한 약물을 주입했다.

"박사님도 이걸 원할 거예요. 죽기 전에… 연구에 도움 되는 일이잖아요."

무덤덤한 목소리.

공윤아는 약물을 완전히 주입한 주사기를 뽑은 후, 주사기를 손안에서 굴렸다.

"사실 박사님은 당신한테 실험하려고 했어요. 당신이 연구를 단축할 거라고요."

"아니, 뭔."

"당신한테 '빗물'을 주입하고 당신이 부작용에 저항하면, 당신의 피를 샘플 삼아 연구하면 된다고."

이연우는 사제 권총을 고쳐 잡았다. 경계를 안 하자니, 미친 사람들이었다. 스승이나 제자나, 똑같이.

공윤아는 품에서 핸드폰을 꺼내 카메라를 켰다. 스마트폰의 카메라 렌즈가 서편호를 담았다. 공윤아의 목소리가 이어졌다.

"9월 11일. 빗물-003 임상 실험. 실험 대상은 서편호. 상태, 복부에 총상 셋. '빗물' 주입 후 1분 경과. 총상이 회복되고 있음."

이연우가 힐긋 서편호를 보았다.

정말로 총상이 회복되고 있었다. 구멍이 뚫린 옷 아래, 핏물로 젖은 복부에 살이 차올랐다. 또한 머리카락이 우수수 떨어지며, 서편호는 눈을 까뒤집고 경련하기 시작했다.

어딘가 위험한 느낌.

"탈모 진행 중. 경련 확인."

"이봐요. 그 전에 비를 그치는 법부터 알려주세요."

공윤아는 고개도 돌리지 않았다. 무미건조하게 지식을 읊었다.

"사람 일곱 명이 비에 당해 머리가 빠지면 비가 그친다고 기록되어 있었어요."

일곱 명이나 희생해야 한다.

이연우는 손가락을 하나씩 접어가며 이곳에 머무는 사람들의 숫자를 셌다.

'머리 빠진 남자, 일반인 남녀 둘, 연구팀 셋, 펜션 주인.'

이연우를 제외하면 딱 일곱. 이연우가 총을 흔들며 생각에 잠기려고 할 때였다. 이연우가 요란하게 팔을 치켜들며 총을 겨눴다.

총구가 향한 곳은 서편호.

끽. 뚜득. 뚝. 끼이익.

서편호는 악령 들린 사람처럼 사지를 뒤틀며, 관절을 꺾어대며, 손톱이 부러져라 바닥을 긁어대며 몸부림을 쳤다.

이연우가 마른 입술을 핥았다.

"저거 위험… 아니, 위험하겠지."

공윤아가 대답하기도 전에 결론을 냈다. 서편호가 자기 입으로 말하지 않았나. 공격성 향상과 정신이상이라는 부작용을.

'가만히 두면 좀비처럼 지랄할 게 분명해.'

이연우는 방아쇠에 손가락을 걸었다가, 총을 에코백에 집어넣었다. 총격은 효과가 없었다. 차라리 묵직한 타격이나 날카로운 절단이 나았다.

이연우가 구석에 웅크린 낯선 남자를 불렀다.

"차 망가진 분. 같이 저거 제압합시다."

"예? 예!"

남자는 바닥에 떨어진 길쭉한 빗자루를 쥐었고, 이연우는 에코백에서 공구 하나를 꺼냈다.

지금 상황에 딱 맞는 미니 전기톱을.

톱날의 크기는 손바닥보다 조금 큰 정도.

위이이잉.

방아쇠 같은 버튼을 누르자, RPM이 상승하며 전기톱이 맹렬하게 회전했다. 자그마한 나무둥치를 썰어내는 용도의 미니 전기톱이 공기를 가르며 서편호를 향해 나아갔다.

공윤아가 그 앞에 서서 서편호를 가렸다.

"공윤아 씨, 비키세요."

"…바로 묶을 테니까 실험체를 망가뜨리지 마세요."

공윤아는 머리 없는 남자를 묶다가 남은 노끈을 주워 들었다. 그러고는 서편호의 발목을 묶고, 손과 몸통을 묶었다.

비

노끈으로 꽁꽁 묶인 상태로 몸부림치는 서편호. 살갗이 쓸려 피부가 벗겨져도, 벗겨진 피부가 다시 재생되어 계속해서 쓸려도, 고통 없이 발버둥 쳤다.

위이잉.

이연우는 계속해서 전기톱을 작동했다. 무슨 일이 일어날지 모르니까.

과연, 그의 경계심은 과하지 않았다.

쪼그려 앉아 매듭을 단단하게 묶는 공윤아.

"캬아아악!"

눈이 돌아간 서편호가 상반신을 일으켜 쩍 벌린 입으로 공윤아의 목을 물어뜯었고.

철퍽.

바깥에 나갔던 최현상이 머리 없이 돌아와, 찢어진 우비를 질질 끌며 부서진 현관을 넘어왔고.

우당탕.

서편호를 부르기 위해 위로 올라갔던 낯선 여자가 계단에서 우당탕 굴러떨어졌다. 여자는 실험실로 갔다가 '빗물'을 주입당했는지, 머리카락이 빠지고 눈이 돌아갔다.

"키아악!"

"…"

순식간에 난장판이 된 현장.

공윤아의 뜯긴 목에서 피가 뿜어져 나왔다. 지금도 목덜미의 살점을 뜯기고 있었다.

머리 없는 최현상은 빗물에 젖은 신발을 철퍽대며 그들을 향해 느릿하게 다가왔으며, 낯선 여자는 짐승처럼 네발로 웅크리고 앉아 당장 뛰어 나갈 태세를 취했다.

"차 망가진 분, 이거 쥐세요."

이연우는 에코백에서 망치를 꺼내 건넸다. 그리고 말했다.

"계단으로 올라갑니다. 계단에 바리케이드 세우면 버틸 수 있을 겁니다."

"아, 아."

낯선 남자는 망치를 쥐었지만, 망치를 힘없이 늘어뜨렸다. 그의 눈은 낯선 여자에게 고정되어 있었다. 그 눈처럼 한없이 떨리는 목소리.

"왜… 아, 내가… 나 때문에… 내가 오자고 해서."

낯선 남자는 정신을 못 차렸다. 넋이 나갔다.

이연우는 그를 포기했다.

혼자 계단을 향해 성큼 걸음을 내디뎠다. 낯선 여자가 펄쩍 뛰어오르며 네발로 달려들었다. 이연우는 옆으로 한 걸음 걸어 피하고는, 빠르게 뛰어 계단을 올랐다.

뒤에서 남자의 비명 같은 외침이 들렸다.

"정신 차려! 나야! 아악!"

틀렸다. 이연우는 발걸음을 늦추지 않았다. 문이 열려 있는 실험실로 들어가 컴퓨터 본체와 모니터를 들고 계단으로 돌아왔다.

철퍽. 철퍽.

머리 없는 최현상이 계단을 올라오고 있었다. 한 걸음씩, 분명하게.

이연우는 모니터를 번쩍 들어 올린 후, 적당히 가늠해서 모니터를 집어 던졌다.

모니터는 허공을 가르고 최현상의 가슴팍을 때렸다. 최현상은 그대로 뒤로 넘어져 계단에서 굴러떨어졌다.

하지만 이연우의 표정은 좋지 않았다.

'이대로는 해결이 안 되는데. 2층으로 올라온 것도 실수 같아. 차라리 우산을 쓰고 바깥으로 나갔어야 해.'

그 와중에도 다시 한번 컴퓨터 본체를 내던지며 최현상과 여자를 동시에 밀어낸 이연우가 실험실로 달리며 주머니를 다급하게 뒤졌다.

'회사에 지원… 너무 늦어. 안 올지도 모르고. 차라리 경찰이나 보험회사, 레커차를 불러서 제물로…'

그때였다.

실험실에 도착한 이연우가 문득 멈췄다.

주차장과 도로가 내다보이는 실험실의 창가.

경찰차와 레커차가 펜션에 도착했다. 그와 비슷한 생각을 하여, 먼저 행동한 사람이 있었다.

펜션 주인은 창고 안을 정신없이 서성였다.

선반 주변을 빙글빙글 돌기도 했고, 꽉 잠근 문을 확인하기도 했고, 가문 대대로 내려오는 삿갓과 볏짚이나 갈대 따위를 엮은 도롱이를 쥐기도 했다.

그는 얼마 안 남은 머리카락을 쥐어뜯었다.

'도대체 무슨 일이 일어난 거야'.

머리가 빠지는 비는 대수롭지 않았다.

그는 대대로 머리골에 사는 가문의 사람으로, 비를 잠재우는 무당의 후손이었다. 당연히 머리가 빠지는 비의 존재와 일곱 명의 제물을 바쳐야 하는 것 역시 알았다. 그의 일이었으니까.

얼마 전, 꿈을 통해 비가 곧 내린다는 사실을 알아차리고 준비를 해두었는데…

'장기 숙박한다길래, 어떻게 새 손님까지 들이고 타이어까지 다 터뜨렸는데. 연구자의 우비까지 찢었는데'.

총 든 강도가 나오고, 현관문이 부서지고, 좀비 같은 인간까지 나와버렸다.

그는 떨리는 손으로 핸드폰을 켜, 펜션 1층의 CCTV를 보았다. 기억을 더하여 숫자를 셌다.

날뛰는 사람이 둘, 목을 물어뜯겨 죽은 사람이 둘, 머리가 없는 사람이 둘.

그는 다시 한번 머리를 쥐어뜯었다.

"머리가 부족해…"

뭐 하는 사람인지 모를 인간들이 제사를 완전히 망쳐버렸다. 이대로면 비가 얼마나 지속될지 모른다. 비를 빨리 그치게 만들어야 하는데.

　펜션 주인은 눈을 꽉 감았다가 떴다. 그는 핸드폰을 보았다.

　"외지인을 바치는 게 맞는데… 어쩔 수 없지."

58

주차장을 지나 펜션 입구에 주차한 레커차와 경찰차에서
사람들이 내렸다. 레커차에서 청년이 한 명, 경찰차에서 남자가
두 명.

비가 쏟아지고 있었지만, 현장이 코앞이었다. 우산 없이 맨
몸으로 나온 그들은 완전히 박살 난 펜션 현관을 보며 고개를
저었다.

"이거 고의 같은데. 멀쩡한 주차장 놔두고 왜 굳이 여기까
지 차를 몰고 와서 들이박았겠어."

"신고자분 계십니까?"

중년의 경찰이 혀를 쯧쯧 차며 현관을 쭉 둘러보았고, 젊
은 경찰은 목소리를 높여 현관 너머를 향해 소리 질렀다.

"어…"

레커차를 끌고 온 청년은 우선 승용차에 고리부터 걸다가,

현관 너머를 보고 물러섰다. 그는 고개를 앞으로 내밀며, 눈을 휘둥그스름히 떴다.

피가 낭자한 현관 너머, 붉은 노끈에 묶인 사람이 꿈틀대고 있었고, 목을 물어뜯긴 시체가 둘에, 약에 취한 것처럼 눈이 돌아간 여자가 하나, 그리고 머리가 없는 남자가 하나.

머리 없는 남자가 계단 앞에 서 있다가, 몸을 돌려 레커차 청년을 향해 다가왔다.

"경찰 아저씨, 저, 저거… 저기."

눈을 돌리지 못하고 다급하게 손짓만 하는 레커차 청년. 하지만 경찰은 도리어 레커차 청년을 향해 다가왔다.

두 경찰은 목을 앞으로 쭉 빼며 레커차 청년을 향해 다급하게 손을 뻗었다.

"괜찮으십니까? 당신 지금 목이…"

"아니, 지금 내가 문제가 아니라…"

레커차 청년은 그제야 고개를 돌렸다. 거북이나 뱀처럼 늘어난 그의 목이 옆으로 접혔다.

뚜득. 찌직.

목뼈가 뒤틀리고 피부가 찢어지는 소리. 청년은 저도 모르게 늘어난 목을 매만지다가, 두 경찰을 보고 뒤로 넘어졌다.

빗물이 흐르는 인도에 엉덩방아를 찧은 그의 위로 목이 길게 늘어진 경찰들이 그림자를 드리웠다. 그들은 머리를 축 늘어뜨리며 청년 앞에서 발을 동동 굴렀다.

찌지직. 뚜드득.

"저기요, 목 괜찮으으…"

그리고 목이 떨어졌다.

하나, 둘, 셋.

세 명의 머리통이 펜션 입구에서 데구르르 굴렀다. 모자가
벗겨지고 빗물에 흠뻑 젖은 머리카락에 돌가루와 낙엽 따위가
엉겨 붙었다. 차마 감지 못한 눈동자로 빗물이 떨어졌다.

쏴아아.

머리 없는 몸들은 손을 뻗고 주저앉은 자세로 잠깐 가만히
있다가, 천천히 펜션 내부로 몸을 돌렸다.

머리가 있는 인간을 향해.

"크르르…"

'빗물'을 주입받은 낯선 여자가 으르렁거리며 정신없이 고
개를 돌려 머리 없는 인간들을 보았다.

최현상, 경찰 둘, 레커차 청년 하나. 홀로 상대하기에는 힘
든 숫자.

하나 정신이 나가버린 여자는 개의치 않았다. 하다못해 서
편호를 풀어주지도, 도망치지도 않고, 짐승처럼 최현상을 향해
몸을 던졌다.

"캬아아악!"

날카롭게 휘두르는 손톱과 사냥개처럼 들이미는 송곳니.

하지만 낯선 여자가 할퀴고 물어뜯어도, 머리 없는 최현상

은 묵묵히 손을 뻗어 여자를 붙잡았다. 그의 억센 손아귀가 낯선 여자의 어깨를 잡고 놓지 않았다.

그사이에 천천히 다가온 머리 없는 인간 셋이 낯선 여자를 둘러쌌다. 그들은 여자의 사지를 붙잡아 느릿하게 펜션 바깥으로 끌고 갔다.

"아아악!"

낯선 여자가 아무리 발버둥 쳐도 꿈쩍도 안 했다. 결국 여자는 흐린 먹구름 아래에서 비를 흠뻑 맞다가, 머리가 떨어졌다.

"..."

머리 없는 여자는 천천히 일어나, 머리 없는 인간의 대열에 합류했다. 그들은 노끈에 묶인 서편호까지 펜션 바깥으로 끌고 가, 제물로 바쳤다.

그리하여 일곱 명의 인간이 머리가 빠졌다.

빗발이 약해지기 시작했다. 소나기처럼 쏟아지던 비가 점차 가늘어지고, 끝내 비가 그쳤다. 먹구름이 물러나고 구름 사이로 햇살이 들었다. 햇살이 엉망이 된 펜션 현관 앞을 비췄다.

"..."

"..."

머리 없는 인간들은 마네킹처럼 가만히 서 있다가 그대로 뒤로 쓰러졌다. 빗물이 고인 물웅덩이가 촤악 튀었다.

그 자리로 펜션 주인이 모습을 드러냈다. 펜션 주인은 시체가 누운 물웅덩이를 내려다보며, 물 표면에 비친 자기 얼굴을 보았다.

"됐다…"

식은땀으로 범벅이 된 그는 팔다리를 후들후들 떨며 깊은 한숨을 내쉬었다. 어떻게 임기응변으로 비를 그치게 했다.

'망하는 줄 알았는데. 저 좀비 같은 인간부터 총 든…'

안도하던 펜션 주인은 흠칫 몸을 떨었다. 이제서야 또 다른 생존자에게 생각이 닿았다.

'맞다! 그 총 든 인간! 아직 여기…'

철컥.

뒤통수에 서늘한 감각이 와 닿았다. 보지 않아도 훤했다. 총이겠지. 펜션 주인은 어색하게 웃으며 손을 벌벌 떨었다.

"그, 그… 저…"

말을 잇지 못할 때, 툭, 뭔가가 그의 앞으로 굴러왔다. 눈동자만 굴려서 보니, 붉은 노끈이었다. 노끈이 펜션 주인 앞에서 멈췄다.

이연우가 말했다.

"그걸로 스스로 묶으세요. 저기 레커차 고리랑 당신 한쪽 팔이랑."

"예!"

이연우는 펜션 주인을 구속한 후 회사에 연락했다. 뒷수습이 필요하다고, 그의 정보부 인맥에게.

이연우는 펜션 1층에 주저앉아, 회사가 현장을 수습하는 광경을 보았다.

두 명의 뒷수습 전문 직원은 어딘가로 전화하여 뭐라 뭐라 말하였고, CCTV 기록을 물리적으로 강탈하여 박스에 넣기도 하였다.

그러고는 실험실의 컴퓨터와 실험 도구를 전부 회수해 트럭에 실었다.

"선생님들, 제 말 좀 들어주십쇼. 제가 다 잘못했습니다."

트럭에는 수갑이 채워진 펜션 주인도 적재되었다. 그가 울상을 지으며 뒷수습 직원에게 애걸복걸해도, 직원들은 들은 체도 안 했다. 무슨 수면제 같은 것을 주입해 펜션 주인을 재우고는, 그 위로 검은 천막을 씌웠다.

일을 마무리한 직원이 이연우에게 다가왔다.

"이연우 조사원님, 전부 처리됐습니다. 이곳에서는 아무 일도 없던 걸로 되었습니다."

"고생하셨습니다."

"어유, 고생은요. 고생은 조사원님이 하셨죠. 세상에, 요즘 세상에 이상 숭배가 웬 말입니까. 아니, 숭배야 그렇다 쳐도 산 제물은 뭔…"

간단한 심문을 통해 펜션 주인에게 정보를 얻은 그들은 진저리를 쳤다.

"이상이 그런 걸 어쩌겠습니까."

"아닙니다. 그런 걸 막으라고 있는 회사 아닙니까. 굳이 사람이 희생하지 않아도 막을 방법이 있을 텐데."

검은 천막 아래에서 자고 있을 펜션 주인을 한 번 흘겨본 직원은 고개를 몇 번 내젓고는 이연우에게 고개를 꾸벅 숙였다.

"그럼, 이만 가겠습니다."

"예."

검은 트럭이 부르릉 떠났다.

이연우는 그 뒷모습을 보다가, 에코백을 몇 번 매만졌다. 여러 공구 사이로 작은 유리병 같은 것이 두 개 만져졌다. 하나는 기억 소거제였고, 다른 하나는 '빗물'이었다.

뒷수습 전문 직원이 오기 전에 빼돌린 '빗물'.

'…하나 정도는 챙겨두는 게 낫겠지.'

이연우는 가라앉은 눈으로 생각에 잠겼다. 부작용이 심각한 것이었지만, 주사위가 있지 않나.

부상이 심해 죽을 지경이 오면, 한 번쯤 시도해볼 만한 물약이었다. 얌전히 죽기보다 '빗물'을 마시고 주사위로 부작용에 저항이라도 돌려보는 편이 나았다.

그리고 '빗물' 또한 무기로 쓸 수 있지 않을까. 이연우의 눈이 펜션 바깥에 고인 빗물 웅덩이로 향했다.

'서편호는 흙에 남은 성분으로 '빗물'을 만들었다고 했지. 그렇다면 저 빗물 자체도…'

벌떡.

이연우는 자리에서 일어났다. 텀블러에 조심스럽게 빗물을 채우고, 비닐봉지로 한 겹 감싸 에코백에 챙겨 넣었다.

'적한테 뿌리거나, 물총에 넣어 쏴도 괜찮을 거야'.

대강 일을 마친 이연우는 홀로 남은 펜션을 한 번 쭉 둘러보았다. 더 챙길 것이 있나? 없다.

그대로 펜션을 떠나려던 이연우가 문득 걸음을 멈췄다. 이제 추석 연휴에 접어들었기 때문에 돌아가는 길이 막히지 않을까?

"…조금 쉬다가, 차 안 막힐 때 가자."

어차피 출장은 추석 연휴가 끝날 때까지였으니, 천천히 돌아가도 아무 문제 없었다.

구멍가게 수준인 펜션 편의점에서 컵라면을 챙긴 이연우는 2층의 자기 방으로 돌아갔다.

며칠이 지났다.

이상 조사반의 사무실.

이연우는 사람없는산골펜션에서 겪었던 일을 보고서로 작성하다가 문득 멈췄다. 막 서편호한테 반격하던 과정을 서술하던 중이었다.

- 서편호 연구원이 먼저 까마귀를 던져…

이연우는 어두운 표정으로 모니터를 보았다.

'이때 빗물을 맞았구나…'

진짜 조금이었고 금방 닦아내서 신경도 안 썼는데… 그 후 유증이 심각했다.

스윽.

이연우가 머리카락을 가볍게 움켜쥐었다가 눈앞으로 손을 가져왔다. 손에는 머리카락이 제법 많이 붙어 있었다. 미약하게 탈모가 온 것이었다.

"아…"

탄식. 한숨이 머리카락과 함께 무겁게 키보드에 내려앉았다.

유지유가 이연우의 눈치를 보며 입술을 꿈틀거렸다. 웃음을 참는 표정.

"그… 큼큼. 괜찮아요?"

"예에… 이 정도로 끝났으니 다행이죠."

목이 늘어나서 결국 머리가 빠지는 것보다는 나았다. 불면증이나 정신이상도 없고, 죽는 것보다는 낫지만.

이연우가 벌써 몇 번째인지 모를 한숨을 쉬자 반장이 고개를 살짝 들었다.

"신입아, 영광의 상처라고 생각해. 어, 일을 하다 보면 말이야…"

"반장님. 저 '빗물' 챙겨 왔는데."

고통은 나눌수록 덜어진다. 모두의 머리카락이 빠진다면, 마음이 편하지 않을까? 어렵지 않았다. '빗물'을 분무기에 넣어,

딱 한 번만 뿌려주면 된다.

이연우의 눈동자가 묘하게 빛나자, 유지유와 반장이 기겁하며 몸을 피했다. 의자를 멀리 빼고 책상 안으로 고개를 숙였다.

"안 돼요! 무슨 짓을 하려는 거예요!"

"신입아, 그건 안 된다. 어!"

"조심하십쇼."

이연우는 고개를 살짝 숙였다가 거북목을 교정하는 자세로 턱을 바짝 당긴 뒤, 보고서를 마무리했다.

59

자정이 지나 막 잘 준비를 하던 때, 시계수리공에서 임무가 내려왔다. 이연우는 침대에 누워 채팅을 차근차근 읽었다.

- TPL: 이상기후를 가속하는 원인 중 하나를 찾았네! 원인이 한국에 있으니, CHS에서 조사를 해주게.

기쁜 소식에 흥분했는지 말에 두서가 없었다. 하지만 이연우는 침착하게 핸드폰 화면을 두드렸다.

- CHS: 자세하게 말해주시죠. 원인이 뭔지, 뭘 조사하면 되는지.

- TPL: 자유예술가협회의 도움을 받아 회사 서버 하나를 습격해서 데이터를 빼돌렸는데, 기밀 문건 중에 '북풍과 태양'이라는 이상 개체가 있었네.

멈칫, 손가락이 핸드폰 화면 위에서 정지했다. 이연우는 눈을 깜빡이다가, 다시 한번 글귀를 읽었다. 그러고는 입을 살짝 벌렸다.

"아니…"

예술가? 습격? 내가 뭘 읽은 거지? 우리가 이렇게 공격적
인…

혼란이 빠르게 가라앉았다. 이연우는 얕게 한숨을 쉬었다.
학살회사나 관리회사에 비하면 아주 온건한 거였으니까.

'이 정도면 뭐 괜찮지.'

이연우는 쓸데없는 생각을 그만두고, 채팅에 집중했다.

- TPL: 북풍과 태양은 양피지에 쓰인 동화인데, 양피지를
만진 사람은 이야기 속으로 들어가 동화의 인물이 되네.

- CHS: 외투를 걸친 나그네가 되는 겁니까?

- TPL: 그렇다네.

이연우는 핸드폰 테두리를 매만지며 생각에 잠겼다. 북풍
과 태양이 나그네의 외투를 누가 벗기는지 내기하는 동화.

- CHS: 이게 왜 이상기후의 원인입니까?

- TPL: 정확히는 이상기후를 가속하는 원인인데…

- TPL: 내기의 결과에 따라 현실의 기온이 변하네. 태양이
승리하면 기온이 상승하고, 북풍이 승리하면 기온이 하강하지.

자기 위해 불을 끈 방. 이연우의 크게 떠진 눈에 핸드폰의
불빛이 맺혔다. 이연우는 다급하게 핸드폰을 두들겼다.

- CHS: 그러면 이걸 이용해서 이상기후를 해결할 수 있지
않습니까!

- TPL: 음. 회사도 그렇게 생각했지. 그래서 사고가 났네.

TPL은 기밀 문건에서 읽은 실험 기록에 대해 천천히 말했다.

이상기후를 인지한 회사는 북풍과 태양의 내기 결과를 조작해서 이상기후를 막기로 했다. 온갖 억지를 부려 북풍이 계속 승리하게 만들어, 기온을 내리기로 한 것이었다.

하지만 그 결과는…

- TPL: 처음에는 잘됐다더군. 그런데 북풍과 태양이 알아챘네. 자신들이 속았고, 이용당했다고.

- TPL: 그 후, 그들이 분노하여 계속해서 기온이 상승하고 있지. 이제 내기도 하지 않고.

회사가 이상기후에 기여하고 있었구나!

이연우는 이마를 탁 쳤다. 그걸로 끝이었다. 회사를 비판하기에는, 어쨌든 이상기후를 막기 위한 시도였으니까. 결과는 안 좋았지만.

- TPL: 어쨌든 북풍과 태양이 한국의 크립티드연구동호회에 보관되어 있다고 하니, 자네가 가서 조사해주게.

- CHS: 뭘 조사하면 됩니까?

- TPL: 그건…

채팅이 멈췄다.

이연우는 화면만 보며 뒷말을 기다렸고, TPL은 말을 고르고는 천천히 지시를 내렸다.

- TPL: 크립티드연구동호회의 건물 구조, 북풍과 태양의 위치, 보안 상태 같은 것을 조사해서 알려주게.

- CHS: 그건 왜…

- TPL: 멸망주의자든 자유예술가협회든 파견해서 빼돌려야지. 이상기후를 조금이나마 해결할 수 있는 이상 개체 아닌가.

파괴하여 멸망으로의 가속을 멈추든, 잘 설득해 기온을 낮추든, 시계수리공으로서는 놓칠 수 없는 이상.

이연우도 그 뜻에 동감하며 눈을 반짝반짝 빛냈다. 희미한 희망이나마 찾았다.

어려운 일도 아니었다. 단순한 정찰.

이연우가 단호하게 손가락을 움직여, 짤막한 문자를 보냈다.

- CHS: 예, 하겠습니다.

기세 좋게 답했지만, 바로 행동에 옮길 수는 없었다. 무턱대고 찾아갔다가는 보안팀에 잡힐 것이 분명했다.

그렇기에 이연우는 밤잠을 설쳐가며 계획을 준비했고, 아침이 오자 피로가 채 풀리지도 않은 몸으로 조사반으로 출근했다.

평소보다 한참 일찍 도착한 사무실.

반장은 먼저 와서 커피믹스를 타 마시다가, 고개를 들어 이연우를 보았다.

"어. 일찍 왔네. 잘 왔다. 여기 쓰레기 좀 내다 버려. 꽉 찼어."

반장이 넘칠 듯한 쓰레기통을 향해 고갯짓했다. 이연우는 그 말을 무시하고 사무실을 둘러봤다. 유지유는 출근하지 않았다. 평소 출근하는 시간을 생각하면, 30분은 더 있어야 했다.

둘뿐이니 말을 꺼내기 딱 좋았다.

이연우가 침을 꿀꺽 삼키고, 낮게 가라앉은 목소리로 말했다.

"반장님."

중요한 이야기를 하려는 듯, 진지한 목소리.

반장이 흠칫 굳었다. 그러고는 올 것이 왔다는 듯 한숨을 푹 쉬며 종이컵을 내려놓았다.

"퇴직하려고?"

그동안 겪은 사건 사고만 해도 심각한데, 탈모까지 왔으니 퇴직을 생각할 만도 하지. 달콤한 커피믹스를 마셨건만, 혀끝에 씁쓸한 맛이 감돌았다.

반장은 굳이 말리지 않고 요청을 들어주려고 했다. 하지만 이연우는 눈을 땡그랗게 떴다.

"예? 아뇨. 회사를 왜 그만둡니까?"

이상기후를 깨달은 이후, 한 번도 하지 않은 생각이었다. 회사원의 신분과 인맥과 정보와 기억을 잃으면 살아남기 힘든데, 지금 퇴직을?

이연우와 반장은 어리둥절하며 눈을 마주쳤고, 반장은 곧 헛기침하며 이연우의 눈을 피했다.

"아니야? 아니구나."

"아닙니다. 그게 아니라, 혹시 이상기후 시나리오와 보존 계획에 대해 아시는지 여쭤보려고요."

이연우는 바로 본론으로 들어갔다. 반장을 시계수리공으로 끌어들이기 위해.

"처음 듣는다. 회사 프로젝트 같긴 한데."

영문 모를 표정을 지은 반장은 고개를 저었고, 이연우는 이야기를 압축하여 말하였다.

시간 정지, 이상기후, 보존 계획, 시계수리공, 지구를 포기하지 못하고 서로 다른 방법을 찾아 찢어진 파벌과 회사원…

이야기가 진행될수록 반장의 표정이 어두워졌다. 입이 바짝 마르는지 커피믹스를 다 마시고 물까지 몇 잔이고 마셔가며, 묵묵히 이연우의 이야기에 귀를 기울였다.

그리고 이야기가 마무리되었을 때, 반장은 멍하니 허공을 보았다. 과거와 미래를 더듬어보는 듯한 흐릿한 동공.

"그래서 회사 꼬락서니가…"

여러 감정이 복잡하게 섞인 목소리.

이연우는 더 이상 말하지 않고 얌전히 서서 반장이 현실을 받아들이기를 기다렸다.

잠깐의 침묵 후, 반장이 고개를 내려 이연우를 보았다.

"그래서… 나보고 너희 파벌에 들어가라고?"

"예, 저 혼자서는 할 수 있는 일이 거의 없습니다."

반장은 초점 잡힌 눈으로 이연우를 보다가 고개를 저었다.

"됐다."

"반장님."

"신입아, 들어봐라. 나는 회사의 조사원이다. 예나 지금이나, 앞으로도 똑같이."

반장은 의자에 등을 기대며, 오래된 이상 조사반의 천장을 올려다보았다. 먼지와 거미줄이 잔뜩 낀 천장.

이상기후가 찾아오더라도, 몇십 년은 가뿐히 버틸 철근 콘크리트 건물의 천장.

"이상기후가 찾아와도 인류는 멸종하지 않을 거다. 지금과 많이 다르겠지만 어떻게든 살아남겠지."

반장은 이상기후가 덮친 미래를 그려봤다. 아마 살기가 쉽지 않을 거다. 현대 문명은 분명 붕괴하겠지.

하지만 문명이 붕괴하고 지구가 망가지더라도, 인류가 멸종하지는 않을 것이다. 원시사회로 회귀하고 소규모 집단으로 분산되겠지만, 살아남을 것이다.

그리고 인류가 멸종하지 않는다면, 인류보호회사도 사라지지 않는다.

"사람이 있으면 회사도 있다. 회사가 별거냐? 이상으로부터 사람을 지키면 그게 회사지. 나는 계속 회사원으로, 조사원으로 살 거다. 다른 일은 몰라."

반장은 예정된 멸망을 받아들였고, 망가진 세상에서도 회사원으로, 인류보호회사 조사원으로 남기로 했다.

비

반장이 흐릿하게 웃었다.

"나이를 먹어서 그런가, 새로 뭘 시도하기가 힘들어. 그냥 살던 대로 살련다. 물론, 머리카락은 내가 너보다 젊지만 말이다."

농담으로 말을 마무리한 반장은 어려운 표정을 짓는 이연우를 보았다.

이연우는 입술을 달싹이다가 어깨를 축 늘어뜨렸다.

"알겠습니다."

반장은 자리에서 일어나, 이연우의 어깨를 툭툭 두드렸다. 그러고는 손에 힘을 주어 이연우의 어깨를 꽉 쥐었다. 두꺼운 손가락이 이연우의 정장에 깊은 주름을 남겼다.

"따로 너한테 뭐라고 하지는 않으마. 젊으면 이것저것 도전하고 그래야지. 그리고, 반장으로 도울 수 있는 일은 내가 도와주마."

"아."

어깨를 잡혀 고통에 눈살을 찌푸렸던 이연우가 얼굴을 활짝 폈다.

"그러면 일 하나만 도와주십쇼."

"어, 어? 지금?"

"예. 크립티드연구동호회로 갈 일이 있는데, 아무래도 저 혼자 찾아가기는 힘들지 않겠습니까."

반장이 조금 당황하며 뒤로 물러섰다. 눈감아줄 일은 눈감아주고, 커버 칠 일은 커버 치겠다는 뜻이었는데.

이연우는 밤새워 생각했던 계획을 쭉 늘어놓았다.

"이상 감사 명목으로 함께 갈 수 있을까요?"

반장은 떨떠름한 표정을 짓다가 마지못해 고개를 끄덕였다. 돕겠다고 말한 직후, 못 하겠다고 뒤로 빼는 건 멋없는 짓이었으니까.

그들이 한창 사무실을 나설 준비를 하던 때였다. 문이 벌컥 열리며, 유지유가 출근했다.

유지유는 들어오자마자 고개를 갸웃거렸다.

"어디 가요?"

"어, 연우랑 출장 간다."

"그럼, 저 혼자 사무실 지키고 있어야겠네요?"

어딘가 기쁜 기색으로 말하는 유지유에게 반장이 대충 손짓했다.

"그래. 시간 되면 퇴근하고, 나한테 연락 오면 감사 나갔다고 말하고. 그리고 청소해둬. 쓰레기통 비우고, 저저⋯ 천장에 거미줄 치우고."

"거미는 왜요? 벌레 잡아주잖아요."

"어휴, 알아서 해라."

차 키를 챙긴 반장이 사무실을 나섰고, 무거운 에코백을 어깨에 걸친 이연우가 유지유에게 짧게 고개 숙인 후 반장을 따라 나갔다.

목적지는 크립티드연구동호회였다.

◆

동화

크립티드연구동호회는 천연 보호구역인 어느 평야에 있었기에, 자동차로 몇 시간은 달려야 했다.

부웅.

고속도로를 달리는 반장의 차.

반장은 힐끗 백미러로 이연우를 보았다. 이연우는 핸드폰을 보며 턱을 쓰다듬고 있었는데, 어쩌다가 머리로 손이 가면 깜짝 놀라며 손을 다급하게 내렸다.

"탈모 심하냐?"

반장이 묻자, 이연우가 머리를 조심스럽게 매만졌다.

"아주 심하지는 않은데, 많이 빠져서요. 지금은 괜찮아 보이는데, 앞으로 어떻게 될지 모르겠습니다."

이연우가 손바닥으로 앞머리를 밀어 올렸다. 풍성했던 머리숱이 줄어든 느낌. 이마도 M 자로 조금 후퇴했나?

핸드폰 카메라를 셀카 모드로 켜고, 고개를 조금씩 틀어 봤다.

반장은 지루한 장거리 운전 중 잡담이라도 나눌 겸, 이야 기를 이어갔다.

"주사위 안 굴려보고?"

"지금은 딱히 탈모 티도 안 나고, 리스크가 무서워서… 그 래도 굴려볼까요?"

"아니, 그걸 왜 나한테 묻냐. 네가 잘 생각해서 결정해야지."

반장이 당황했다. 잡담이었을 뿐, 진짜로 굴리라는 말은 아 니었다. 대실패라도 나오면 무슨 일이 일어날 줄 알고.

찰칵.

하지만 이연우는 앞머리를 넘긴 셀카를 한 장 찍어 그 사 진을 유심히 보더니, 어떤 결심을 한 눈을 하였다.

"굴려봐야겠습니다."

"어… 어?"

"이대로 두면 어차피 결국 대머리가 될 겁니다. 그때 굴리 나 지금 굴리나 똑같습니다."

반장이 말릴 새도 없이, 이연우는 주사위에게 말했다. 단호 한 목소리.

"주사위. 탈모 저항."

데구르르.

반장이 침을 삼키며 백미러로 이연우를 곁눈질했고, 이연우는 각오가 서린 눈으로 주사위의 결과를 기다렸다.

몇 분 같은 몇 초가 지나고, 주사위가 결과를 내보였다.

실패!

펑!

무슨 폭죽 터지는 소리 같은 게 났다. 머리카락이 폭발하여 나풀거렸다. 이연우는 크게 뜬 눈으로 허공을 보았다. 머리카락이 꽃잎처럼 떨어지고 있었다.

"아."

"어, 어."

이연우와 반장이 입술을 떨었다. 차마 말이 되지 못한 소리만 흘러나왔다. 반장은 차선을 넘어가려다가 간신히 정신을 차리고 운전대를 붙잡았다.

"여… 연우야. 너, 너… 머리가…"

"…"

이연우는 손을 벌벌 떨며, 한 손으로는 듬성듬성한 머리를 매만졌고 다른 손으로는 핸드폰 카메라를 보았다. 탈모가 급작스럽게 진행된 머리. 하얀 구멍이 숭숭 뚫린 머리.

"주사위."

"연우야, 잠깐, 진정…"

"탈모 저항."

데구르르.

실패!

펑!

머리카락이 폭죽처럼 흩날렸다. 이제 머리카락보다 두피
가 더 많이 보였다. 이연우의 눈이 돌아갔다. 희번덕거리는 눈
동자. 더는 잃을 것도 없었다.

"주사위. 탈모 저항. 성공할 때까지, 계속."

광기가 서린 이연우의 목소리에, 주사위가 벌벌 떨듯이 몸
을 굴렀다.

데구르르.

성공!

쏙쏙쏙!

맨들맨들한 두피 위로 검은 머리카락이 슬그머니 돋아났
다. 하얀 구멍이 검게 채워졌다.

그뿐만이 아니었다. 몸이 가벼웠다. 잠을 얼마 못 자 생긴
피로가 사라졌고 활력이 몸을 감돌았다. 이연우는 본능적으로
깨달았다.

'빗물이 약이 됐어.'

탈모 저항이 아니었다. 빗물에 저항한 것이었다.

그 결과, 탈모를 일으키던 빗물이 반대로 작용하여 체력을
강화했다. 그리고 아마도 조금의 재생력 상승도 생겼을 것이다.

이연우는 손을 쥐었다 폈다 했다. 느낌이 달랐다. 뭐라고
할까. 생기? 활력? 체력? 미약한 힘 한 줄기가 몸에 깃든 느낌.

"하하."

이연우가 미소를 짓자, 반장도 안도하며 한숨을 쉬었다. 그는 편안한 마음으로 운전에 집중했다. 전면을 보며 운전대를 돌렸다. 고속도로를 빠져나가는 길.

"연우야… 주사위 조심해서 써라… 대실패 나오면 어쩌려고 그래."

"다음부터 조심하겠습니다."

이연우는 당당하게 머리를 긁적이고는 무릎과 엉덩이, 발 아래를 보았다. 머리를 잔뜩 자른 것처럼 수북이 쌓인 머리카락.

"머리카락은 바로 치우겠습니다."

"그래야지. 여기 박스에 봉지랑 휴지 있으니까, 그걸로 치워."

그렇게 자리를 청소하다 보니 도착한 평야.

이연우와 반장은 천연 보호구역의 직원 전용 도로를 타고, 크립티드연구동호회가 자리한 건물 앞에 도착했다.

크립티드연구동호회는 겉보기에는 군사 지역의 임시 초소처럼 보였다.

철조망으로 둘러싸인 안쪽에는 길쭉한 전망대 겸 초소 같은 것이 두 개 있었고, 자그마한 콘크리트 건물이 하나 있었다.

치직.

전망대에 달린 스피커에서 소리가 났다.

– 관계자 외 출입 금지 구역입니다. 돌아가십시오.

"관계자다, 인마."

반장은 시큰둥한 표정을 지으며 철조망으로 이루어진 정문으로 다가가, 벨을 꾹 눌렀다. 누렇게 변색된 초인종에 빨간 불이 들어왔다.

– 누구십니까?

"이상 조사반 반장인데, 너희들 감사하러 왔다. 빨리 문 열어."

– 예? 예?

반장은 주머니를 뒤져 신분증 하나를 꺼냈다. 신분증을 초인종 카메라 앞으로 들이밀었다. 카메라가 신분증을 스캔했다.

그 몇 초를 반장은 기다리지 않았다.

"뭐 숨기냐? 왜 이렇게 굼떠? 이상이야? 이상에 지배당하냐?"

– 아닙니다! 지금 바로 열겠습니다!

삐이이.

철컹, 철조망 문이 열렸다. 반장은 성큼성큼 당당한 기세로 들어갔고, 이연우는 고개를 끄덕이며 자연스럽게 뒤따랐다.

'혼자 왔으면 못 들어갔겠어.'

반장의 이상 감사 권한이 아니었다면, 이렇게 쉽게 진입할 수 없었을 것이다. 환영 아닌 환영도 받을 수 없었을 테고.

자그마한 콘크리트 건물 안에서 초인종을 통해 대화했던 직원이 헐레벌떡 뛰어나왔다.

"조사반장님! 오셨습니까!"

"어. 동호회장 어디 있냐?"

"그…"

직원이 이마의 땀을 훔쳤다. 조사반장의 방문을 알리기 무섭게, 동호회장이 말했다.

'그 인간이 왜 와? 뭘 또 뒤집어엎으려고? 꼴 보기도 싫다. 나 찾으면 없다고 해라.'

차마 그대로 옮기지 못할 말.

"병이 나서, 병가 내고 쉬고 계십니다."

"확실해? 내 얼굴 보기 싫어서 거짓말하는 거 아냐?"

"아닙니다, 아닙니다. 직접 내려가보십쇼. 진짜 안 계십니다."

직원은 서둘러 움직이며, 반장과 이연우를 엘리베이터로 안내했다. 직원이 신분증을 카드처럼 꽂자, 엘리베이터가 열렸다.

"어디부터 보시겠습니까?"

지하 3층까지 있는 버튼. 반장은 이연우는 보지도 않고 흘러가듯 말했다.

"지하 1층부터 전부 둘러보자."

이연우는 북풍과 태양을 봐야 한다고 했다. 그 목표를 투명하게 드러낼 필요는 없었다.

띵!

지하 1층에 도착해 엘리베이터 문이 열렸다.

문 너머에는 절연체로 도배된 거대한 공간이 있었는데, 그 안에서 푸른 뱀들이 자유롭게 뛰놀고 있었다. 강철로 이루어진 봉을 타고 놀거나, 몸을 돌돌 말고 있거나.

직원이 말했다.

"지하 1층. 푸른 전기 뱀 사육소입니다. 한국 지사에서 사용하는 테이저건에 들어가는 뱀은 전부 이곳에서 키우고 훈련한 뱀들입니다."

때마침 검은 복장을 한 직원이 나타나 종을 땡땡 울렸다.

"밥 먹자…!"

그가 외치기 무섭게, 번개 뱀들이 푸른 물결이 되어 한쪽 벽으로 몰려갔다. 벽에 늘어진 수많은 전깃줄에 각자 머리를 대고, 테이저건의 출력에 맞춰 주입되는 전기를 먹었다.

반장은 손을 내저었다. 더 볼 것도 없었다.

"지하 2층."

"예!"

엘리베이터 문이 닫혔고, 잠시 후 열렸다.

이연우는 입을 살짝 벌리고 감탄했다.

"와."

그곳에는 동화의 한 풍경 같은 세계가 펼쳐져 있었다. 무슨 기술을 썼는지, 또 다른 차원으로 이동한 듯한 감각.

높은 하늘과 구름. 푸른 잔디가 바람결에 흔들리는 대지.

지상에는 구름으로 이루어진 고양이들이 한가롭게 꼬리를 흔들고 있었고, 각종 기이한 생명체들이 들판을 거닐고 있었다.

무엇보다 압도적인 것은 들판의 중앙에 앉아 있는 골드 드래곤.

우아한 자태로 고개를 들고 직원 하나와 대화하는 골드 드래곤의 목소리가 우렁차게 울려 퍼졌다.

"골드 드래곤은 모든 드래곤 중 가장 우수한 드래곤이며, 우주 어느 드래곤과 비교해도 가장 지혜로운 드래곤이다!"

이연우와 반장이 눈을 깜빡거리자, 그들을 안내하던 직원이 한숨을 내쉬었다.

"또 저러네. …여기는 지하 2층 비현실적 생물 격리소입니다."

"어. 한번 보자."

반장이 눈을 반짝이며 엘리베이터 바깥으로 걸음을 내디뎠다. 직원과 이연우도 반장을 따라서 들판으로 들어갔다.

그러는 동안에도 골드 드래곤은 커다란 목소리로 외치고 있었다.

"레드 드래곤은 본능 하나 제대로 제어 못 하는 짐승과 다를 바 없는 쓰레기이며, 그린 드래곤은 드래곤이라 할 수 없는 족속이며, 블랙 드래곤은…"

드래곤이 말을 멈췄다. 그는 황금빛으로 빛나는 머리를 살짝 돌려 새로운 방문객을 보았다. 헤아릴 수 없는 지혜를 품은 눈동자가 인간을 굽어보았다.

"아, 어리석은 필멸자들. 내게 지혜를 구하기 위해 왔나?"

하나는 이곳의 직원이요, 나이 많은 남자도 올곧은 직원이며, 다른 하나는…

"으악!"

드래곤이 눈을 감고 혀를 빼물었다. 그것은 짤막한 앞발로 자신의 눈을 연신 쓸어내렸다.

"끔찍하구나! 어서 내쫓아라! 재난을 휘감은 자다! 심지어 안 좋은 속셈을 품고 왔어! 빨리, 빨리 내쫓아!"

침묵.

안내하던 직원이 슬금슬금 물러나 비상 버튼에 손을 옮겼고, 반장은 눈을 감았다.

이연우는 난처한 표정을 지었다. 그는 직원을 향해 말했다.

"아마 제 체질 때문에 그러는 거 같은데…"

하지만 이연우가 말을 끝마치기도 전에, 골드 드래곤은 날개를 활짝 펴더니 돌풍을 일으키며 날아올랐다.

"네가 안 가면, 내가 가겠다!"

돌풍이 휩쓸고 지나간 자리.

직원은 비상 버튼을 꾹 눌렀다.

61

드래곤이 날아간 자리.

강풍에 머리카락과 옷자락이 흔들리는 가운데, 직원은 생각했다.

'저 드래곤이 머리는 조금 이상해도, 거짓말은 하지 않아.'

비늘 색깔로 차별하는 드래곤이지만, 어디까지나 드래곤만을 혐오하는 이상 개체. 드래곤의 짐이라며 인간을 가르치기 좋아하기 때문에, 회사에 우호적인 드래곤.

그렇기에 직원은 드래곤의 말을 믿었다.

재난을 부르는 자가 나쁜 속내를 숨기고 왔다는 말을.

직원은 망설이지 않았다. 손에 쥔 빨간색 비상 버튼을 엄지손가락으로 꾹 눌렀다.

"조사반장님, 거기 조사원님. 비상 신호 보냈습니다. 경비대대한테 사살당하기 싫으면 가만히 있으십시오. 조사 후 풀어

드리겠습니다."

언제 굽신거렸냐는 듯 날카로운 눈매.

이연우가 헛웃음을 지었다. 빗물로 얻은 활력이 쭉 빠져나가는 느낌.

'일이 이렇게 틀어진다고?'

건물 내부까지 이렇게 잘 들어왔는데, 레이시스트 드래곤한테 속내를 폭로당할 줄이야. 조금도 예상하지 못했다. 동호회라고 해도 역시 회사 부서라 다르다고 해야 할지, 참 이상한 보안 능력이었다.

결국 이연우는 설득하는 것을 포기하고, 제자리에 쪼그려 앉았다.

'뒷수습은 어떻게든 되겠지. 실제로 사고 친 것도 아니고, 정보부 인맥도 있고.'

이연우는 가까이 다가온 구름 고양이를 향해 손짓했다. 새까만 먹장구름으로 이루어진 고양이가 천천히 꼬리를 흔들며 다가왔다.

이연우가 솜사탕 같은 몸통을 어루만지자, 구름 고양이가 천둥 같은 소리로 작게 울었다.

"으릉."

손바닥에 물기가 묻어났다. 이연우가 조심스럽게 구름 고양이를 쥐어짜자, 고양이의 몸에서 비처럼 물줄기가 주르륵 흘러내렸다. 물을 쏟아낸 구름 고양이가 회색으로 색이 바랬다.

그렇게 이연우가 고양이와 놀고 있을 때.

"…"

반장은 드래곤이 떠나간 자리를 가만히 보다가, 느릿하게 고개를 돌려 직원을 노려보았다.

"너. 정신 나갔냐?"

단단하게 굳은 눈동자와 무거운 목소리.

직원이 비상 버튼을 내보이며 입을 벌리기 무섭게, 반장은 손을 뻗어 직원의 멱살을 잡고 끌어당겼다.

반장의 키가 조금 작은 탓에, 직원의 머리가 그대로 아래로 끌려왔다.

"으르릉!"

험악한 분위기에 고양이가 놀라 도망쳤고, 이연우가 자리에서 일어났다. 그는 서둘러 반장에게 다가갔다.

"반장님."

이연우의 걸음이 멈췄다. 괜찮다고, 이렇게까지 할 일은 아니라고 말하려고 했지만, 반장의 눈빛이 심상치 않았다.

반장은 당황한 낯빛을 한 직원의 멱살을 쥐고 좌우로 흔들었다. 맥없이 흔들리는 머리.

"지금 뭘…"

"너 뭐냐? 하수인이야? 이상이 한마디 했다고 비상 버튼을 눌러? 저게 죽으라고 하면 죽을 거냐? 풀어달라고 하면 풀어줄 거야? 사람 죽이라고 하면 죽일 거야? 어!"

"그건…"

직원은 당황하면서도 고집스럽게 입을 다물었다. 그러고는 반장의 손아귀를 쳐낸 후, 말했다.

"저 드래곤의 적대 등급은 그린입니다. 우호적인 개체라고요. 못 믿을 것도 없지 않습니까!"

"지랄. 이상을 믿어?"

"그러는 당신도 아래에 이상 개체 두고 있지 않습니까! 부모 감별사!"

"우리 애들은 사람이야. 그리고 조사반장은 나고."

반장은 코웃음을 치며 주머니에서 버튼 하나를 꺼냈다. 그 버튼을 본 직원의 눈이 사정없이 흔들렸다.

조사반장의 격멸대대 호출 버튼이었다.

이상 감사 중 부서가 이상에 지배당하고 있다고 판단될 경우, 부서의 제압 혹은 파괴를 요청하는 악명 높은 버튼.

꾹!

버튼이 눌렸다. 반장이 사납게 웃었다.

"어디 뒤집어엎어보자고."

이미 이연우의 용건은 뒷전이었다. 반장은 본래 직업에 충실하게 크립티드연구동호회를 감사하기로 했다.

귀엽고, 아름답고, 위대한 형상의 이상 개체와 함께 생활하다 보니 정신 무장이 느슨해진 크립티드연구동호회를.

직원은 입을 빠끔거리다가 이를 악물었다.

"해보시죠! 누가 잘못한 건지…"

"으흠."

그쯤에서 이연우가 슬쩍 끼어들었다. 그는 눈을 빛내며 반장에게 넌지시 말했다.

"감사 계속 진행하시죠? 뭘 더 숨기고 있을지 모르지 않습니까."

북풍과 태양을 찾아 움직이자는 말.

반장은 순간 애매한 표정을 지었다. 눈동자를 굴려 이연우를 힐끔 봤다가, 다시 눈을 돌리고 말했다.

"지금? 비상 버튼 눌려서 다 격리됐을걸? 당장 엘리베이터도 차단됐을 텐데. 차라리 격멸대대 오면 그때 구석구석 뒤집어엎어야지."

격멸대대도 없이 조사원 둘이 부서를 탐색하는 건 무리였다. 총기로 무장한 경비대대와 싸울 수는 없지 않나.

하지만 이연우는 태연하게 고개를 저었다.

"명분은 저희한테 있지 않습니까. 그리고 격리는…"

이연우가 직원을 보며 묵직한 에코백을 뒤졌다. 휘젓는 손짓에 따라 잔뜩 부푼 에코백이 울퉁불퉁 꿈틀거렸다.

'미니 전기톱 아니고, 망치 아니고. 드릴, 절단기 아니고. 가스 토치 아니고. 전기 충격기 아니고. 권총도… 아니고. 아, 찾았다.'

에코백에서 나오는 손에 쥐어진 물총. 물총이 직원의 머리를 겨눴다.

직원은 이상한 표정을 지었다. 마치 물총으로 뭘 하려고 그러냐는 듯. 그에 이연우가 답했다.

"탈모약이 들어 있습니다."

"탈모를 치료하는 약이요? 나는 탈모 없는데."

"탈모를 일으키는 약입니다. 대머리 되기 싫으면 협조하세요."

"그게 왜 약…"

물총이 가까워졌다. 직원의 표정이 창백해졌다. 그는 떨리는 눈으로 에코백을 보았다.

"아니, 뭘 들고 다니는 겁니까."

"협조할 겁니까, 안 할 겁니까?"

물총이 직원의 이마를 긁고 지나 정수리를 꾹 눌렀다. 직원은 눈을 꼭 감았는데, 무슨 생각을 하는지 낯빛이 한순간에 수십 번 변했다.

그가 돌연 눈을 부릅떴다.

"협조하겠습니다."

직원은 태도를 바꿔, 그들을 들판 어느 곳으로 안내했다.

"이곳 지하 2층은 회사의 핵심 기술로 이루어진 일종의 아 공간입니다. 당연히 엘리베이터도 그렇고, 비상구도 그렇고 위상학적 이동 장치입니다."

반장은 듣는 둥 마는 둥 하며 쿵쿵 걸음을 옮겼고, 이연우는 갸우뚱거렸다.

'방주나 최후의 셸터에 사용되는 기술인가?'

그런 생각을 하다 보니까, 들판 한가운데 있는 문짝 앞에 도착했다. 고동색 나무로 이루어진 문짝은 홀로 굳게 서 있었는데, 먼지가 잔뜩 쌓여 있었다.

직원이 문짝 앞에 섰다.

"지하 3층으로 가는 문입니다."

"지하 3층에는 뭐가 있습니까?"

이연우는 녹슨 문고리를 향해 손을 뻗다가 멈춰서 물었다. 직원은 태연하게 말했다.

"비현실적 생물체가 있죠."

"위험합니까?"

"안 위험한 이상이 어디 있습니까. 전기 뱀이나 푸른 불꽃이나 구름 고양이나 다 귀여워 보여도 사실은…"

똑바로 대답하지 않고 빙빙 돌리는 말.

슉.

이연우가 눈살을 찌푸리며 물총을 들이댔다. 살짝 방아쇠를 당겼다. 물총 끝으로 방울방울 새어 나오는 빗물. 이연우는 말없이 시선으로 그를 압박했다.

직원은 딱딱하게 굳은 얼굴로 이연우를 보았다. 그리고 말했다.

"지하 3층. 적색 구역. 적대 등급이 레드나 오렌지인 비현실적 생명체를 격리하는 곳입니다. 안 위험할 리가 없죠."

그 말에 이연우는 짧게 고갯짓했다.

"당신이 먼저 열고 들어…"

"됐다, 뭘 그렇게 겁먹냐."

반장이 성큼 나아가 문고리를 잡아 돌렸다. 녹슨 경첩이 비명을 지르며, 문짝이 열렸다. 세 사람은 점점 넓어지는 문 틈새를 보았다.

문이 열렸다. 문 너머는 다른 세상이었다.

붉은 등이 켜진 음산한 복도. 검은색으로 도색된 강철로 이루어진 복도. 수많은 문이 길고 빽빽하게 들어찬 연구소의 풍경.

발을 들이기 싫었다.

하지만 반장은 거리낌 없이 문을 넘었다.

"어차피 다 비상 격리 처리 끝났다."

이연우는 망설이다가 물총으로 직원의 명치를 쿡 찔렀다. 직원은 조심스럽게 반장을 쫓아갔고, 이연우는 마지막으로 문을 넘었다.

그렇게 도착한 지하 3층, 적색 구역.

"…"

이연우는 눈동자를 굴리며 환경을 파악했다.

넓고 기다란 복도. 좌우로 늘어선 철문.

철문에는 알아볼 수 없는 문자가 쓰여 있었다. 비밀번호 같은 QJF20!@나 skan20@@, alfo21)) 따위. 글씨체와 크기도 다 똑같았고, 따로 표식도 없었다.

문 너머에 무엇이 있을지 조금도 예상할 수 없었다.

직원이 말했다.

"여기에 뭐가 있는지는 저도 모릅니다. 비상 격리를 여는 법도 모르고요."

이연우가 눈을 가늘게 뜨고 생각에 잠겼을 때.

끼이익.

문이 열리는 소리가 났다. 직원과 이연우의 고개가 빠르게 돌아갔다. 그들의 시선 끝에는 반장이 있었다.

인상을 구기며 문 하나를 연 반장이.

"이 새끼들. 비상 격리도 안 해? 아니지. 이건 애초에 격리조차 안 한 건데."

레드나 오렌지 수준의 이상 개체를 가둔 방이 문고리 돌렸다고 바로 열린다? 반장이 작게 중얼거렸다.

"진짜 이상한테 지배당했나?"

"그럴 리가 없는데."

직원이 다급하게 비상 버튼을 꺼내, 꾹꾹꾹꾹 연달아 눌렀다. 변하는 건 없었다. 이미 비상 격리가 끝난 건지, 애초에 비상 격리가 자체가 무시된 건지 알 수 없었다.

직원의 얼굴이 붉은 조명 아래서도 하얗게 질렸다.

동화

'어차피 비상 격리 끝나서 안내해도 문제없다고 생각한 건데…!'

하지만 생각해보면, 비상 격리가 끝났는데 비상구를 쓸 수 있을 리가 없었다.

뭔가가 심각하게 잘못됐다.

그들 셋의 머릿속에서 같은 생각이 스쳤다. 등골을 타고 오르는 오한. 닭살이 돋은 피부. 핏빛처럼 붉은 조명 아래에서 그들은 입을 다물었다.

62

'북풍과 태양은 포기한다.'

이연우는 빠르게 판단했다. 이런 상황에서 임무는 무슨 임무. 생존이 우선이지.

두근두근, 강한 심장박동에 피가 빠르게 돌며 두뇌와 전신 근육에 산소를 전달했다. 미약한 활력이 샘솟으며 이연우의 컨디션이 최고조에 달했다.

"반장님, 2층으로… 아니, 아예 바깥으로 도망가죠?"

"어… 잠깐만. 저기 뭐 있다."

반장은 그가 연 격리실 문의 틈새로 안을 들여다보았다.

skan20@@라고 적힌 격리실 안에는 나무 한 그루가 있었다. 크리스마스트리처럼 원뿔형으로 다듬은 침엽수.

뾰족뾰족한 나뭇잎이 빽빽하게 들어찬 나무의 뒤편에 무언가가 있었다. 뭔지 모르겠는데, 뭔가가 나뭇잎의 틈새로 어렴

동화

풋이 보였다. 보면 볼수록 눈을 뗄 수 없는 무언가가 나무 뒤에서 꿈틀거렸다.

반장은 더 자세히 보기 위해 문 틈새로 얼굴을 들이밀었다. 이마가 차가운 강철 문을 밀어내며, 격리실 너머로 머리가 들어가려던 순간.

"반장님!"

이연우가 반장의 목깃을 쥐고 그대로 뒤로 잡아당겼다. 상의가 확 끌려 올라가 목을 콱 조이는 바람에 반장의 몸이 뒤로 넘어갔다.

"캑!"

반장은 단말마의 소리를 뱉으며 넘어지고 말았다. 그는 멍한 눈으로 이연우를 올려다보았다.

이연우는 눈을 꼭 감고, 문고리를 찾아 문을 더듬었다. 반장의 반응을 보니, 시각으로 인식하면 문제가 생기는 듯했으니까.

쾅, 격리실의 문을 닫았다. 그러고도 10초를 더 센 후, 이연우가 눈을 떴다.

"반장님, 괜찮으십니까?"

"어, 어…"

반장은 힘 빠진 목소리로 중얼거렸다. 머릿속에서 이미지가 떠나지 않았다. 원뿔형의 침엽수. 그 너머에 도사리는 무언가. 그것이 뭔지, 빨리 봐야…

짝!

강하게 뺨을 때리는 소리. 반장이 자신의 뺨을 스스로 때렸다. 힘을 잔뜩 실었다. 입술이 찢어진 반장이 피를 핥은 후, 자리에서 벌떡 일어섰다.

"염병. 내가 병신이지."

방심했다. 비상 격리 절차도 끝났겠다, 시험 삼아 열어봤지만, 그것 자체가 실수였다. 조사원으로서 행동해야 했다.

이곳은 이상이 널려 있는 위험 지역.

반장과 이연우는 눈을 마주쳤고, 서로 경계를 한껏 강화했다는 사실을 알아챘다. 그들은 더 말하지 않고 짧게 고개를 끄덕였다.

생존 본능이 곤두선 두 조사원은 동시에 머리를 돌려, 탈출구를 보았다.

덜컥덜컥.

"이게 왜…!"

직원이 나무 문을 붙들고, 흔들고 있었다. 그사이에 잠겼는지, 비상구는 더 이상 열리지 않았다.

지하 3층 적색 구역에 갇혔나? 갇혔구나.

반장은 핸드폰을 꺼내 격멸대대에 전화를 걸었고, 이연우는 물총을 도로 넣고 권총을 꺼내 쥐었다. 반장이 핸드폰을 주머니에 넣으며 고개를 저었다.

"통신 끊겼다. 지하라 그런 건지, 이곳에 문제가 있는 건지는 모르겠고."

"격멸대대 호출 버튼은 작동했습니까?"

"이건 멀쩡할걸. 단순한 버튼 같아도 복잡한 기계장치거든. 어떤 상황에서도 신호는 확실히 보낸다."

"격멸대대가 이곳에 오기까지 얼마나 걸립니까?"

이연우가 권총을 점검하는 동안, 반장은 품에서 일전에 이연우가 선물한 사제 권총을 꺼내 안전장치를 풀었다.

"1차 진입 부대는 30분 내. 그들이 사망하거나 연락이 끊어지면, 해당 부서 전문 대응 장비로 무장하고 출동하기까지 두 시간."

"두 시간으로 봐야겠군요."

"그렇지."

대놓고 이런 짓을 벌였다. 격멸대대와 싸울 준비가 끝났다는 소리.

그리고 조사원도 살아남을 준비를 마쳤다.

권총으로 무장한 둘이, 문짝 앞에 주저앉은 직원을 향해 걸었다. 문고리를 붙잡고 늘어진 직원의 위로 두 사람의 그림자가 드리워졌다.

붉은 조명을 등진 반장이 말했다.

"너, 여기서 허무하게 죽기 싫으면 아는 거 전부 말해."

"저도 아는 게 없습니다…"

직원은 울먹거리면서 손을 떨었다. 이연우는 발로 그를 슬쩍 밀고는, 문에 손바닥을 올렸다.

"여기 동호회에 대해 아는 것, 평소 뭔가 수상했던 점, 이상한 일, 가리지 말고 말해봐."

"저는 말단 직원이란 말입니다… 정말 아무것도 모릅니다."

이연우는 반장과 직원이 뭐라 대화하는 소리에 귀를 기울이는 한편, 눈을 감아 주사위를 불러냈다.

지금 상황에서 제일 먼저 시험할 일.

'이 문 쓰고 싶은데, 가능할까?'

주사위가 펄쩍 뛰어올랐다. 그리고…

실패!

콰직. 끼이익.

녹슨 경첩이 갑자기 박살 나며, 문짝이 뒤로 넘어갔다. 문짝은 먼지를 풀풀 날리며 박살이 났다.

위상학적 이동 장치가 쓰레기가 되었다.

직원과 반장은 대화를 나누다 말고 황당한 눈으로 문짝과 이연우를 번갈아 봤다. 이연우는 머리를 긁적였다.

"실패했네요."

"괜찮다. 어차피 못 쓸 문이었어."

두 조사원은 냉정하게 판단했다. 어차피 잠겨서 못 쓸 문, 성공하면 좋은 거고 실패해서 망가져도 상황은 변하지 않았다.

직원은 얼떨떨하게 부서진 문짝을 매만지다가, 다시 입을 열었다. 우울한 목소리.

"수상한 점은 잘 모르겠는데, 고위급 직원들이 요즘 좀 이상하긴 했습니다. 제가 정문 담당 아닙니까."

작은 단서라도 중요했다. 이연우와 반장은 직원의 말에 귀를 기울였다.

"무슨 일인지, 최근 고위급 직원들이 일찍 출근해서 늦게 퇴근하고, 때로는 이곳에서 밤새우기도 했는데, 그 사람들 아주 기뻐하는 느낌이었습니다. 일을 많이 하는데 그럴 리가 없지 않습니까."

반장이 눈살을 찌푸렸다.

"정말 정신 지배라도 당했나?"

"정신에 간섭하는 이상은 어떻게 저항합니까?"

이연우가 묻자, 반장은 행동으로 대답했다.

찢어진 입술을 짓씹었다. 콰직, 송곳니가 입술을 물어뜯었다. 살점이 떨어지고, 핏방울이 맺혔다. 입 안에 피비린내가 감돌았다.

"약한 수준은 강한 정신력과 고통으로. 너는 주사위도 있고."

"강하면 못 막습니까?"

"전문 대응 장비가 없는데 어떻게 막나. 아예 안 만나는 게 최선이지."

반장이 발끝으로 직원을 툭 찼다.

"일단 엘리베이터부터 찾아보자. 그리고 비상구는 이거 하나뿐이냐? 두어 개는 더 있을 텐데?"

"제가 아는 건 이 문 하나뿐입니다… 엘리베이터도 어디 있는지 몰라요."

반장이 고개를 젓고는 복도 한쪽을 향해 걸음을 옮겼다. 직원이 허겁지겁 일어나 반장을 뒤쫓았고, 이연우도 감각을 예민하게 가다듬은 후 제일 뒤에서 걷기 시작했다.

그들은 붉은 조명 아래, 강철 복도를 걸었다.

좌우로 빽빽하게 늘어선 격리실. 그 문 하나하나가 폭발물처럼 위험하여, 그들은 긴장을 놓지 못하고 한 걸음 한 걸음 신중하게 나아갔다.

그렇게 몇 개의 문을 지나쳤을까.

반장이 총을 고쳐 잡았다.

"끝이 안 보이는데, 방향을 잘못 잡았나?"

"일단, 같은 자리를 맴돌고 있지는 않습니다. 전부 다른 격리실입니다."

이연우는 격리실마다 쓰여 있는 암호 같은 글자를 보며 말했다. 지나갈 때마다 몇 개씩 눈에 새겨졌는데, 같은 것이 없었다.

매번 새로운 격리실, 처음 보는 식별 번호. 앞으로 나아가고 있다는 증거.

그렇기에 이상했다.

"격리가 풀렸는데, 이렇게 조용한 게 정상입니까?"

문이 열렸는데 이상 개체들이 얌전히 있을 리가 없었다. 마치 태풍의 눈 한가운데 서 있는 듯한 기묘한 정적.

반장은 망설이다가, 걸음을 멈췄다.

"어떤 강력한 이상 개체가 모든 이상 개체를 지배하고 있다면, 이럴 수도 있긴 하지."

"…그 정도면 위험 레벨이 몇입니까?"

"최소 5. 대부분 6."

상상만 해도 끔찍한 일이었다. 이연우는 말없이 몸을 부르르 떨었다. 종말 방어 장치: 고장 난 시계 수준의 적대적인 이상 개체? 마주치기는커녕 같은 세상에 있기도 싫었다.

이연우가 닭살 돋은 피부를 문지를 때, 직원이 옆에서 빠르게 고개를 저었다.

"그런 이상 개체는 이런 곳에 격리하지 않습니다. 불씨를 화약고 옆에 보관하지는 않잖아요. 여기 있는 비현실적 생명체가 몇인데."

"그건 모를 일이지."

반장은 다시 걸음을 서두르며 말했다. 세 사람의 발소리가 적막한 복도를 울리는 가운데, 반장의 목소리가 이어졌다.

"어쨌든 우리는 여기서 벗어나는 것을 최우선으로 하여…"

목소리가 멈췄다. 세 사람의 발도 멈췄다.

그들은 나란히 서서 복도 끝을 보았다.

끼이익.

그들이 오기를 기다렸다는 듯, 때 맞춰 열리는 황금 문. 문 너머에서 새하얀 빛이 쏟아졌다. 하얀빛 속에서 거뭇한 사람 그림자가 보였다. 사람 하나가 문을 나왔다.

직원이 눈을 크게 뜨고 중얼거렸다.

"동호 회장님…?"

반장과 비슷한 나이대로 보이는 남자가 불편한 표정을 지으며 입을 열 때.

철컥.

두 개의 총구가 회장을 겨눴다. 그들은 동시에 외쳤다.

"움직이지 마!"

"쏜다!"

"…성격 참. 그 불같은 성정 좀 어떻게 안 되나? 어떻게 배알이 꼴린다고 격멸대대를 바로 호출하지?"

총구 앞에서도 회장은 태연하게 혀를 찼다. 그러고는 몸을 돌려 등을 훤히 내보였다.

"들어오시게. 그분께서 기다리시니."

반장과 이연우는 차마 방아쇠를 당기지 못했다. 본능적으로 느낀 불길한 감각에 두 조사원이 딱딱하게 굳어 있을 때…

직원이 희망을 발견한 표정으로 활짝 열린 황금 문으로 달려들었다.

"회장님!"

직장 상사가 편안히 있으니 살았다는 생각이리라. 그는 거침없이 새하얀 빛 너머로 사라졌다.

하지만 두 조사원은 도리어 총을 꽉 잡았다.

"도망칠 길이 안 보이는데. 저놈이 뭐에 홀렸는지도 모르겠고."

"정면에서 부딪쳐봅시다. 정 안 되면 주사위 굴리겠습니다."

"뭐로 굴리게?"

이연우의 눈동자에 차가운 빛이 흘렀다. 그는 그가 겪어왔던 사고를 떠올렸다. 방금 얻은 아이디어도.

"사고 발생, 차원 이동, 시간 정지, 이상 지배."

지배라고 거창한 것이 아니었다. 오히려 다른 것보다 단순하고 쉬웠다.

거짓말 판정에 성공하면 상대는 믿을 것이요, 설득 판정에 성공하면 상대는 마음을 돌릴 것이었다.

반장이 경악했다. 어느새 긴장도 풀고 입을 쩍 벌린 채 이연우를 봤다.

"그게 된다고?"

"리스크가 크긴 한데, 가능하긴 할 것 같습니다. 죽거나 지배당하는 것보다는 낫지 않습니까."

"그건 맞지."

그들은 잠깐 침묵했다가, 천천히 빛 너머로 이동했다.

빛 너머에는 신전이 있었다. 크립티드연구동호회의 이상을 모셔둔 제단과 그 앞에 공손히 도열한 동호회의 고위 직원 무리.

그들이 좌우로 갈라지며 제단까지 길이 열렸다. 제단 위에는 이상 개체가 다섯.

반장과 이연우의 숨이 턱 막혔다.

63

이연우는 순간 비틀거렸다. 전력 질주를 했을 때처럼 심장이 쿵쾅거렸고, 아찔한 위기감이 정신을 후려쳤다. 새하얀 신전 안에 있는데도 세상이 붉게, 위험하게 물들었다.

목소리. 목소리가 들렸다.

- 앞으로 오라.

이연우는 저도 모르게 한 걸음을 내디뎠다. 당연히 그래야 한다는 듯, 반사적으로, 본능적으로.

그리고 다음 순간.

으직!

이연우는 혀끝을 물어뜯었다. 푸우, 피가 넘쳐흐르며 목까지 붉은 얼룩을 만들었다. 그 아찔한 고통. 죽음과 삶이 교차하는 감각.

잘려 나간 살점을 퉤 뱉어낸 이연우는 그대로 살점을 짓밟으며, 천천히 고개를 들었다. 뇌를 쑤시는 고통과 정신을 끌어 당기는 어떤 힘 사이에서 일그러진 눈동자가 앞을 보았다.

직원과 반장은 벌써 몇 걸음 걸어, 이연우에게 등을 보이고 있었다.

스윽.

총을 쥔 손으로 입가의 피를 닦아내고 그대로 신전의 천장을 향해 들어 올렸다. 고통 때문에 벌벌 떨리는 손.

하지만 방아쇠를 당기는 데는 문제없었다.

탕! 탕! 탕!

총성이 연달아 울렸다. 직원은 듣지 못한 듯 비척비척 앞서 나갔지만, 반장은 문득 몸을 떨었다.

"이, 이… 염… 병."

뻐억!

반장이 돌덩이 같은 손으로 자신의 얼굴을 강하게 후려쳤다. 한 번, 두 번, 세 번. 얼굴이 부어오른 반장은 퉤, 이빨을 뱉어 내고는 작게 웅얼거렸다.

"시부랄 놈들이. 이빨이 얼마나 비싼데."

그러고는 핏발 선 눈으로 사방을 둘러보았다. 신전에 도열한 고위 직원들은 총성 따위는 듣지도 못한 듯 묵묵히 서서 제단을 보고 있었다.

이연우는 상태가 좋지 않았다. 핏줄이 터진 눈과 피를 쏟아내는 입. 그 상태로 제단을 보았다.

높은 제단 위에 존재하는 다섯 개체의 이상. 시옷 자로 자리한 이상.

가장 바깥에는 원숭이와 인간을 하나로 합친 뒤 나눈 듯한 원시인 같은 존재가 하나. 더듬이를 흔드는 큼직한 바퀴벌레가 하나.

그 안쪽에는 지하 2층에서 보았던 골드 드래곤과 둥둥 떠 있는 양피지가 있었다. 북풍과 태양이었다.

이연우는 마지막으로 중앙에, 가장 안쪽에 서 있는 이상으로 시선을 옮겼다.

'나무 인간?'

나이를 먹은 듯 커다란 나무. 가지로 이루어진 팔과 뿌리로 이루어진 다리. 몸통에 달린 인자한 노인의 얼굴.

그것이 자상하게 웃었다.

- 훌륭하다.

그 칭찬에 이연우의 내면에서 진실한 기쁨이 차올랐다. 이루 말할 수 없는 행복.

이연우는 풀어진 안면 근육으로 웃으려다가, 울컥, 피를 토하며 정신을 차렸다.

"지랄, 하네."

잘린 혀 때문에 어눌한 발음. 이연우는 신경 쓰지 않았다. 중요한 건 행동이었다.

총구를 움직여, 당장 총을 쐈다. 탄창을 전부 비울 기세로 방아쇠를 당기는 손가락.

하지만 이연우의 속내를 알아차리고 먼저 움직인 것이 있었다.

"어리석은 필멸자."

팅! 티팅!

골드 드래곤이 가볍게 뻗은 꼬리. 그것의 황금빛 비늘에 총탄이 튕겨 나갔다. 총탄이 신전 바닥이며 기둥, 천장 따위에 흠집을 새겼다.

철컥. 철컥.

탄창이 비었다. 이연우는 권총을 집어 던지고 에코백으로 손을 넣었다. 여러 공구가 손끝을 스치고 지나갔다. 손은 물총에서 멈췄다.

이연우는 망설이다가 물총을 꺼냈다. 그는 작게 욕설을 읊조렸다.

'빌어먹을. 쓸 만한 게 없어. 이상 개체도 많고, 사람은 더 많아.'

토치로 불을 지르자니 하필 대리석으로 이루어진 신전이었다. 전기톱이나 망치로는 동호회 직원을 상대하기도 힘들었다.

결국 남은 수는 두 가지뿐이었다.

'빗물을 나한테 뿌려서 강화를 시도하거나. 주사위를 계속 굴리거나.'

물총으로 자기 머리를 겨눠야 하나…

이연우는 고민하다가 피가 멎은 혓바닥으로 입천장을 쓸었다. 아릿한 고통이 혀뿌리를 타고 뇌까지 솟구쳤다.

'할 수 있는 시도는 전부 한다.'

처음은 주사위. 설득부터…

– 멈추어라. 우리는 그대에게 악의를 품고 있지 않다.

순간 생각이 멈췄다. 고통이 정신을 일깨울 때까지 이연우의 눈은 흐리게 풀렸다.

가까스로 정신을 차린 이연우가 입매를 비틀었다.

"아, 그래? 그러면 개 같은 정신 지배부터 그만두지? 그래야 대화할 거 아니야?"

데구르르.

실패!

나무 인간이 나뭇잎을 떨었다. 잎사귀가 몸을 비비는 소리가 파도처럼 밀려왔고, 부드러운 정신파가 이연우의 뇌를 감쌌다.

– 그건 안 되지. 그대는 굉장히 위험하니까. 그리고 내 정신 지배는 약해. 고통만으로도 저항할 정도니까.

이연우는 헛웃음을 뱉었다.

약해? 부서 하나를 통째로 집어삼키고, 다른 이상 개체까지 부하로 부리면서? 나무 인간은 말 같지도 않은 소리를 태연하게 하고 있었다.

나무 인간은 그 생각을 읽었다.

- 나는 이들을 지배하고 있지 않아. 그저 미래를 보여주고, 그들에게 구원을 약속했을 뿐.

미래와 구원. 무슨 말인지 짐작이 갔다.

그쯤에서 이연우는 조금의 지루함을 느꼈다. 결국, 그동안 보았던 이야기의 반복 아닌가. 대충 이상기후로 지구가 위험하니, 이상기후를 물리치고 지구에서 살아남을 준비 어쩌고.

"나도 아는데. 다른 방법 내버려두고, 네 노예가 될 생각은…"

- 아니. 그대는 모른다. 그대는 우리와 함께해야 한다.

그때 동호회장이 제단 앞으로 나와 몸을 빙그르 돌렸다. 제단과 다섯 이상 개체를 등진 회장이 음울하게 말했다.

"너희들은 미래를 몰라."

"지랄. 나도 안다."

반장이 성큼성큼 걸어가 회장 앞에 섰다. 그가 회장의 멱살을 잡고, 회장과 코앞에서 눈을 마주했다.

"이상기후, 보존 계획. 그런데… 그렇다고 이상 따위의 따까리가 돼? 미친 새끼. 네가 그러고도 회사원이야?"

"회사라…"

회장은 어두운 눈동자로 반장을 보다가, 고개를 살짝 틀어 이연우를 보았다. 먼 거리에서도 그들의 눈은 마주쳤다.

"회사는 실패해."

"…뭐?"

당황한 목소리.

회장은 반장의 손을 떨쳐낸 후, 제단 위의 나무 인간을 향해 허리를 굽혔다.

"선지자시여, 저들에게 미래를 보여주십시오. 이상기후가 닥쳐오고, 회사가 지구를 버린 이후의 미래를."

- 그럴 것이다.

스스스스.

바람 한 점 불지 않는 신전.

나무 인간이 가지를 떨어대자, 물줄기가 쏟아지는 소리가 났다. 한 줄기 정신파가 이연우를 향해 흘러들었다.

- 미래를 보아라.

암전.

세상이 변했다.

이연우는 무너진 콘크리트 건물의 잔해 위에 서 있었다. 그는 다급하게 무장부터 챙기려 했으나, 정장 한 벌을 입고 있을 뿐, 뭐 물건이 없었다.

목소리가 들려왔다.

- 하늘을 보아라.

이연우는 반사적으로 고개를 처들고 하늘을 보았다. 입이 살짝 벌어졌다.

"저건…"

대낮의 하늘에 은하수가 펼쳐져 있었다. 반짝거리는 별의 무리가 하늘을 아름답게 수놓았는데, 별 무리는 빠른 속도로 하늘을 가로지르고 있었다.

아름다운 장관.

나무 인간의 목소리가 이어졌다.

– 인류의 희망이 스러진 인류의 무덤이라.

"그게 무슨…"

– 우주 쓰레기란 소리다.

이연우가 하늘에서 눈을 떼고 나무 인간을 찾았지만, 나무 인간의 형체는 어디에도 보이지 않았다. 한 줄기 목소리만이 들릴 뿐.

– 이상기후가 닥쳐오자, 세계 각국의 정부는 우주로 피난 선을 쏘았지. 피난선 하나가 우주 쓰레기와 충돌했고, 연쇄적으로 모든 위성과 우주정거장과 피난선이 충돌하여 우주의 먼지가 되었다. 하늘이 닫힌 거지.

돌연 하늘이 붉게 물들었다. 커다란 강철 덩어리가 긴 꼬리를 남기며 이연우를 향해 날아들었다. 하늘을 가득 메우는 우주선의 잔해.

불꽃 너머로 언뜻 보이는 글자, HOPE.

피할 겨를도, 능력도 없었다.

거대한 충격파가 터지고, 땅이 뒤집혔다. 이연우가 본능적으로 몸을 웅크린 순간.

동화

다시 한번 세계가 변했다.

이연우는 얼굴을 가렸던 팔을 천천히 내렸다. 그는 이제 침착을 되찾았다.

'환상이야.'

이연우는 천천히 주변 환경을 보았다.

"여긴 어딥니까."

어딘지 알 수 없는 산맥의 상공이었다. 이연우는 허공에 떠서 아래를 내려다보았다.

산맥을 가로지르는, 네모반듯한 절벽. 얼마나 깊은 절벽인지, 까마득한 바닥에 어둠이 고여 있었다.

꼭 그림판의 지우개가 산맥을 한 번 긋고 지나간 듯했다.

- 지구 최후의 셸터.

이연우가 눈썹을 살짝 떨었다. 이런 게 최후의 셸터라고?

- 최고위급 멸망주의자가 지우개로 지웠지. 인류는 멸망해야 한다면서.

이연우는 허망한 표정으로 산맥 구석구석을 들여다보았다.

지우개가 지나간 산맥.

인간이 더 이상 존재하지 않는 세상. 제단에서 보았던 원시인과 커다란 바퀴벌레가 산맥에 득실거렸다.

- 인류 다음의 지성종이다. 하지만 안타깝게도, 그들은 지구의 지배종은 되지 못해. 하늘은 닫혔고, 대지의 자원은 고갈되었지. 그리고…

다시 시야가 바뀌었다.

그곳은 어느 평야.

하늘을 찌를 듯이 높이 솟은 푸른 포털이 두 개.

"여긴…"

– 이주지 두 곳과 연결된 일방통행 포털. 정확히 말하면, 쓰레기통의 뚜껑.

포털이 일렁거렸다. 포털 너머에서 거대하고 기괴한 괴수가 밀려 나왔다. 괴수는 하늘을 향해 고개를 쳐들고 포효하더니, 다시 포털을 향해 몸을 던졌다.

하지만 포털은 환상처럼 스쳐 지나갈 뿐.

– 회사는 100만 명의 인구로 이주지를 유지하지 못해. 이상을 감당하지 못해.

"그러면 이 포털은…"

– 쓰레기통의 뚜껑. 감당하기 힘든 이상을, 지구를 쓰레기통 삼아 버리는 것이야.

세상이 바뀔 때마다 희망이 하나씩 스러졌다. 세상이 무너지는 듯한 감각. 심장이 쿵 떨어졌다.

이연우는 손을 떨며 다급하게 외쳤다.

"화성 기지는, 방주는 어떻게 됐습니까!"

– 화성 기지는 자원 고갈과 내전으로 파괴됐네. 하늘이 닫혔기 때문에 지구로 돌아갈 희망을 잃었고, 충분한 자원을 공급받지 못해 서로 싸우다가 모두 죽었어.

"방주는!"

나무 인간이 말했다.

– 지구가 회복된 이후를 기다리며 동면 중이다. 하지만 지구가 회복되겠는가?

돌연 이연우의 시야가 쭉 높아졌다. 이연우는 하늘 높이 상승했다. 포털이 작아지고, 평야가 작아지고, 지구가 작아졌다.

토성의 고리처럼 지구를 맴도는 우주 쓰레기. 우주의 냉기 속에서 얼어붙은 시체 하나가 스쳐 지나갔다.

이연우는 시체를 보았다가 지구를 내려다보았다. 망원경처럼 선명하게 보였다.

푸른 바다와 녹색 대륙.

그 위를 뒤덮은 셀 수 없는 이상.

미래 지구는 더 이상 인간의 별이 아니었다. 지구는 이상의 별이 되었다.

이연우는 물었다.

"나는, 나는 어떻게 되었습니까."

64

나무 인간은 당황한 듯 잠깐 말을 멈추었다가, 천천히 정신파를 쏘았다.

– 너는 우리를 거부하고 나갔다. 그리고 세상이 이 지경이 되었으니, 죽었겠지.

"시체라도 보여주십쇼."

이 기회에 어디서 어떻게 죽었는지라도 알아야겠다고 생각했다. 이연우의 단호한 목소리에 나무 인간은 천천히 세상을 바꾸었다.

그러고는 당혹이 섞인 목소리를 뱉었다.

– 살아 있다고?

한순간 바뀐 세상.

어딘가의 한적한 산골. 따스한 햇볕이 내리쬐고, 부드러운 바람결에 새가 지저귀는 소리가 들려오는 오두막.

동화

오두막 앞 흔들의자에 앉아 꾸벅꾸벅 졸던 미래의 이연우가 이상한 기척을 느끼고 천천히 눈을 떴다.

"으으…?"

미래 이연우는 복슬복슬한 잠옷을 입고, 손을 들어 눈을 비볐다. 덥수룩한 머리와 깔끔하게 다듬은 수염.

주사위가 선명하게 비치는 동공이 문득 현재의 이연우를 주시하다가 느릿하게 허공을 보았다.

– 이건…!

나무 인간이 다급하게 말했다.

– 이제 볼 건 다 봤으니, 돌아가…

"이건 뭐 하는 새끼야."

나직한 목소리. 어딘가 어눌한 발음.

미래 이연우가 손을 뻗었다. 무수한 실타래를 헤아리는 듯한 손짓. 동시에 그의 동공 속에서 주사위가 굴렀다. 손을 움켜쥠과 동시에 주사위가 딱 멈췄다.

성공!

– 안 돼!

나무 인간의 외침이 들리는 동시에 어떤 끈이 탁 끊어지는 듯한 감각이 들었다. 침을 꿀꺽 삼킨 현재 이연우의 몸이 점점 흐려질 때였다.

미래 이연우가 다시 한번 손을 폈다가 주먹을 쥐었다. 동공 안의 주사위가 굴렀다.

성공!

흐려지던 이연우가 다시 돌아왔다. 미래 이연우의 앞으로 이동됐다. 낮은 확률을 뚫고 미래에 붙잡혔다.

"어…"

현재 이연우는 주춤 물러서며, 미래 이연우를 경계했다. 동일 개체라고 안심할 수 없었다. 나태의 악마를 보지 않았나. 생존에 위협이 된다면, 다른 자신이라고 해도 얼마든지 죽일 수 있었다.

입이 바짝 말랐다. 잔뜩 긴장한 몸.

미래 이연우는 그런 현재 이연우를 힐긋 보다가, 천천히 몸을 일으켰다. 그는 몸을 돌렸다. 오두막 문을 열고 문 너머로 사라졌다.

문 너머에서 목소리가 들려왔다.

"들어와."

"예."

현재 이연우는 공손하게 오두막으로 들어갔다. 나무 바닥을 밟는 다리가 달달 떨렸다.

'도대체 뭐지?'

딱 봐도 지금의 자신보다 상위 호환이었다. 주사위로 뭘 했는지 눈동자에 주사위가 비쳤고, 결과도 통제하는 듯했다.

만약 상대가 자신을 죽이려고 마음먹으면… 순식간에 죽으리라.

두 손으로 조심스럽게 오두막 문을 닫은 현재 이연우는 내키지 않는 걸음을 옮겨, 거실의 탁자로 갔다.

미래 이연우는 의자에 앉아 탁자 건너편 의자로 손짓했다.

"앉아."

"예."

현재 이연우는 의자에 앉아 두 손을 무릎 위에 올렸다. 그가 떨리는 눈으로 미래 이연우를 보자, 미래 이연우는 탁자 위에 놓인 주전자에서 물을 따라 한 모금 마셨다.

"대화를 한 게 얼마 만인지 모르겠네. 그래, 넌 어디서 왔지? 과거? 평행 세계?"

"그… 과거 같습니다. 크립티드동호회에서 나무 인간이 미래를 보여준다며, 뭔가 했습니다."

"아. 그때구나. 좋네."

미래 이연우는 고개를 까딱였다. 그는 잠시 나무 잔에 담긴 물을 보았다. 물에 비치는 자기 얼굴을 내려다봤다.

불편한 침묵.

이연우는 안절부절못하며 손을 무릎이며 탁자 위로 옮기다가, 입을 열었다.

"저는 왜 남기셨는지…"

"들어."

"예."

미래 이연우는 천천히 말했다.

"그쯤의 나라면, 생존에 집중하고 있겠지. 회사도 그렇고."

"예."

"그러면 안 돼."

"예?"

이연우가 고개를 들었다. 상대가 무서워도, 의문을 참을 수 없었다. 이게 진짜 내가 맞는지 의심이 들었다.

미래 이연우는 의자에 등을 기대고 오두막의 천장을 보았다. 현재의 이연우보다 어려 보이는 미래 이연우의 얼굴에 그림자가 드리웠다.

그는 눈을 감고 생각에 잠겼다. 과거의 자신, 그가 지나온 여정, 그가 겪은 사고. 그리하여 잃어버린 것들.

미래 이연우는 혼잣말처럼 중얼거렸다.

"나는 전부 몸으로 겪었어. 이상기후, 회사의 실패, 피난선, 최후의 셸터, 이주지…"

지금도 눈을 감으면 떠오르는 광경. 간혹 악몽으로 나타나는 그때 그 순간.

그가 탑승한 피난선. 충돌을 막겠다고 돌린 주사위가 대실패하여 주변의 위성과 피난선까지 휘말렸다. 도미노가 무너졌다. 그가 무너뜨렸다. 모든 피난선이 동시에 터져 나가며, 우주 쓰레기가 되었다.

최후의 셸터로 잠입한 날, 멸망주의자의 손짓에 몸의 절반이 소멸하기도 했고.

이주지를 찾아간 날, 이주지의 성벽을 넘어오는 이상의 군세 앞에서 바로 도망치기도 했다.

"그… 어쨌든 살아남았지 않습니까."

어설픈 위로에 미래 이연우가 눈을 뜨고 현재의 이연우를 보았다.

"살아남았지. 주사위와 한 몸이 되고, 빗물을 전부 소화하고, 그 외의 수많은 이상을 수집하고 지배하고 몸에 받아들여서, 위험 레벨 6이나 7쯤 되는 수준까지 왔지."

현재 이연우의 피부에 닭살이 돋았다. 그런 위험한 존재가 눈앞에 있다는 두려움 반, 내가 그 수준까지 갈 수 있다는 놀라움 반.

하지만 어떤 상황에서도 살아남을 힘을 손에 쥔 미래 이연우의 얼굴에는 기쁨이 없었다.

"그런데 그뿐이야. 살아만 있어."

미래 이연우가 현재 이연우와 눈을 마주쳤다. 미래 이연우의 눈이 질척하게 가라앉았다.

사람보다는 이상에 가까운 눈동자.

주눅이 든 현재 이연우가 눈을 내리깔며, 미래 이연우의 입이 열리기를 기다렸다. 미래 이연우는 비웃음을 섞어 말했다.

"다른 사람은 다 죽었어."

손가락을 활짝 펼치고, 하나하나 접었다. 손가락 하나에 그의 추억이 접혔다.

"가족, 이상 조사반의 반장님, 지유 선배, 잼민이, 입사 동기 친구들, 시계수리공, 내가 직접 포섭한 동맹, 그 외의 친구들. 내 살길만 찾는 동안, 모두 죽었어."

현재 이연우의 마음에도 돌이 하나 얹어졌다. 가슴이 답답했고, 차마 말이 나오지 않았다.

미래 이연우가 말했다.

"내가 나무 인간하고 협력하지 않은 이유는 정신을 지배당해 노예로 살기 싫어서였지. 그런데, 지금의 나는 사람답게 살고 있나?"

인류가 멸망한 세상에서 최상위급 이상 개체가 되어 홀로 살아온 이연우가 조소했다.

"생존만이 문제가 아니야. 생존한 뒤의 세상도 생각했어야 해. 나 혼자 살아남은 세상은 의미가 없어. 그러니까…"

미래 이연우가 현재 이연우를 보았다. 주사위가 비치는 미래 이연우의 동공 위로, 현재 이연우의 형상이 겹쳤다.

"돌아가서 미래를 바꿔. 생존에만 집중하지 말고 이상기후를 물리칠 생각을 해. 그래야 사람답게 살 수 있어."

현재 이연우가 입을 다물었다. 조금쯤은 공감이 갔고, 많이 반발이 들기도 했고.

결국 기어들어가는 목소리로 말했다.

"하지만 이상기후를 막을 방법을 모릅니다. 그렇다고 무턱대고 주사위를 돌릴 수도 없지 않습니까."

동화

그런 현재 이연우를 보고, 미래 이연우가 고개를 끄덕였다. 저건 과거의 자신이었다. 그 생각을 훤히 알았다.

"리스크가 너무 커서 돌이킬 수 없는 날이 오면 돌릴 생각이었지."

"예…"

"그렇게 미룬 결과가 지금이야. 어차피 망할 세상이야. 그냥 돌려."

"아니…"

이연우가 입을 벌렸다. 그렇다고 지구의 운명을 걸고 도박하라고? 물론 틀린 말은 아니었지만, 차라리 이상기후의 원인과 해결책을 알려주지?

미래 이연우는 피식 웃었다.

"정확히는, 이것저것 해보다가 이상기후가 닥쳐오기 전에는 무조건 돌려. 이상기후가 시작되면 끝이야."

"그 이것저것 좀 자세히 설명해주십시오… 저는 지금 북풍과 태양만 찾았습니다."

대화하는 분위기가 나쁘지 않아 현재 이연우가 슬쩍 편한마음으로 물었다.

미래 이연우는 손가락으로 탁자를 두드렸다. 두드리는 박자에 따라, 그동안 깊이 묻어둔 생각이 샘물처럼 솟아났다.

"내가 생각한 게 있는데…"

한때 밤마다 눈을 감고 생각했던 이상기후를 물리치는 방법.

"북풍과 태양, 맬서스의 악마, 수르트의 검, 나비효과, 기독교적 재앙…"

수많은 이상이 미래 이연우의 입에서 끝도 없이 흘러나왔다. 이상기후에 기여하는 개체, 이상기후를 저지할 수 있는 개체, 회사가 아는 개체, 회사가 모르는 개체…

이연우는 단어 하나하나를 머릿속에 새기면서 얼굴이 창백하게 질렸다. 그 숫자가 지나치게 많았다.

더구나, 그들은 전 세계에 퍼져 있었다.

"…이것들만 처리하면 돼. 사용하든, 설득하든, 파괴하든. 상황 맞춰 판단해."

한참이 지나 말을 끝낸 미래 이연우에게 현재 이연우가 말했다.

"너무너무 많지 않습니까. 거의 다 해외에 있고요. 이걸 내가 어떻게 합니까."

"그래서 안 할 거야?"

미래 이연우는 손가락을 뻗어 오두막의 창문을 가리켰다가, 이어 자신을 가리켰다.

"이왕 살아남는 거, 도시에서 잘 살아야지. 햄버거 사 먹고, 커피 마시고, 스마트폰 하고, 컴퓨터도 하고."

"…알겠습니다."

방법이 있겠지. 현재 이연우는 작게 입술을 달싹이며, 일단은 미래의 그가 말한 이상 목록을 두뇌에 새겼다.

미래 이연우가 거기에 충고를 더했다.

"그때쯤의 나라면 충분히 할 수 있어. 나는 내가 생각했던 것보다 더 큰 능력이 있는데, 그걸 잘 쓰지 못했지."

"예를 들면요?"

현재 이연우는 경계를 풀고, 아예 배움을 청했다.

"너 자체가 자그마한 회사야. 학살회사는 타격대로 사용해. 관리회사는 정보부로 사용하고. 시계수리공이나 적대 집단은 정보원이나 하청으로 써."

이연우가 맺은 동맹은 이연우의 생각보다 강력한 힘을 가지고 있었다.

"결국 다들 지구를 포기하지 못한 사람들이야. 최종 목표가 같은데, 내가 내준 정답을 거절할 리가 없지."

그제야 현재 이연우가 고개를 똑바로 들었다. 눈동자에 깨달음의 빛이 서렸다. 그는 이 정보의 값어치를 지금 깨달았다.

현재 이연우에게서 천둥 같은 목소리가 터져 나왔다.

"이거면 회사의 파벌을, 아니, 적대 집단까지 하나로 만들 수 있습니다!"

"어… 거기까진 생각을 못 했는데."

미래 이연우가 멈칫했다. 그는 황폐한 세상에서 홀로 살아남은 시간이 길어, 큰 그림은 그리지 못했다.

그냥, 과거의 자신이 다른 사람을 이용했다면 좋았을 거라는 정도로만 생각했을 뿐.

하지만 여러 사람을 만나 직접 동맹을 맺고 있는 지금 이 연우는 달랐다.

"가능합니다! 이거면 충분히 가능해요!"

이건 일개 정보나 목표가 아니었다. 깃발이고 등대였다. 이 상적인 미래로 향하는 확실한 길. 어둠 속에서 길을 찾아 헤매는 모든 인간을 끌어모을 빛.

희미한 희망이 선명하게 다가왔다.

65

이연우는 흥분을 참지 못했다. 얼굴은 붉게 물들었고, 가만히 있지 못하고 벌떡 일어나 정신없이 서성이기 시작했다. 머릿속에서 선명한 청사진이 그려졌다.

"가장 좋은 방법은, 아니야… 다른, 더 괜찮은, 내가 안전한…"

혼자 중얼거리는 현재 이연우를 미래 이연우가 물끄러미 쳐다봤다.

그러고는 천천히 손을 폈다. 눈동자 안의 주사위가 구르기 시작했다.

데구르르.

"이제 그만 가봐."

성공!

"예? 아! 알려주셔서 감사합니다! 그런데, 그…"

이연우의 몸이 점점 흐려졌다. 유령처럼 반투명해진 이연우는 완전히 사라지기 전에, 다급하게 손을 뻗어 크게 외쳤다.

"주사위 결과 통제하는 법 좀…"

"한번 죽어. 숨이 끊어지기 직전에 부활 판정 굴려. 그때 대성공 뜨면 주사위랑 한 몸이 돼."

"아니, 뭔… 그러면 다른 팁이라도…"

상대는 미래의 자신. 수많은 사건 사고를 겪으며 몸으로 체화한 요령이 많을 터.

게다가 이대로 돌아가면 나무 인간을 상대해야 할 텐데, 사소한 도움이 절실했다.

현재 이연우가 자존심이나 경계 따위는 다 내버리고 간절하게 빌자, 미래 이연우는 조금은 황당하게 보다가 귀찮다는 듯이 가볍게 손짓했다.

"어휴, 됐다. 가라."

미래 이연우의 손짓에 따라 확률이 조작되며, 현재 이연우의 머릿속에 무언가가 생겨났다. 그것의 정체를 확인하기도 전에, 현재 이연우의 세상이 변했다.

현실로, 크립티드연구동호회의 지하 신전으로 돌아왔다.

어질어질한 머리와 흐릿한 시야. 언뜻 공포와 분노가 뒤섞인 정신파가 느껴졌다.

- 저놈을 죽여!

위험. 시야가 또렷해졌다.

나뭇잎이 우수수 떨어진 나무 인간이 일그러진 얼굴로 앙상한 가지를 뻗었고, 동호회 직원들은 애매한 표정을 지으며 천천히 이연우를 둘러쌌다.

이연우를 빽빽하게 둘러싼 직원들. 하나둘 품에서 무기를 꺼냈다. 테이저건, 나이프, 권총, 삼단봉 등등…

이연우를 겨눈 수많은 무기 앞에서, 이연우는 심호흡을 반복하며 미래 이연우에게 받은 것을 확인했다.

머릿속에 생겨난 자그마한 티켓 하나. 주사위와 멀찌감치 떨어진 그것에는 이렇게 쓰여 있었다.

[설득 성공 확정 뽑기권(일회용)]

"오…"

포위된 상태에서도 이연우는 감탄을 뱉었다. 그러고는 천천히 주변 사람들을 보았다.

내키지 않는 표정으로 이연우를 포위한 직원들. 수많은 무기가 당장이라도 이연우를 향해 쏟아질 듯했다.

누군가가 무기를 고쳐 잡으며 말했다.

"미안합니다. 어쩔 수 없어요."

이연우는 태연하게 그들을 보다가 숨을 깊게 들이마셨다.

'확정 뽑기권은 아껴야지.'

이런 비장의 아이템은 절체절명의 위기가 올 때까지 애지중지 아껴둬야 하는 법.

그렇다면 이 위기는 어떻게 돌파해야 하는가.

이연우가 잔뜩 들이마신 숨을 한 번에 쏟아냈다.

"잠깐 제 말 좀 들어보세요."

"…유언이라면 남기십시오."

직원들이 멈칫하며 무기를 살짝 내렸다.

이연우는 기도문을 읊듯, 미래 이연우에게 들은 이상 목록을 줄줄이 쏟아냈다.

"북풍과 태양, 맬서스의 악마, 수르트의 검, 나비효과, 기독교적 재앙…"

직원들의 표정이 점점 변했다. 그들도 회사원이었다. 미래를 아는 회사원. 이 목록이 무엇을 뜻하는지 모를 리 없었다.

대리석 신전의 중심에서 그들은 오직 이연우만을 바라보며, 귀를 기울였다. 그림자 진 그들의 얼굴에 희망의 빛이 점점 차오르며 그림자를 완전히 지워냈다.

이연우가 말했다.

"이것이 제가 미래에서 구한 이상기후를 물리칠 방법입니다."

"…"

침묵 속에서 그들은 천천히 몸을 돌렸다. 이연우를 둥글게 포위했던 진형이 이연우를 호위하는 진형으로 한순간에 변했다.

심상치 않게 빛나는 그들의 눈동자 앞에서 나무 인간이 비명 같은 정신파를 내뿜었다.

– 저걸 믿느냐? 내가 약속한 구원, 내가 약속한 지상낙원을 의심하느냐?

"너보단 믿지. 왜냐면…"

반장과 티격태격하던 회장이 넥타이를 느슨하게 풀며 말했다.

"애초에 너를 믿은 적은 없거든."

그들은 바보가 아니었다. 그저 미래가 너무 암담하여, 이상에 기대 생존을 꾀했을 뿐.

"미래를 볼 수 있다면, 당연히 그 원인과 해결책도 찾을 수 있지. 그런데 너는 원인을 찾으려고 시도조차 한 적 없어. 우리도 적당히 타협했을 뿐이라, 그걸 요구하지 않았고."

회장이 이연우를 한 번 보고, 천천히 고개를 들어 나무 인간을 노려봤다.

이상기후를 물리칠 수 있다면, 굳이 이상 따위와 타협하지 않는다.

그는 짧게 명령했다.

"격리해."

"예."

직원들이 우르르 몰려갔다. 바퀴벌레와 원숭이 인간은 얌전하게 구속받았고, 북풍과 태양은 애초에 양피지일 뿐.

골드 드래곤이 문제였지만, 골드 드래곤은 저항하지 않았다. 그에게는 대세를 판단할 능력이 있었다. 도리어 직원을 도와 나무 인간을 덮쳤다.

"어리석은 필멸자. 순순히 제압되어라."

- 도마뱀 따위가 감히!

나무 인간이 제단 아래로 굴러떨어지며 거친 정신파를 내뿜었지만, 골드 드래곤은 미동도 하지 않았다. 무감정한 황금색 동공을 번쩍이며, 몸을 던져 나무 인간을 짓누를 뿐.

으지직!

골드 드래곤의 발톱이 나무 인간의 나무껍질부터 속까지 파고들었다. 드래곤은 고고하게 머리를 들어 올리며, 중얼거렸다.

"필멸자여, 너는 처음부터 마음에 들지 않았다. 너를 보면 그린 드래곤이 생각나."

– 미친 도마뱀!

동시에, 나무 인간의 정신 지배를 이겨낸 직원들이 다가와 품에서 주사기를 꺼냈다.

주사기보다는 말뚝에 가까운 외형. 그들은 그것을 나무 인간의 몸통에 꽂아 넣었다.

"수면제 주입!"

– 멸종할 인간 따위가…

천천히 잦아드는 정신파. 나무 인간의 눈이 감겼다. 끊임없이 뿜어지던 정신파가 고요하게 가라앉았다.

회장이 명령했다.

"비상 격리 제대로 실시하고, 저 나무 놈, 실험실로 보내. 나머지도 제대로 격리하고."

"예."

직원들이 일사불란하게 움직였다. 문득 직원 하나가 회장에게 물었다.

"골드 드래곤은 어떻게 할까요?"

"내버려둬. 어리석은 짓은 안 할 거야."

골드 드래곤은 입으로 나무 인간을 물고, 직원의 안내에 따라 실험실로 나무 인간을 옮기는 중이었다.

어느 정도 현장이 정리되자, 회장은 이연우를 향해 다가왔다.

이연우는 반장과 대화를 나누던 중이었는데, 대화를 멈추고 회장을 보았다.

회장은 공손히 허리를 굽혔다.

"고맙소. 당신 덕분에 희망이 생겼소."

"우연히 얻어걸린 일이었습니다."

정말로 우연한 일이었다. 미래의 내가 살아 있었고, 그 내가 현재의 나에게 정보를 준 것 전부.

회장은 감탄하며, 어딘가로 손짓했다.

"부디 안쪽에서 이야기를 더 해주시오. 앞으로 어찌 행동할지, 많은 이야기가 필요하오."

"알겠습니다."

반장은 통통 부은 얼굴을 매만지다가 중얼거렸다.

"염병. 잘된 일이긴 한데. 내 이빨은…"

신전 안쪽의 회의장.

그곳에는 이연우만 있었다. 격멸대대의 1차 진입조가 들어와, 동호회를 격리 절차 미준수로 탈탈 털고 있었기 때문이었다. 반장은 이빨을 치료받으러 갔고.

대화를 나누기까지 시간이 꽤 남았다.

정적 속에서 이연우는 가만히 탁자를 두드렸다. 탁자 위에 올려둔 물총과 정신 한구석의 확정 뽑기권.

미래 이연우를 보고 떠오른 아이디어.

한참을 고민하던 이연우는 조심스럽게 물총을 쥐었다.

"빗물을 다 소화했다고 했지."

생각해보면, 빗물의 독성에 저항했으니 이 몸에 항체 같은 것이 생긴 건 아닐까? 항체가 버티는 한도 내에서 빗물을 흡수할 수 있지 않을까?

결심했다. 이연우가 빗물 한 방울을 손으로 찍어, 머리에 문질렀다.

"…"

잘 모르겠다. 변한 게 없었다. 머리카락은 멀쩡했고, 활력도 증가한 느낌이 없었다. 한 방울이라 그런가.

'꾸준히 흡수해봐야겠어.'

다음으로 이연우는 눈을 감았다.

[설득 성공 확정 뽑기권]

어쩐지 주사위와 뽑기권의 거리가 아까보다 멀어져 있었지만, 이연우는 뽑기권을 살폈다. 주사위를 이용하는 새로운 방법. 주사위의 리스크를 조절하는 방법.

'이거 나도 만들 수 있지 않나?'

이연우가 주사위를 불렀다.

"음… 찾기 성공 확정 뽑기권 제작."

가벼운 실험.

데구르르.

실패!

새로운 뽑기권이 생성되었다. 이연우는 그 이름을 보고 고개를 끄덕였다.

[찾기 실패 확정 뽑기권]

"주사위. 영수증 찾기."

에코백인가, 지갑인가, 주머니인가, 어딘가에 넣어둔 영수증을 찾겠다고 선언하자 주사위가 굴렀고, 실패했다.

실패 뽑기권이 사라진 자리를 보던 이연우는 생각했다.

'내가 뭘 찾으려고 했지?'

뭘 찾으려고 했는데…

이연우는 고개를 저어 생각을 털어냈다. 중요한 건 뽑기권 실험이었다. 결과를 대강 알 것 같았다. 이연우의 얼굴에 밝은 빛이 어렸다.

'이거면 리스크를 어느 정도 제어할 수 있어.'

평소에 뽑기권을 만들어두면 됐다. 실패 뽑기권은 상대적으로 안전한 판정에 소모하고, 성공 뽑기권만 쌓아두면 됐다.

이연우가 빠르게 입을 달싹였다.

"찾기 성공 확정 뽑기권 제작. 찾기 성공 확정 뽑기권 제작. 찾기 성공 확정 뽑기권 제작. 찾기 성공 확정 뽑기권 제작. 찾기 성공 확정 뽑기권 제작."

그렇게 시간이 얼마나 지났을까.

회의실의 문이 열렸다. 진땀을 뺀 회장은 조심스러운 걸음으로 들어오다가, 흠칫 멈췄다.

"괜찮소? 아파 보이는데."

이연우가 천천히 고개를 돌려 회장을 보았다. 회장이 뒷걸음질 쳤다.

이연우의 엉망이 된 머리와 핏발 선 눈.

그리고 이연우의 정신 한쪽에 수북하게 쌓인 실패 뽑기권. 단 한 장도 없는 성공 뽑기권.

"괜찮… 괜찮습니다. 정말요."

"그렇다면야…"

회장은 이연우의 건너편에 앉아, 입을 열었다.

"그러면 미래에 대한 이야기를 나눕시다."

66

이연우는 잠깐 턱을 쓰다듬으며 머릿속으로 생각을 정리했고, 천천히 입을 열었다.

"방법을 찾았죠. 이제는 어떻게 행동할 것인가, 이게 문제고요."

"그렇소. 내 생각에 최대한 사람을 끌어모아야 하오. 국내를 넘어 해외까지."

딱. 딱. 딱.

이연우는 손톱으로 책상을 두들겼다. 수많은 갈림길이 머릿속을 떠돌았다. 인맥을 이용하여 직접 명령하는 방법부터, 자신의 이름으로 연합을 결성하는 방법까지.

그중 가장 안전한 길.

딱!

손짓이 멈췄다. 이연우는 회장을 보며 눈을 빛냈다.

"인류보호회사 이름으로 세상에 뿌려버립시다."

"뿌리겠다고? 인류보호회사 이름으로?"

회장은 당황한 얼굴로 이연우를 마주 봤다. 그는 이연우를 이해하지 못하는 얼굴이었다. 여러 의미로.

"좋은 방법 같지는 않소. 당신의 명예와 명성이 묻히는 것도 그렇고, 해결책을 공개한다고 사람들이 따를까 의심되기도 하오."

"행동하는 사람은 분명히 있습니다."

학살회사나 관리회사같이 행동력과 결단력이 지나치게 강한 사람들. 그들은 의심하더라도 일단 확인 삼아 움직이긴 할 터.

움직인다면 의심은 사라질 테고, 이상 목록을 확보하고 파괴하기 위해 전력을 다하리라.

그리고 이상기후 해결책을 찾아낸 공로자로서의 유명세는…

"명예, 영광, 대가, 이런 건 필요 없습니다. 멀쩡한 지구에서 살아가는 것만으로 충분합니다. 그러니 제 이름은 비밀로 지켜 주십시오."

회장이 진지한 눈으로 이연우를 바라보았다. 이연우는 그 눈을 마주했다. 진실한 감정을 담아서 절실하게.

'독이야. 그런 유명세를 얻으면 멸망주의자의 최우선 타깃이 될 거야.'

멸망할 지구를 회복시킨다? 멸망주의자가 가만히 보고만 있을까?

나무 인간이 보여준 미래가 선명했다. 최후의 셸터를 지워버린 멸망주의자의 공격. 이연우는 그런 괴물의 목표가 되고 싶지 않았다.

이연우는 아무도 모르게 길을 제시하고 다른 사람이 그 길을 걷도록 만들 생각이었다.

회장이 감탄인지 탄식인지 모를 한숨을 뱉었다. 그는 공손하게 머리를 숙였다.

"그리하겠소."

"연락처 하나 드리겠습니다. 관리회사 파벌의 1차 대응과 과장인데, 그 사람한테 부탁해서 정보를 공개하세요."

에코백에서 명함이 하나 나왔다. 일전 테러 사태 때 1차 대응과 과장에게 직접 받은 명함.

명함이 책상을 가로질러 회장의 앞에 도착했다. 회장은 조심스럽게 명함을 챙겨, 지갑에 끼워 넣었다.

"그러면 바로 연락하겠소. 보레아스와 헬리오스, 아니, 북풍과 태양은 우리가 설득해보겠소."

그리고 그날.

정보가 공개되었다. 이상한 세상을 살아가는 모든 사람한테.

정보부가 전력을 다해 뿌린 해결책.

회사의 인트라넷을 통해 이상기후와 보존 계획까지 곁들여진 모든 정보가 모든 회사원에게 메일로 보내졌다.

회사의 공식적이고 비공식적인 연락망을 통해 모든 집단과 집단의 여러 구성원에게 연락하며 정보는 계속해서 전파되었다.

"이게 진짜일까요…?"

멸망이 오기 전에 한 명이라도 더 많은 예비 악마 숭배자를 찾기 위해 도시의 그림자를 떠돌던 왜소한 악마 숭배자가 핸드폰을 보며 중얼거렸다.

옆에서는 부조리의 악마가 배를 부여잡고 눈물이 날 때까지 웃었다.

"새끼… 칭찬! 예정된 멸망이 이렇게 부조리하게 막히다니!"

"악마님…"

"진짜 맞아."

"그게 아니라, 맬서스의 악마… 이 악마도 이름 바꾸지 않았나요?"

악마 숭배자는 가만히 핸드폰을 보며 기억을 더듬었다.

필연적인 한계와 그로 인한 종말을 관장하는 악마.

과거, 토지와 식량 생산은 인구의 증가를 감당할 수 없다는 이론이 대두되었을 때는 맬서스의 악마라는 이름을 사용하였으나, 이상기후가 닥쳐오는 지금은 지구온난화의 악마였나, 이상기후의 악마로 이름을 바꿨다고 들은 듯했다.

부조리의 악마가 낄낄 웃었다.

"뭐가 중요해. 잡아서 회사에 넘기자고."

"그래도 같은 악마인데…"

"그 새끼, 원래 마음에 안 들었어."

어딘가 꺼림칙한 표정의 악마 숭배자를 무시하고, 부조리의 악마가 손가락을 연달아 튕겼다. 딱 딱 딱!

"재미없는 새끼 소환. 기절. 구속."

부조리한 현실이 맬서스의 악마를 덮쳤다.

음울한 학자풍의 악마가 뜬금없이 소환되었다가, 그대로 정신을 잃고 돌연 끊어진 전깃줄에 꽁꽁 묶여 아스팔트 도로 위에 축 늘어졌다. 그 위로 부조리의 악마가 발을 올렸다.

"낄낄낄."

경박한 웃음소리를 배경으로 악마 숭배자는 어쩔 수 없이 핸드폰의 번호를 눌렀다.

"여보세요…? 회사죠? 악마 신고하려고 하는데요… 여기가 어디냐면…"

이와 같은 일이 세계 곳곳에서 일어났다.

바티칸의 어느 회의실.

그곳에 모인 성인들은 회사의 연락에 대해 대화를 나누다가 탄식했다.

어떤 성인이 말했다.

"계시를 잘못 이해했나 봅니다."

"사탄이 하느님의 음성을 빌려 유혹했던 걸지도 모르지요. 어쨌든 결국 순리대로 돌아가니, 이 또한 그분의 계획일 겁니다."

어느 날, 그들은 기도하던 중 동시에 계시를 받았다.

- 인간의 타락이 하늘에 닿아 세상을 지옥으로 만들었으니, 홍수로 지구를 정화하고 신인류를 어린양으로 삼아 천년왕국을 건설할 것이다.

- 하나 너희를 가엾게 여겨 구원의 문을 열어두니.

- 세상에 열세 가지 재앙이 닥쳐오는 날, 나의 아들을 찾아 창으로 찔러라. 그러면 죽은 자는 나의 나라에서 살아나고, 산 자는 하늘에 올라 나를 만날 것이다.

"하긴… 신학적으로 말이 안 되는 계시였죠."

"그러면 구원 계획은 없던 일로 하겠습니다. 롱기누스의 창도 다시 성유물 보관소에 넣겠습니다."

대홍수의 발단이 되고 수많은 기독교인이 비인간으로 변한다는 기독교적 재앙이 계획 단계에서 사라졌다.

그렇게 하나둘 이상 개체가 처리됐다.

오두막의 어느 마법사.

"스승님, 이것 좀 보세요."

"뭐냐."

젊은 제자가 핸드폰 화면을 내밀고는 손발을 휘저으며 설명했다. 이상기후와 이상 목록. 그중 스승이 가진 수르트의 검.

백발이 성성한 마법사는 가만히 이상 목록을 보다가 눈을 돌렸다.

"저게 문제라고?"

대충 구석에 박혀 먼지만 먹고 있는 붉은 검. 한때 무스펠헤임을 탐색하다 얻은 수르트의 검.

"예. 그래서 말인데, 스승님한테 중요한 물건도 아니잖아요. 다른 차원으로 옮기는 게 어떨까요?"

"오냐."

늙은 마법사가 주섬주섬 손을 움직였다. 그는 형형색색의 가루와 염료 따위로 마법진을 그렸다.

이차원과 상호 작용하는 방법. 마법.

늙은 마법사는 대충 수르트의 검을 들어 올린 후, 마법진에 집어 던졌다. 마법진이 빛나더니 수르트의 검이 사라졌다.

제자가 호기심에 차 질문했다.

"어디로 옮기셨어요?"

"아스가르드에 버렸다. 이 기회에 쓰레기나 정리하자꾸나."

늙은 마법사는 관심도 없다는 듯, 제자를 시켜 쓸모없는 잡동사니와 쓰레기를 마법진에 던져 넣었다.

골드버그클럽도 행동했다.

도심의 빌딩 최상층.

황금으로 이루어진 거대한 얼굴 조각상 앞에서, 예술가에게 맞춤 제작한 명품을 전신에 둘둘 두른 남자가 금괴를 들어 올렸다.

금괴가 조각상의 입에 들어갔다. 꿀꺽 소리와 함께 사라진 금괴.

남자가 말했다.

"이 해결책은 진실입니까?"

– 그렇다.

"이상기후는 사라집니까?"

– 그렇다.

질문 하나에 금괴 하나씩.

질문과 답변을 마친 남자는 고개를 끄덕였다. 그러고는 비서를 불러 명령했다. 비축한 황금을 모두 가지고 오라고.

또한 이상 목록 중 골드버그클럽이 회사에 생색을 낼 만한 개체 목록을 정리해 가져오라고.

그는 고가의 시계를 매만졌다.

"돈을 벌고 잘 살려면 이상기후는 죽어야지."

과거에 이상기후를 알아차리자마자 효율적으로 질문했을 때, 골드버그클럽의 역량으로는 해결하지 못한다는 답을 들었다.

그래서 지하 도시 건설에 전력을 기울였지만, 상황이 이렇게 되면 행동도 달라져야 했다.

드르륵.

황금이 끝도 없이 들어왔다. 남자는 황금을 모조리 조각상의 입에 넣으며, 정리된 명단을 하나하나 읽었다.

날갯짓으로 태풍을 일으키는 나비. 위치를 찾기 힘든 이상 개체.

"나비효과를 죽여주십시오."

– 죽였다.

"좋습니다. 다음은…"

황금을 대가로 소망을 이뤄주는 황금만능주의가 이상 개체를 하나하나 처리했다.

회사의 활동 역시 최고점을 찍었다.

파벌과 파벌, 밤과 낮, 육지와 바다를 가리지 않고 수많은 특전대, 정보부 요원, 조사원이 협력하여 이상 개체를 확보하고, 이용하고, 파괴했다.

그때마다 조금씩 물러나는 이상기후.

기온의 급격한 상승이 멈추었다. 극단으로 치닫던 날씨가 서서히 돌아왔고, 극심한 자연재해가 서서히 모습을 감췄다.

그리고 푸른 바다에 둘러싸인 어느 섬.

이연우의 손끝에서 시작된 폭풍은 지구를 뒤덮었고, 이 섬 또한 거기서 벗어나지 못했다.

"…"

건장한 체격의 대머리 남자가 절벽에 서서 바다를 보았다. 선명하게 보이는 바다. 이렇게 선명하게 보이면 안 됐다.

당장이라도 사라질 그림처럼, 지우개가 한 번 지나간 소묘화처럼, 흐릿하고 뿌옇게 보여야 했다.

남자는 손아귀에 쥔 지우개를 이리저리 굴리면서, 얼굴을 잔뜩 일그러뜨렸다.

"…멸망이 사라진다고?"

최고위급 멸망주의자. 지우개를 소유한, 지우개로 수많은 테러를 일으킨 수배자.

지우개와 함께한 시간이 길어 반쯤 지우개와 한 몸이 된, 그래서 멸망의 감각을 손에 넣은 그는 이상기후가 사라지고 있음을 본능적으로 깨달았다.

"안 되지. 이러면 안 되지."

그는 휙 몸을 돌려 그가 머무는 자그마한 저택을 노려보다가 가볍게 손을 놀렸다.

허공을 긋고 지나가는 지우개. 그 궤적에 걸린 저택이 거짓말처럼 사라졌다.

멸망주의자는 뚜벅뚜벅 걸음을 옮겼다. 이상기후가 사라진 원인을 찾기 위해, 그리하여 그 원인을 지워버리기 위해.

지우개

67

정보부의 한 밀실.

이연우가 가죽 의자에 앉아 커피를 마실 때, 문이 덜컥 열리며 1차 대응과 과장이 들어왔다. 그는 들어오자마자 크게 소리쳤다.

"이연우!"

밤을 새웠는지 초췌한 안색의 그는 눈동자만큼은 반짝반짝 빛내며 이연우의 손을 덥석 잡았다.

"네 방법이 맞았다! 벌써 이상기후가 절반 이상 해결되었고, 남은 것들도 곧 처리가 끝날 거야!"

손목이 아플 정도로 마구 흔드는 손.

이연우는 엉거주춤하게 일어나서 과장을 의자에 앉혔다. 과장은 잠도 부족한 데다가 크게 흥분해 반쯤 제정신이 아니었다.

컵에 물을 따라 건넨 이연우가 질문했다.

"처리가 잘되고 있습니까?"

"아주 잘되고 있지! 그동안 우리가 손도 못 썼던 이유는 원인 자체를 몰랐기 때문이야. 모를 만도 했어. 이렇게 많은 이상 개체가 얽혔는데, 알 수가 없지."

이상기후는 거대한 기계장치와 같았다. 크고 작은 이상 개체와 인간의 활동이 맞물린 기계장치. 지구를 멸망으로 이끄는 기계장치.

장대한 기계장치 앞에서 사람들은 도망치기 바빴지만, 이제 상황이 달라졌다.

이연우가 이상기후의 설계도를 공개한 것이다. 모든 부품이 낱낱이 분해된 설계도를.

"이상기후와 정면으로 대응할 필요가 없어. 이상기후가 해체됐으니까. 구성품을 하나씩 따로 처리하면 끝이야. 그건 정말 쉬운 일이지."

과장은 목이 아픈지 캑캑 기침했다. 그는 물을 몇 모금 마신 후, 말을 이었다.

"특전대의 부대 하나가 이상 하나를 감당한다. 정보부도 비슷하고, 다른 집단들은 말할 것도 없겠지."

이연우는 가만히 들으며 고개를 끄덕였다.

수많은 이상 현상이 겹친 이상기후는 누구도 맞설 엄두를 내지 못했다.

하지만 이상 개체 몇 개 정도는 의심스러운 눈으로 쿡 찔

러볼 수도 있었고, 힘으로 부숴버릴 수도 있었고, 다른 세상에
내다 버릴 수도 있었다.

그런 가벼운 대응 하나하나가 모이면, 이상기후는 파괴된다.

"다행입니다."

"다행? 그 정도 수준이 아니야. 이건…"

"그…"

과장이 이연우를 끌어안을 듯한 기세여서, 이연우는 뒤로
물러났다.

곧이어 그는 정보부로 찾아온 이유를 말했다. 이상기후가
사라짐을 마냥 기뻐할 수 없는 이유를.

"그보다 멸망주의자는 어떻습니까? 아무래도 가만히 안
있을 것 같은데요."

"…그놈들."

과장의 표정이 딱딱하게 굳었다. 그는 살기가 어린 눈으로
허공을 보다가, 천천히 품에서 서류 몇 장을 꺼냈다.

"한 시간 전에 찍은 위성사진이다. 골수 멸망주의자가 집
결했다고 하더군."

이연우는 탁자 위에 놓인 서류를 보았다. 어딘가의 섬인데,
사람들이 잔뜩 모여 있었다. 다른 서류는 그들의 신상명세였는
데, 하나하나가 살벌한 수배자들이었다.

특히 지우개란 단어가 눈에 박혔다. 이연우는 바짝 마른 입
을 열었다.

"제가 목표는 아니겠죠…?"

"…"

대답이 돌아오지 않았다. 이연우가 떨리는 눈으로 과장을 보았다. 과장은 침중하게 고개를 저었다.

"저놈들, 해결책을 공개한 사람이 너라는 걸 알아냈어."

"아니… 비밀 지켜달라고 하지 않았습니까."

이런 일이 있을까 봐, 과장한테 자기가 해결책을 찾은 사람이라고 밝혔다. 안전을 위해 보안 조치를 해달라고.

그런데 뭐? 벌써 알아냈다고?

과장은 이연우의 눈을 피하며, 뒤에 놓인 서류 한 장을 그의 앞으로 밀었다.

"우리도 보안에 굉장히 신경 썼다. 본사에서 나서서 이런저런 조치를 취했는데."

서류에는 보안 조치 목록이 쓰여 있었다. 이연우는 수많은 조치를 하나하나 읽어나갔다.

크립티드연구동호회 사람들은 자청하여 기억 소거제를 마셨다. 정보부에서는 통신망을 모두 조작하여 이연우와 관련된 정보를 모조리 삭제하고 허위 정보를 유포했다.

거기에 회사의 이상 개체를 이용하여, 이상으로 몇 겹의 보안을 걸었는데…

이연우가 서류 모서리를 꽉 구겼다. 구겨진 종이가 식은땀으로 축축하게 젖었다.

344

"결국 다 뚫렸다는 말 아닙니까."

"그렇지."

과장은 면목 없다는 표정을 지으며, 서류에서 지우개란 단어와 몇몇 수배자를 쿡 찍었다.

회사가 전력을 다해 죽이려고 해도, 끝내 살아남은 수배자들. 그 능력만은 부정할 수 없었다.

"이상 개체를 이용한 보안은 지워졌고, 우리가 다양한 방면으로 취한 보안도 뚫렸어."

"그러면 저는 어떻게 합니까? 경호라도 붙습니까? 어지간한 경호로는 안 될 텐데요?"

끼익.

이연우가 탁자를 손톱으로 긁으며 묻자, 과장은 주변을 둘러봤다. 꽉 닫힌 밀실. 나름 보안 조치가 취해진 방.

그는 목소리를 낮췄다.

"회사는 널 보호하기로 했다."

"어떻게요?"

이연우의 억울한 눈을 마주 보며, 과장이 말했다. 세상에서 가장 안전한 장소.

"최후의 셸터. 이상기후조차 막아내는 최후의 셸터로 널 초대하기로…"

"돌겠네."

이연우가 이마를 탁 치고는, 의자 위로 축 흘러내렸다. 전신에서 힘이 빠졌다.

최후의 셸터? 미래에 지우개로 지워진 거기?

"지금 그걸 말이라고 하십니까."

"진짜 안전한데… 최후의 셸터는…"

과장이 복잡한 용어를 사용해가며 셸터의 안전성을 설명했지만, 한 문장도 이연우의 귀에 들어오지 않았다. 지워진 현장을 두 눈으로 똑똑히 봤는데, 뭔…

이연우는 한숨을 쉬며 짧게 말했다.

자기가 본 미래에 그곳은 지워졌다고.

"…"

과장은 입을 꾹 다물었다. 그러고는 충혈된 눈동자를 깜박이다가, 천천히 입을 열었다.

"그러면… 어떻게 하지? 거기만큼 안전한 곳이 없는데."

이연우는 위성사진을 툭 쳤다.

"이 사람들, 위치 알면 폭격이나 미사일 못 날립니까?"

"예전에 해봤지. 안 통한다."

"시간을 멈춘 뒤 암살이나 이상 개체를 이용한 습격도 안 통합니까?"

"그것도 다 해봤어."

"그러면 제가 이주지로… 아니, 아닙니다."

기껏 지구를 살려놓고 멸망주의자를 피해 척박한 이주지로 갈 수는 없었다.

침묵이 내려앉았다.

과장은 피곤한 머리를 굴리며 대책을 찾았고, 이연우 역시 이것저것 생각하며 살아남을 길을 찾았다.

그 끝에 이연우가 말했다.

"최후의 셸터로 갑시다. 거기서 제대로 한번 싸워봅시다."

"전면전이라."

"회사의 전력은 당연히 다 끌어오고, 멸망주의자를 싫어하는 집단과도 연합합시다. 회사 이름으로 해결책을 공개했으니, 이 정도 부탁은 들어줄 거 아님…"

말을 이어갈 수 없었다. 갑자기 밀실의 문이 벌컥 열리며, 요원이 외치는 소리가 들렸다.

"과장님! 지우개가 습격해 왔습니다!"

과장과 이연우는 자리에서 벌떡 일어섰다.

"지원 요청부터 해!"

"불가능합니다! 이곳만이 아니라, 여러 회사 부서와 집단을 동시다발적으로 공격하고 있답니다!"

그 말과 동시에 밀실의 천장이 사라졌다.

지하에 있는 정보부 밀실 위로 햇빛이 비쳤다. 가을의 서늘한 공기가 불어왔다.

조금 전, 멸망주의자가 집결한 섬.

그들은 회사가 발표한 이상기후 해결책을 보며 투덜투덜

불평을 늘어놓았다.

"회사… 지구 포기하지 않았나? 언제 이런 걸 다 조사했대? 아, 한 명이 알아냈다고 했나? 뭐 하는 인간이야?"

"그게 중요하냐? 기껏 찾아온 멸망이 미뤄진 게 문제지."

"쯧. 회사 놈들, 자기들 살겠다고 아주…"

자유분방하게 앉아 회사를 욕하는 멸망주의자들. 누군가 보드카를 들이켜며 불쾌한 얼굴로 말했다.

"그래서 뭐 어쩌자고. 이거 알아낸 놈부터 죽이자고?"

"일단은 그게 맞지 않나."

그때 안경 쓴 멸망주의자가 목록을 유심히 보다가 말했다.

"그것보다 먼저 할 일이 있습니다."

"뭐?"

안경 쓴 멸망주의자가 이상 목록을 높이 치켜들었다. 사방에 흩어져 혼자 놀던 멸망주의자들이 목록을 보았다.

"이거… 우리가 빼앗죠? 저희가 확보해서 잘 지키면 이상기후도 돌아올 거 아닙니까. 그러지 못해도 기상 조작 무기로 활용할 수 있고요."

"…"

멸망주의자들의 분위기가 변했다. 누군가는 턱을 쓰다듬었고, 누군가는 눈을 빛냈고, 누군가는 엉덩이를 털고 일어났다.

그들 사이에 섞여 있던 탈취자가 장난감 총을 쥐었다. 푸른 문을 여는 총.

"가자. 문 열어."

"알겠습니다."

탈취자가 저장된 위치를 바꿔가며 방아쇠를 당겼다. 그때마다 각국의 수도와 통하는 푸른 문이 열렸다.

멸망주의자들은 따로 말하지 않고 저마다 아무렇게나 나라를 골라 넘어갔다. 각자 지닌 이상을 무기처럼 쥔 테러리스트들이 사라진 자리.

지우개를 쥔 남자 또한 한국으로 통하는 포털로 걸어갔다.

"한국 지사 정보부는 내가 가겠다. 여유가 되면 해결책을 발견한 놈도 처리하고."

"다른 부서는 저희가 가겠습니다."

지우개를 쥔 남자를 따라 한국으로 가는 몇몇 멸망주의자까지 포털 너머로 사라졌다. 홀로 남은 탈취자는 장난감 총을 매만지며 하늘을 올려다봤다.

그리하여 현재.

서울의 어떤 산. 사람이 접근하지 않는 산자락에 위치한 정보부의 본부.

지우개가 가볍게 지나가자, 그곳에 거대한 우물처럼 동그란 구멍이 깊이 뚫렸다. 구멍의 바닥과 맞닿은 정보부 밀실 위로 햇빛이 내리비쳤다.

지하의 탁한 공기가 산자락의 맑은 공기와 뒤섞였다. 맑고도 서늘한 공기.

이연우는 떨리는 손을 억지로 부여잡았다. 온기가 빠져나가 차가운 손. 떨림을 주체할 수 없었다.

'지우개…!'

그는 침을 꿀꺽 삼키고는 서류를 아무렇게나 들어 얼굴을 가렸다. 일단 정체부터 숨기자는 생각.

한편, 지우개를 쥔 남자는 절벽처럼 깎아지른 구멍 근처에서 서서 가볍게 손짓했다. 흙더미와 대지가 대각선으로 지워지며, 가파른 비탈길이 형성되었다.

지우개를 쥔 남자는 비탈길 아래까지 내려가, 큰 목소리로 외쳤다.

"너희가 확보한 이상 개체의 위치를 말해라. 말한다면 너희를 지우지는 않겠…"

그의 말이 멈췄다.

지하에 있는 정보부 요원들이 한눈에 내려다보이는 비탈. 모든 정보부 요원이 다급하게 무장을 꺼내는 그때, 유일하게 하얀 종이로 얼굴을 가린 사람이 하나.

이상하게 눈에 밟히는 사람을 확인한 지우개를 쥔 남자가 작게 손가락을 까딱였다.

스윽.

이연우의 얼굴을 가린 서류가 비스듬하게 지워졌다. 이연우는 서류 쪼가리를 꽉 구기며, 비탈길을 올려다봤다.

"…"

"…"

서로의 이목구비를 알아볼 수 있는 거리.

그들은 서로의 정체를 확실하게 알아챘다. 지우개를 지닌 멸망주의자와 해결책을 공개한 이연우의 시선이 교차했다.

68

극한의 위기 상황.

이연우의 집중력이 최고조에 달하며, 생각이 마구잡이로 폭주했다. 찰나가 영원처럼 늘어지는 것 같은 시간 감각.

이연우는 흙먼지 하나하나가 느릿하게 떨어지는 광경을, 멸망주의자의 반들반들한 머리에 핏줄이 돋아나는 광경을 바라보며 무수한 생각을 폭죽처럼 터뜨렸다.

'지우개. 주사위. 선공해야 해. 설득 성공 확정 뽑기권. 설득.'

설득 성공 확정 뽑기권을 사용해야 한다. 그런데… 무슨 설득을?

살려달라고? 돌아가라고? 저들을 이용해 다른 멸망주의자를 처리해달라고? 안 된다. 그건 결국, 지금의 위기만 피하는 일이었다.

저들은 돌아간 뒤, 다른 멸망주의자를 죽이고 다시 이연우를 죽이러 돌아올 것이다.

그러니까…

'여기서 죽여야 해'

숨을 들이마실 시간도 없었다.

멸망주의자의 손이, 그 손에 쥐어진 지우개가 움직이기 시작했다. 그는 늘어진 시간 속에서 천천히 밀실의 벽부터 지웠다. 점차 가까워지는 삭제.

이연우는 폐에 얼마 안 남은 공기를 모조리 쥐어짜, 다급하게 외쳤다.

"선생님, 저한테 탈모약이 있는데, 선물로 드릴 테니 써보시죠? 머리카락이 쑥쑥 자라날 겁니다."

설득 판정, 확정 성공!

힘줄이 돋아난 손이 멈추며, 지우개도 멈췄다. 이연우의 바로 옆에서 멈춘 지우개의 궤적.

"…탈모약?"

지우개를 쥔 남자가 멍하니 중얼거리며 빈손으로 두피를 쓰다듬었다.

이연우는 곧바로 에코백에서 물총을 꺼냈다. 그러고는 당당하게 비탈길로 향해, 남자에게 물총을 건넸다.

"저도 탈모로 고통받았었는데, 이 탈모약 덕분에 머리카락이 다시 자랐습니다. 선생님도 써보세요."

"…"

남자는 물총을 뚫어져라 쳐다보다가, 손을 내밀어 물총을 받았다.

"머리에 뿌리면 되나?"

"예, 듬뿍 뿌리십시오. 몸에 좋은 약입니다."

"음."

물총으로 자기 머리를 겨누는 지우개를 쥔 남자.

이연우는 떨리는 손을 주머니에 넣어 감추며 남자를 보았다.

기대 어린 시선을 받으며 남자가 물총의 방아쇠를 연달아 당겼다. 빗물이 남자의 머리를 흠뻑 적셨다. 그의 머리부터 목덜미까지 쭉 흘러내리는 빗물.

남자는 눈을 감고 빗물을 음미하다가 피식 웃었다.

"흥미롭군."

으득.

그의 목이 조금씩 늘어났다. 이연우의 눈에서 기대가 희망으로 변하는 그때.

남자는 느긋하게 지우개를 들어 올렸다. 모서리를 날카롭게 세운 지우개가 자신의 정수리부터 시작해 조심스럽게 직선을 긋고 내려갔다.

세심한 손길. 남자를 적신 빗물이, 체내로 흡수된 빗물이 지워졌다.

'이게 안 통해?'

이연우는 본능적으로 눈치챘다. 더는 멈출 수 없었다. 이연우는 곧장 도박을 하기 위해 주사위를 불렀다.

'주사위! 심장마비!'

데구르르.

주사위가 굴렀다. 여섯 갈래의 가능성이 지우개를 쥔 남자를 중심으로 어지럽게 흔들리는 순간…

남자가 이연우를 노려보며 지우개를 까딱였다.

"주사위였나? 가능성? 확률? 그런 걸 조작하는 이상? 그러면 변동하는 가능성과 확률을 지우면 끝날 일이지."

빗물을 뿌리라고 설득당하면서 이미 한번 겪은 감각. 지우개를 쥔 남자는 주사위에 충분히 대응할 수 있었다.

멈칫.

주사위가 멈췄다. 어떤 결과도 내지 못했다. 확률이 모두 지워졌다.

"…"

"…"

침묵 속에서 그들은 서로를 마주 봤다.

지우개를 쥔 남자는 육감에 집중해 이연우가 주사위를 굴리면 바로 대응할 준비를 했다. 주사위는 지우개만큼이나 위험했으니까.

말하자면 서로가 폭탄을 쥐고 있는 상황.

확실하게 단번에 상대를 죽이지 못하면, 그래서 폭탄이 터지면 같이 죽는다.

이연우는 다르게 생각했다.

'몸싸움밖에 방법이 없어. 지우개에 걸릴 거리를 주면 안 돼.'

주사위가 힘을 잃었다. 다른 수단을 써야 했다.

얼음물을 뒤집어쓴 감각. 차갑게 가라앉은 이성과 눈동자. 이연우는 물총을 건네주기 위해 가까워졌던 거리를 어림짐작했다.

스윽.

이연우는 지우개를 쥔 남자에게 한 걸음 다가가며 자연스럽게 손을 뻗었다. 남자는 형이상학적 감각에 집중하느라 즉각 반응하지 못했다.

꽉!

지우개를 쥔 남자의 손목을 붙잡았다. 이연우는 그대로 그 손을 위로 틀어 올리며 남자에게 몸을 바짝 붙였다. 지우개의 궤적에 닿지 않게끔.

"뭐?"

몸싸움이었다.

남자가 당황했다. 주사위 같은 이상 개체를 지니고서, 굳이 근접 격투를? 왜?

그러면서도 손에 힘을 주어 이연우를 밀어내려 시도했지만, 이연우는 이를 악물고 전력을 다해 그에게 달라붙었다.

떨쳐내려는 사람과 악착같이 붙는 사람.

춤추듯이 휘청휘청, 비틀비틀 제자리를 돌고 돌았다. 아무렇게나 휘저어지는 지우개의 궤적을 따라 세상이 지워졌다.

지우개가 하늘을 가로지르니 구름이 지워지며 푸른 하늘
이 드러났고, 산 정상을 스치면 비뚜름하게 정상이 깎였고. 이
연우와 남자가 빙그르르 돌며 내리치는 손짓에 따라 비탈길이
지워졌다.

태풍의 눈과 같은, 두 사람만이 안전한 파괴의 중심.

이연우는 식은땀을 뚝뚝 흘렸다.

'힘이, 체력이 부족해!'

조금씩 밀리고 있었다. 어떻게든 손목만은 붙잡았지만, 주
먹질이나 발길질에서 밀렸다.

뻐억!

복부를 얻어맞은 이연우가 확 손을 치켜들었다. 지우개가
수직으로 올라가며, 정보부부터 산까지, 절반으로 쪼갰다.

지우개가 다른 곳에 사용되는 순간, 지금이 기회였다.

이연우는 주사위를 불렀다. 지우개를 상대할 미래 이연우
를 불렀다.

'미래의 나를 불러!'

과거에서 미래로 갔는데, 미래에서 과거로 못 올 리가 없
었다. 분명 가능한 일이었다. 성공만 한다면, 가장 확실한 돌파
구였다!

데구르르.

남자가 이를 갈며 확률을 향해 손짓했지만, 늦었다. 결과가

나왔다.

대성공!

지극히 낮은 확률의 가능성이 극적으로 구현되었다.

이연우 주변으로 여러 사람이 돌연 모습을 드러냈다. 이연우가 지나온 분기점에서 갈라진, 평행 세계의 이연우가 넷.

특전대, 악마 숭배자, 멸망주의자, 골드버그클럽으로 들어간 이연우들⋯

"이게 뭔 일⋯"

"누가 날 소환⋯"

인상이 다른 이연우들은 상황부터 파악하다가, 다른 이연우들과 이 세상의 이연우와 지우개를 쥔 멸망주의자를 보았다.

네 명의 이연우는 동시에 판단을 마쳤다.

"복귀! 귀환! 빨리!"

"이동! 차원 이동! 아니, 복귀!"

지우개? 저런 위험한 인간이 앞에 있다? 뭔지 모르겠는데 내가 여럿이 있다? 사고가 터져도 크게 터졌다. 빨리 도망쳐야 했다!

네 개의 주사위가 동시에 구르고⋯

남자가 반사적으로 지우개를 열심히 까딱였다.

지워진 가능성들.

평행 세계의 이연우들이 말을 잃고, 지우개를 쥔 남자가 필사적으로 이 세상의 이연우를 두들겨 팰 때.

이 세상의 이연우가 힘겹게 입을 열고 외쳤다.

"이상기후 해결법 아십니까? 모르면 알려줄 테니까, 이 인간 같이 죽읍시다!"

미래 이연우는 무슨 일인지 나타나지 않았지만, 다른 자신이 이렇게 많으면 충분히 살아남을 수 있을 것 같았다.

평행 세계의 그들은 시계수리공이 아니었다. 해결책도 몰랐다. 시간이 정지했을 때 이상시간학 강연을 듣지 않았기 때문에 저절로 시간이 재생될 때까지 다른 곳에서 시간을 보냈다.

시계수리공이 아니기에 크립티드연구동호회에 방문하지도 않았다.

어쨌든, 이연우는 이연우라 평행 세계의 그들 역시 다른 루트로 이상기후에 대해 알아냈지만, 살길을 찾기에만 급급했다.

특전대로 들어간 이연우가 바로 움직였다. 몸싸움에 합류한 것이었다.

"비켜!"

이 세상의 이연우와 교체하듯이 지우개를 쥔 남자의 팔목을 붙잡고, 때리고 맞기를 반복했다.

"죽어라!"

입술이 터진 지우개를 쥔 남자가 다리에 힘을 풀고 주저앉아, 체중을 아래로 실었다. 그에 따라 뚝 떨어지는 손과 지우개.

부들부들 떨리는 지우개가 특전대 이연우의 몸통을 향해

나아가는 순간, 악마 숭배자 이연우와 이 세계의 이연우가 주사위를 굴렸다.

"지우개 분실."

"지우개 이동."

"이, 빌어먹을 놈들이!"

데구르르.

두 개의 주사위가 동시에 구르며, 열두 갈래의 가능성이 어지럽게 뒤얽혔다. 지우개의 목표가 바뀌었다.

남자는 손을 바쁘게 까딱이며 확률을 지우기 바빴다. 기껏 특전대 이연우의 몸을 스친 지우개는 허망하게 확률을 지우는 데 사용되었다.

그때, 남자의 뒤로 골드버그클럽 이연우가 소리 없이 다가가, 남자의 주머니에 금괴를 찔러 넣었다.

"금괴 받았으니, 일해야죠?"

"꺼져!"

남자가 붙잡힌 손목을 거칠게 꿈틀대며 금괴의 강제력을 지우는 순간, 주사위의 확률 조작이 다시 한번 덮쳐 왔다.

하나가 아니었다. 네 개의 주사위가 구르며, 스물네 갈래의 가능성이 어지럽게 꿈틀댔다.

남자는 이제 확률을 지우기 급급했다.

지우개를 쥔 손은 주사위를 방어하는 데 썼고, 다른 손은 어떻게든 특전대 이연우와 싸우는 데 썼지만, 서서히 우열이

드러났다.

"골절, 뇌출혈, 장기 파열…"

"혈전 생성, 수명 감소, 기억상실…"

"지우개 강탈, 인간 지배, 지우개 봉인…"

끊임없이 구르는 주사위들. 평행 세계의 이연우들이 다른 사건 사고를 겪으며 체득한 사용법들.

남자는 일방적으로 얻어맞으며, 지우개를 무기로 쓰지도 못했다.

이때, 멸망주의자 이연우가 몇 발 물러나서 낮게 가라앉은 목소리로 말했다.

"이 세계의 단델리온은 살아 있나?"

"어, 모르겠는데."

"탈출할 때 같이 탈출하지 않았나?"

"아니, 나는 그 집에 남았다가 주사위로 탈출했는데."

"…살아 있을지도 모르겠군."

멸망주의자 이연우는 잠시 엉망이 된 현장을 보다가, 천천히 손을 들어 올렸다.

멸망주의자 이연우는 옷에 고리를 박았는데, 고리마다 주렁주렁 달린 이상 개체가 화려했다. 푸른 문을 여는 장난감 총부터 자동차를 조종하는 게임 컨트롤러, 뭔지 알 수 없는 잡동사니들까지.

멸망주의자 이연우는 그중 총 한 자루를 쥐었다. 그가 말했다.

"도와주지."

"어…"

총탄 명중 판정.

탕!

총성이 울리며, 총탄이 바닥을 때렸다. 확률은 지우개로 지워졌지만, 총탄까지 막을 여유는 없었다.

지우개를 쥔 남자가 정신 나간 눈으로 총을 보고는 악을 썼다.

"같이 죽자!"

답이 없었다. 이곳이 남자가 죽을 자리였다. 지우개 하나로는 다섯 개의 주사위를 감당하지 못했다. 지우개가 없으면 그도 일개 사람일 뿐이었다.

그가 지우개를 폭주시켜 자신과 일대를 완전히 소멸시키려고 마음먹은 순간, 그래서 남자의 주의가 다른 곳으로 향한 찰나.

뻐억!

특전대 이연우의 주먹이 남자의 턱을 강하게 후려쳤다. 남자는 그대로 정신을 잃고, 축 늘어졌다. 특전대 이연우는 흐르는 물처럼 몸을 움직여 그대로 남자의 목을 꺾었다.

우두둑. 털썩.

시체를 내던진 특전대 이연우가 지우개를 멀리 걷어차고

는 말했다.

"이상기후 해결법. 말해주십쇼."

"예."

69

언제 돌아갈지 모르는 평행 세계의 자신들. 그 눈빛들이 형형했다.

이 세상의 이연우는 늦장 부리지 않고 바로 입을 열어, 이상 목록을 읊었다. 또한, 지우개와 싸우게 된 이유까지 덧붙였다.

"이 목록을 공개하자마자 멸망주의자들이 습격했습니다. 이 점을 유의하세요."

네 명의 이연우는 열심히 이상 목록을 되뇌며 머릿속에 그 정보를 새긴 뒤, 슬그머니 뒷걸음질을 쳤다. 그들의 시선은 다른 이연우들 사이를 바쁘게 오갔다.

같은 자리에 있기는 꺼림칙한 자신들. 은근한 경계와 긴장이 폐허 위로 내려앉았다.

"…"

"…"

어색한 침묵이 이어지고 있을 때, 골드버그클럽 이연우가 가볍게 손을 흔들었다. 손목에 찬 시계가 잘그락 흔들렸다.

"평행 세계의 나를 소환하는 판정을 굴렸죠? 우리 이런 건 돌리지 맙시다. 상도덕이 있지. 사람을 위험한 자리에 부르면 안 되죠."

"그게 맞지."

다들 고개를 끄덕였다. 그러면서 눈을 가늘게 뜨고 이 세상의 이연우를 노려보았다.

갑자기 지우개 앞으로 소환되었을 때, 주사위가 취소까지 되었을 때, 얼마나 놀랐는데… 물론, 그 대가로 이상기후 해결책을 받았지만, 예고 없는 위험은…

이 세상의 이연우가 당했다고 생각하면 정말 기분 나쁜 일이었다. 그는 급하게 손을 내저으며 변명했다.

"사고입니다. 애초에 평행 세계 같은 건 굴리지도 않았습니다."

"그럼 뭘 굴렸길래."

"미래의 나를 불렀는데, 대성공이 갑자기 떠서…"

그들은 고개를 갸우뚱 기울였다.

"여기 미래인은 없는데요?"

"아마 그쪽에서 거부한 거 같습니다."

"아, 거부…"

모든 이연우는 잠깐 생각에 잠겼다. 이런 일방적인 소환은

지우개

정말 위험했다. 대책을 세울 필요가 있었다.

많은 황금을 바쳐 황금만능주의로 보호를 두르든, 악마의 권능을 빌리든, 각자 방어법을 떠올릴 때, 이 세상의 이연우가 슬쩍 말했다.

"그보다 우리 주사위 사용법을 공유합시다. 이왕 모였는데."

"좋은 생각입니다. 아까 보니까, 다른 판정을 굴리던데…"

그 순간, 목소리들이 사라졌다. 정확히는 사람들이 사라졌다. 돌연 나타날 때처럼 예고 없이 순식간에 돌아갔다.

홀로 남은 이연우는 멍하니 그들이 있던 자리를 보았다. 이제 생산적인 이야기를 하려고 했는데.

그들은 사라지고 폐허만 남았다.

지우개가 마구잡이로 휘젓고 지나간 산자락.

인위적으로 갈라진 구름은 자연스럽게 흐트러졌고, 좌우로 나뉜 산은 무너져 내리며 산골을 흙더미로 채웠다.

그리고 정보부.

지하 본부의 중심을 수직으로 긋고 지나간 삭제의 흔적. 살아남은 요원들이 바쁘게 움직이며, 각자 할 일에 집중했다. 구덩이에서 빠져나갈 길을 만들고, 다른 부서에 연락을 돌리고, 정보를 수집하고 전달하고…

이연우는 문득 힘이 빠졌다. 긴장이 확 풀리며, 팔다리가 축 늘어졌다. 그제야 실감을 느꼈다.

"끝났구나."

이상기후는 해결되었다. 우두머리 격인 지우개를 해치웠으니, 가장 위험한 멸망주의자의 습격도 막아낸 셈이었다.

이제 새로운 세상이 시작될 것이었다.

이상기후가 물러난 지구. 정상으로 돌아올 회사. 생존 준비를 그만두고, 세력 다툼에 집중할 집단들.

그리고 변함없이 나타날 이상.

이연우를 맞이하러 다가오는 정보부 요원을 보며, 이연우는 웃었다.

시간이 지났다.

회사와 멸망주의자 사이의 전투가 마무리되었다. 이상 개체 몇 개를 빼앗겼지만, 이상기후는 완전히 사라졌다.

회사는 보존 계획을 취소했다. 다른 곳에 투자했던 자원들이 하나둘 지구로 돌아왔고, 회사의 운영이 정상화되기 시작했다.

다른 집단들도 마찬가지. 다시 지구로, 사회로 돌아왔다.

그리고 이연우.

이연우는 원룸의 바닥에 앉아, 한 사람을 보고 있었다.

검은 정장을 빼입고 돌연 원룸으로 찾아온 남자 하나. 그는 원룸을 둘러보다가, 천천히 이연우의 맞은편에 앉았다.

"이연우 씨. 본사에서 나온 마크 정입니다."

"본사에서 왜…"

이연우가 에코백을 슬며시 무릎 옆으로 당겼다. 한 손이 에코백 안으로 들어갔다.

본사라고 하면 막연하게 두려운 느낌이 들었다. 시계수리 공 일도 걸렸고, 망설임 없이 보존 계획을 진행하던 비인간적 일 처리도 걸렸다.

말 그대로, 인류를 보호하기 위해서는 어떤 짓도 서슴지 않을 이미지.

마크 정은 미소를 지었다.

"이연우 씨의 실적을 치하하기 위해서 왔습니다."

"아."

마음이 놓였다. 이연우는 편하게 팔을 늘어뜨렸다. 그러고 는 기대를 품은 눈으로 마크 정을 보았다.

"이상기후의 해결법을 찾아 공개하고, 수배자를 사살하여 지우개까지 회수하셨죠. 이건 회사가 무시하면 안 되는 실적입 니다. 본사는 당신에게 보상을 주기로 했습니다."

"어떤 보상을 주기로 했나요?"

이연우가 한결 부드러워진 어조로 묻자, 마크 정은 서류 가방을 열어 백지 한 장을 꺼냈다.

식탁에 놓인 백지 한 장.

이연우는 백지를 보다가, 천천히 고개를 들었다. 백지 가지 고 뭐 하냐고.

마크 정이 말했다.

"원하는 것은 전부 쓰십시오. 제한은 없습니다. 회사가 할 수 있는 일은 전부 이뤄드리겠습니다."

"어."

이연우는 자기도 모르게 짧은 소리를 뱉고는 손을 벌벌 떨었다. 차마 종이를 만지지도 못했다. 그저, 침을 꿀꺽 삼키며 종이를 노려봤다.

단순한 종이였지만, 그냥 종이가 아니었다. 회사의 무제한 소원권. 이건, 이상이나 마찬가지였다.

'뭘, 뭘 쓰지?'

제한이 없으니, 오히려 요구를 쓰기가 힘들었다. 이연우의 머리가 복잡해졌다.

마크 정이 옆에서 편안하게 말을 더했다.

"아무거나, 전부 가능합니다. 추가 조치 없이 퇴사하여 빌딩 몇 채를 받아도 됩니다. 개인 경호팀을 요구해도 되고."

"퇴사는 안 합니다."

"훌륭하십니다."

이연우는 망설이다가 볼펜을 찾아 쥐었다. 그는 땀으로 젖은 볼펜을 움직여 천천히 글자를 적었다.

– 조사원 처우 개선: 총기 소지와 이상 장비 제공, 기타 업무 효율 향상을 위한 지원.

퇴사는 생각한 적 없었다. 회사원으로, 조사원으로 일할 것이다. 그러니 조사원의 처우 개선은 필수였다.

마크 정은 고개를 끄덕였다.

"총기는 정부와 협의해야 해서 시간은 걸리겠지만, 노력하겠습니다. 다른 요구 사항도 쓰십시오."

이어, 회사원으로 일해야 하는 이유를 연달아 적었다.

- 정보 우선 제공: 보존 계획이나 이상기후 같은 위기 정보를 우선 제공.

이연우는 이번 일을 겪으며 확실히 알았다.

정보가 힘이었다. 만약 이상기후를 몰랐다면, 아무것도 모른 채로 멸망한 세상을 떠돌았을 것이다. 이런 정보를 알려면 회사에 붙어 있어야 했다.

조금 과한 요구 같기도 했다. 볼펜을 멈춘 이연우가 고개를 들었다.

"가능할까요?"

"이건 요구하지 않아도 저희가 먼저 알려드렸을 겁니다."

마크 정이 천천히 설명했다.

"이번 일로 본사는 당신의 능력을 높이 평가하고 있습니다. 멸망 시나리오는 많고, 물론 진행 중은 아닙니다만, 언젠가는 현실에서 진행될 수도 있으니까요."

그러면서 품에서 신분증 하나를 꺼내, 백지 옆에 뒀다. 이연우의 신분증이었다.

특수 조사원 이연우.

"당신은 이제 본사 소속 조사원입니다. 평소에는 한국 지사의 조사원 업무를 수행하다가, 저희가 멸망 시나리오를 드리면 시나리오를 자유롭게 조사하십시오."

"…"

이연우는 허탈한 얼굴로 신분증을 보았다.

퇴사 생각이 갑자기 솟구쳤다. 내가 살려고 조사하는 것과 위에서 시켜 조사하는 건 느낌이 달랐다.

그런 이연우의 마음도 모르고, 마크 정은 특수 조사원에 대해 뭐라고 계속 설명했다.

"한국 지사의 명령을 무시할 권한이 있으며, 격멸대대를 호출할 권한이 있습니다. 또한, 정보부에 정보를 요청할 수 있고…"

"예, 그건 나중에 서류로 알려주세요."

흥분이 가라앉은 이연우는 자유롭게 펜을 놀렸다. 펜이 쓱쓱 백지를 채웠다.

사리사욕을 채우기 위한 요구.

'집 한 채 받아서 이사도 하고, 보상금도 넉넉하게 받고… 더 요구할 게 없는데?'

절반도 넘게 하얗게 남아 있는 종이.

이연우는 천천히 종이를 밀었다. 마크 정은 종이를 들어 이연우의 요구 사항을 쭉 읽었다. 생각보다 소소한 요구들.

그는 지나가듯이 가볍게 물었다.

"지우개는 요구 안 하십니까? 원한다면 이연우 씨에게 드릴 텐데요."

"지우개는 필요 없습니다."

이연우는 정말로 지우개에 미련이 없었다.

그는 주사위를 믿었다. 미래 이연우가 주사위로 도달할 수 있는 끝을 보여주지 않았나. 확률 조작. 주사위 하나만 잘 쓰면 된다.

결국, 소멸이니 삭제니 하는 것도 주사위로 할 수 있었다.

마크 정은 자리에서 일어났다. 그는 이연우에게 고개 숙여 인사했다.

"그럼, 이만 가보겠습니다. 이연우 씨의 요청 사항은 그대로 전하겠습니다."

"조심해서 돌아가십시오."

마크 정이 돌아간 자리.

이연우는 아쉬운 마음을 참을 수 없었다.

"아… 뭐 더 요구할 수 있었을 거 같은데."

목숨이 위험한 상황이 아니라서였을까. 머리가 영 잘 굴러가지 않았다.

마크 정은 이연우의 집을 나서자마자, 상사에게 전화를 걸어 이연우의 요구를 보고했다.

"이연우의 요구 사항은 이걸로 끝입니다, 이사님."

– 굉장히, 음, 소박하군.

"예. 그런데…"

마크 정은 망설이다가 질문을 던졌다.

"혹시 퇴사한다고 했으면 어떻게 할 생각이셨습니까? 회사에 필요한 인적 자원 아닙니까?"

– 하하.

핸드폰 너머에서 웃음소리가 흘러나왔다.

– 퇴사해도 상관없어. 그는 생존주의자야.

위기에 대한 정보를 살짝만 흘려도 그는 행동할 것이라고, 핸드폰 너머 상사는 웃음기를 섞어 말했다.

– 그리고 어떤 상황에서는 개인의 생존이 모두의 생존이 되는 법이지.

회사에 있든 없든, 이연우는 회사에 이익이 된다.

지우개

문 앞의 남자

70

이른 아침.

기계적으로 양치를 하던 이연우가 문득 핸드폰을 들었다. 진동이 느껴졌다.

- 반장님: 애들아. 우리 사무실 리모델링 공사한다. 공사 끝날 때까지 재택근무야. 조사 업무 나갈 일 있으면, 그때 연락하마.

이상 조사반의 단체 채팅방.

반장에게서 온 문자.

이연우는 눈을 깜빡이다가 입을 헹궈낸 후, 침대로 돌아갔다. 침대 모서리에 걸터앉은 몸. 두 눈과 손가락은 핸드폰에 고정되었다.

- 나: 갑자기 무슨 리모델링입니까?

- 반장님: 장비 보급하는데, 그거 보관함이랑 컴퓨터랑 다

싹 바꾼다던데.

조사원 처우 개선. 이연우가 마크 정에게 요구했던 사항이 바로 이뤄지나 보다.

- 지유 선배: 이제 와서요? 뭐 얼마나 지원하길래 공사까지 한대요?

- 반장님: 총기, 드론, 소형 관측 장치, 형광 조끼, 기억 소거제, 테이저건, 이것저것 많다.

- 반장님: 그래서 공사 끝나면 드론 자격증 따야 하고, 장비 사용법 교육받으러 여기저기 돌아다녀야 해.

앞으로 바쁠 테니까 공사하는 동안 푹 쉬라는 말을 끝으로, 단체 채팅방이 조용해졌다.

출근할 필요가 없어진 이연우는 핸드폰을 침대 위에 놓고는 머리를 벅벅 긁었다. 그의 시선이 엉망이 된 방을 향했다.

"아⋯ 어제 안 치우고 잤나."

침대 주변에 맥주 캔이 잔뜩 널려 있었다. 슬쩍 발로 밀어 맥주 캔을 옆으로 치운 이연우는 어슬렁어슬렁 돌아다니며 쓰레기를 주워 담았다.

캔을 하나씩 봉투에 담으며, 이연우는 어렴풋한 기억을 떠올렸다.

어젯밤, 시계수리공 사람들끼리 뒤풀이 겸 술을 마시면서 채팅으로 나눴던 이야기.

'앞으로는 단순한 친목 목적으로 남기로 했었나? 이상기후

378

같은 일 생기면 그때 힘을 합치고.'

시계수리공도, 다른 파벌의 인맥도 유지하기로 했다. 연락이나 도움을 주고받는 정도로.

생각하다 보니 청소가 끝났다. 이연우는 길게 하품하며, 원룸을 둘러보았다. 더 버릴 것도, 아침으로 먹을 것도 없는 원룸.

'편의점이나 가야겠다.'

쓰레기를 한 아름 모아 담은 이연우가 슬리퍼를 질질 끌며 원룸 밖으로 나갔다.

분리수거장 건너편에 있는 편의점.

이연우는 편의점으로 다가가다 멈칫, 걸음을 멈췄다. 그는 편의점의 유리문을, 유리문 앞에 서 있는 남자를 보았다.

'뭐지?'

웬 남자 하나가 유리문 앞에 미동도 없이 서 있었다. 들어가지도 않고, 유리문에 이마를 기댄 채 가만히.

"흐흠."

눈살을 찌푸리며 고개를 기울인 이연우는 괜히 헛기침을 하며, 남자 옆의 문을 열고 편의점으로 들어갔다. 유리문이 열리며 종소리가 울렸다.

딸랑딸랑!

문가에서 스치는 몸. 이연우는 곁눈질로 남자를 살폈다. 무표정한 남자가 마네킹처럼 문에 기대 있었다. 눈은 유리문을 똑바로 노려보고 있었다.

　　　　　　　　　　　　　문 앞의 남자

'왜 이러고 있지?'

어딘가 불편한 마음.

이연우는 서둘러 움직이며 도시락이나 마실 것을 골랐다. 그것을 계산하고 편의점을 나왔을 때는, 남자가 사라진 상태였다.

편의점 앞에서 길 주변을 둘러보던 이연우의 표정이 어느 순간 굳었다.

"…"

편의점 건너편의 원룸 건물.

이연우가 사는 원룸 건물의 입구에 남자가 서 있었다. 편의점 앞에서와 같이 미동도 없는 몸으로, 유리문에 이마를 기댄 자세로.

이연우는 본능적으로 에코백을 찾았지만, 손은 허공을 휘저을 뿐이었다. 잠깐 나오는 거라, 가방을 집에 두고 왔다.

'무기. 무기.'

이연우는 식은땀이 맺힌 손으로 편의점 봉투를 고쳐 잡았다. 도시락과 2리터짜리 물병이 들어 있어, 제법 무거웠다. 제대로 얻어맞으면 꽤 아플 것이었다.

한차례 봉투를 휘둘러본 이연우가 곧게 걸음을 내디뎠다.

'이상인지 사람인지, 집단 소속인지 단순한 민간인인지 모르겠는데.'

하지만 어느 정도 맞서 싸울 각오를 마쳤다.

길을 건너 도착한 원룸 건물의 입구.

봉투를 휘두르기 적당한 거리를 두고, 유리문에 남자와 이연우가 동시에 비쳤다. 이연우가 입을 열었다.

"저기요. 뭐 하십니까?"

"..."

반응이 없었다. 대답은 물론, 몸도 움직이지 않았다. 유리문에 언뜻 비치는 얼굴도 마찬가지. 눈도 깜빡이지 않았다.

이연우는 조심스럽게 팔을 쭉 뻗어 남자의 어깨를 쿡 찔렀다. 옷자락을 푹 누르자, 평범한 사람 같은 감촉이 느껴졌다.

"어디 아프십니까? 도와드릴까요?"

"..."

"..."

이연우는 고민하다가, 남자 옆의 유리문으로 다가갔다. 이 사람의 정체가 뭐든, 집으로 돌아가 권총부터 챙기자는 마음.

문이 열리고 문가에서 두 사람이 교차하는 순간, 두 사람의 눈이 마주쳤다.

고개를 살짝 돌려 남자를 본 이연우와, 그 자세 그대로 눈동자만 굴려 이연우를 본 남자.

이연우가 여차하면 봉투를 휘두르기 위해 손에 힘을 주는 순간이 지나고, 이연우가 건물 안으로 들어갔다.

획, 이연우가 몸을 돌려 남자를 보았다.

"..."

"…"

닫힌 유리문을 사이에 둔 두 사람. 남자는 다시 머리를 유리문에 기댄 자세로 유리를 보고 있었다.

이연우는 기분 나쁜 표정을 지은 채, 엘리베이터를 타고 7층에 있는 자기 원룸으로 돌아갔다.

쾅!

거칠게 현관문을 닫은 이연우는 편의점 봉투는 대충 바닥에 던져두고 에코백부터 찾아 쥐었다. 권총을 제일 위로 꺼내 뒀다.

"뭐 하는 사람인지는 모르겠는데…"

위험을 느꼈다. 회사원으로서 적극적으로 대응하기에는 충분한 상황.

에코백을 짊어진 이연우는 운동화를 신고 밖으로 나갔다.

그리고 보았다. 7층 엘리베이터 앞에 서 있는 남자를.

"…"

이연우의 표정이 딱딱하게 굳었다. 빠르게 박동하는 심장. 손이 재빠르게 움직이며 권총을 쥐었고, 발이 성큼성큼 움직여 남자를 향해 다가갔다.

앞으로 내세운 권총이 순식간에 남자의 뒤통수에 닿았다.

"총입니다. 허튼짓하면 쏴버릴 겁니다. 당신 누구입니까? 왜 내 앞에서 이런 짓을 하는 겁니까? 대답 안 하십니까?"

꾸욱.

총구가 남자의 뒤통수를 짓눌렀다. 그런데도 남자는 반응이 없었다. 말도 없었고, 미동도 없었다.

이연우가 답답한 표정을 지었다. 고구마를 먹은 것처럼 목과 가슴이 꽉 막히는 느낌.

'민간인인가? 이대로 쏴버릴 수도 없고. 적대 집단이나 이상 개체인지만 알면 되는데'

하다못해 이연우를 공격하려는 징조만 보여도 망설이지 않았을 텐데, 완벽한 무저항이었다.

이연우가 슬그머니 뒤로 물러났다. 총을 쥔 손은 남자를 겨눴고, 반대쪽 손으로 반장한테 전화를 걸었다.

- 어. 무슨 일이야.

"반장님. 지금 이상한 사람을 만났는데, 이상 개체인지 확인해주십시오."

- 어… 특징 말해봐.

당황한 듯한 반장의 목소리. 이연우는 남자를 노려보며 말했다. 그가 가는 문 앞에 서 있는 남자.

잠깐의 침묵이 지나고, 반장은 떨떠름하게 말했다.

- 찾아봤는데, 회사 데이터에는 없어. 그냥 이상한 사람 같은데. 경찰 불러.

"알겠습니다."

통화가 끊겼다. 이연우는 망설이다가, 남자에게 다가가 손을 뻗었다. 목을 잡아 박동을 확인하고, 코 밑에 손을 대 숨결을 확인했다.

'사람 같은데, 진짜 민간인인가?'

박동도, 숨결도 일정했다.

'사람이면 민간인이겠지. 적대 집단이 할 짓이 없어서 이러 겠어. 바로 이상 개체 써서 공격했겠지.'

민간인한테 무턱대고 총을 쏠 수는 없었다. 이연우는 한숨 을 내쉬고는 경찰을 불렀다.

"예, 여기…"

경찰은 빠르게 왔다.

1층으로 내려갔던 엘리베이터가 7층으로 올라오고, 문이 열렸다. 남자의 건너편으로 안면이 있는 경찰이 두 명 보였다. 경찰이 이연우를 알아보고 말했다.

"그때 그 총 쏜 사람?"

예전에 원룸에서 나태의 악마를 상대하며 총을 쐈을 때, 신고를 받고 찾아왔던 경찰. 또 무슨 사고냐는 듯한 표정.

이연우가 어색하게 웃으며 남자를 가리켰다. 열린 엘리베 이터 문 앞에 서 있는 남자.

"이 사람 때문에 신고했습니다. 계속 쫓아다니면서, 제가 가는 문 앞에 서 있길래요."

"아아."

한 경찰은 열림 버튼을 누르고 있었고, 이연우와 대화하던 경찰은 남자를 위아래로 살핀 다음 그의 어깨를 잡고 당겼다.

남자가 힘없이 끌려갔다. 경찰이 말했다.

"아프신 분 같은데, 일단 저희가 조치하겠습니다."

"예, 부탁드립니다."

경찰이 열림 버튼에서 손을 떼기 무섭게 닫히는 문. 좁아지는 문 틈새로 남자의 뒤통수가 보이길 잠시.

이연우는 완전히 닫힌 문에서 시선을 떼고, 위를 보았다. 엘리베이터가 1층까지 내려간 게 보였다.

"…내가 예민했나?"

이상을 너무 많이 봐서 과민 반응한 느낌이 없잖아 있었다. 머리를 긁적인 이연우는 총을 에코백에 넣고는 천천히 자기 원룸으로 돌아갔다.

현관문이 열리고, 이연우는 현관에 발을 들이다가 멈췄다. 텅 비어 있어야 할 원룸에 사람이 있었다.

"아."

현관 바로 앞에 있는 화장실.

꽉 닫힌 화장실 문 앞에 남자가 서 있었다. 그것도 엘리베이터에서 본 두 경찰과 함께, 나무 문에 머리를 기대고, 미동도 없는 자세로.

있을 수 없는 일.

이연우는 안도의 한숨을 내쉬었다.

"이상이네."

이상 개체면 망설일 것도 없었다. 수단과 방법을 가리지 않고 대응하면 됐다.

이연우가 총을 꺼냈다.

탕탕탕탕!

철컥철컥.

탄창이 텅 빌 때까지 이어진 사격.

몸에 구멍이 숭숭 뚫린 남자와 두 경찰은 피를 줄줄 흘리면서도 그 자세 그대로 서 있었다.

'총이 안 통할 수도 있지.'

이연우는 탄창을 갈아 낀 뒤, 핸드폰을 꺼냈다. 머리가 빠르게 돌아갔다.

'위험. 안전. 생존.'

경찰이 당한 것을 보면, 문 앞에 선 남자가 문을 넘어가면 위험한 듯했다. 공간을 이동하는 특성도 보였다. 엘리베이터에서 원룸으로 오지 않았나.

대응은 어렵지 않았다.

"예, 반장님. 이상 개체 맞습니다. 제가 특성 말할 테니까, 적당한 특전대나 부서에 연락해주십쇼."

전화를 끝마친 이연우가 고개를 돌렸다. 그리고 화들짝 놀랐다.

문 앞의 남자와 경찰이 이동했다. 하나는 화장실 문 앞에, 하나는 닫힌 현관문 앞에. 다른 하나는 보이지 않았다.

71

화장실 문에는 남자가, 현관문에는 경찰이 있었다. 다른 경찰은 보이지 않았다.

이연우의 고개가 빠르게 움직였다. 제자리에서 빙그르르 돌며 원룸 내부를 쭉 둘러보기도 했고, 계단을 올라 복층을 확인하기도 했고, 창가로 다가가 주변 거리를 살펴보기도 했다.

하지만 사라진 남자 하나는 집 어디에서도 보이지 않았다.

"…"

이연우는 총을 고쳐 잡으며 생각에 잠겼다. 은은한 피 냄새가 풍겨 오는 원룸. 집 안에 없다면…

"알 게 뭐야."

알 수 없는 이상 개체의 위치는 중요하지 않았다. 문도 몇 개 없는 밀폐된 집 안에 있느니 탈출하는 편이 나았다. 마침 창문이 비어 있지 않나.

이연우는 곧장 창가의 완강기로 갔다.

나태의 악마와 싸운 후 대강 설치해둔 완강기. 따로 설치할 필요가 없었다. 벨트를 가슴에 고정한 후, 이연우는 창문을 활짝 열어 로프를 바깥으로 던졌다.

로프가 주르륵 떨어졌다.

7층. 아찔한 높이. 작게 보이는 지상 사람과의 거리.

심호흡을 몇 번 반복한 이연우가 지지대를 힘주어 확인한 뒤, 창밖으로 몸을 던졌다. 지지대와 속도 조절기가 체중을 지탱하자, 이연우는 두 손으로 창문과 벽을 밀어가며 하강했다.

7층, 6층, 5층, …1층.

무사히 도로에 내려온 이연우는 벨트부터 풀어 던진 후, 건너편 편의점에 가 플라스틱 의자에 앉았다.

'회사에서 올 때까지 길에서 버티자.'

이연우는 다리를 달달 떨며 주변 사람들의 이상한 시선을 무시했다.

이연우가 완강기를 타고 내려가는 동안.

띵!

원룸 건물의 엘리베이터가 7층에 도착하며, 이연우의 이웃이 내렸다. 이어폰을 귀에 꽂고 흥얼거리며 걸음을 옮기던 이웃이 문득 걸음을 멈췄다.

옆집의 문 앞에 서 있는 경찰. 피를 흘리며 문에 이마를 기대고 있었다.

이웃은 한쪽 이어폰을 귀에서 빼고는 살그머니 걸음을 내디뎠다.

"저기요? 괜찮으세요? 피 흘리고 계신데?"

"…"

"저기요? 저기요?"

질문을 반복할 때마다 가까워지는 거리. 비릿한 피 냄새가 마스크를 뚫고 들어왔다.

이웃은 침을 꿀꺽 삼켰다. 자세를 낮추고는 손을 내밀어 경찰을 툭 치는 순간.

덥석!

갑자기 경찰이 손을 뻗어 이웃의 손목을 콱 잡았다.

"어어!"

"…"

프레스 기계처럼 억센 손아귀. 경찰은 그대로 문을 열고, 이웃을 집 안으로 밀어 넣었다. 이웃은 중심을 잃고 현관 너머로 넘어졌다.

우당탕!

"아악! 지금 뭘…"

현관에 놓인 운동화와 슬리퍼 사이로 널브러진 이웃의 입이 다물어졌다.

이웃은 현관 안에 서 있는 경찰을 올려다봤다. 이마를 문에 기댄 자세로, 조금 숙인 머리로 이웃을 내려다보는 눈. 생선

눈알처럼 죽은 눈동자.

저벅.

문밖의 경찰이 이웃에게 한 걸음 다가오며, 두 경찰의 숙인 머리가 이웃의 시야를 채웠다.

"저… 저한테 왜 이러세요. 예?"

울음기가 섞인 목소리. 이웃은 허겁지겁 손을 뻗어 신발과 현관 바닥을 짚고 상체를 일으켰지만, 늦었다.

경찰이 문손잡이를 잡았다.

쾅!

문이 닫혔다.

"예, 반장님. 지금 밖으로 나왔습니다. 지원은 언제 옵니까?"

– 어. 연락 돌렸고, 공간 격리 장비 챙겨서 출발한단다. 20분이면 도착할 거다.

"20분…"

어디 있는지 모를 전문 부대가 출동하고 도착하는 데 걸리는 시간. 결코 긴 시간이 아니었지만, 이상 현상에 휘말린 당사자 입장에서는 기나긴 시간.

이연우가 뭐라 말하려고 입을 열 때였다. 이연우의 입이 다시 닫혔다.

"…"

편의점 건너편의 원룸 건물. 유리문 앞에 서 있는 남자.

'내려왔어.'

서늘한 감각이 목덜미를 스쳤다. 이연우는 자리에서 벌떡 일어나 주변을 둘러보았다. 앞과 좌우를 확인하고, 뒤로 도는 순간.

"윽!"

그의 뒤에 바짝 붙어 있는 이웃 사람이 시야를 가득 채웠고, 이웃 너머로는 편의점의 양쪽 문에 기대 있는 경찰이 보였다.

쿵!

이연우는 소스라치게 놀라 뒷걸음질을 치다가, 편의점 테이블을 강하게 쳤다. 드르륵, 테이블이 확 밀렸다. 테이블에 올려진 쓰레기들이 흔들렸다.

"누구… 아."

이연우는 쿵쾅거리는 심장을 억누르며 이웃 사람을 자세히 보다가, 이웃도 이상에 당했음을 깨달았다.

'초점 없는 눈동자, 살짝 숙인 고개. 그리고 이 느낌. 저 이상 개체에 당했어. 그런데 왜 문 앞에 있지 않고?'

하지만 하나하나 분석할 시간이 없었다. 상황은 이연우를, 회사의 지원을 기다리지 않았다.

해가 하늘 가운데를 향해 나아가는 점심시간. 길거리를 지나는 사람들.

이연우의 동공이 바짝 수축했다.

"점심? 대충 도시락으로 때우게. 잠깐, 지나가겠습니다."

"강아지 밥만 주고 내려올게."

"같이 가! 나도 강아지 볼래."

화상 통화에 집중하며 편의점으로 들어가는 사람과 친구와 대화하며 원룸 건물로 들어가는 대학생 둘. 그들이 활짝 연 문을 향해 나아가는 이상 개체.

차마 말릴 시간도 없이 문이 닫혔다. 이상 개체의 증식이 이뤄졌다.

동시에 이연우 앞의 이웃이 불쑥 손을 뻗었다. 이연우의 머리채를 잡기 위해 쫙 펴진 손가락.

"이!"

반응은 즉각적이었다. 이연우는 비명 같은 신음을 뱉으며, 에코백을 수직으로 올려 쳤다. 팔만이 아니라 손목까지 꺾은 스윙. 무겁고 단단한 에코백이 이웃의 턱을 후려쳤다.

뻐억!

제대로 들어갔다. 이웃이 뒤로 나자빠졌다. 이연우는 서둘러 길가로 도망친 뒤, 에코백을 마구잡이로 뒤졌다.

'지금 쓸 만한 건…'

총이 안 통했다. 물리적인 제거는 불가능에 가까웠다. 그렇다면 차라리…

쓰윽.

붉은 노끈이 에코백에서 나왔다. 이연우는 노끈을 풀어 양손에 나눠 쥐었다. 단단하게 힘이 들어간 손.

'구속해두자.'

문이 열리든 말든, 움직이지 못한다면 문은 못 넘어갈 것 아닌가.

이연우가 눈을 빛내며, 바닥에 가만히 누워 있는 이웃을 향해 다가갔다. 그와 몇 걸음을 사이에 두고 이연우는 작게 중얼거렸다.

"네가 뭐 하는 이상 개체인지는 모르겠는데. 얌전히 있자. 지금 저항하면, 다음은 전기톱이야. 다리고 팔이고… 어떻게 할지 알지? 이것도 저항하면 더 심한 방법 쓸 거고."

"…"

이상 개체는 미동도 없었다. 쓰러진 몸으로, 이마를 조금 숙인 자세로 침묵할 뿐.

'움직일지도 몰라.'

이연우는 긴장한 채 이상 개체의 발목부터 묶고, 손목을 묶고, 그 끝은 개 목줄처럼 전신주에 팽팽하게 고정했다.

다행히 저항도, 미동도 없었기에 그 후로는 같은 작업의 반복이었다. 문 앞에 서 있는 사람들을 모조리 묶었다.

처음 본 남자와 두 경찰과 이웃과 편의점 안의 사람들, 대학생 둘까지 전부.

"됐다."

마지막 매듭을 꽉 묶은 이연우는 거리를 둘러보았다.

관절은 물론이고 온몸이 가로수나 전신주, 가로등 따위에 단단하게 속박된 이상 개체들.

그리고 멀찌감치 떨어져 이연우를 경계하는 사람들. 어떤 사람은 아닌 척하며 카메라로 찍고 있었고, 누군가는 경찰에 신고하고 있었다.

"뭐 하는 거래요? 촬영?"

"모르겠네요. 혹시 모르니까, 경찰부터 부르죠."

"촬영 맞지 않아요? 저 사람들 얌전히 있잖아요."

이연우는 고민하다가 총을 꺼냈다.

'묶긴 했는데, 확실하지는 않으니까.'

여기서 더 증식하는 일만은 막아야 했다. 직접 움직여 공격하기까지 했는데, 그 숫자가 걷잡을 수 없이 늘어나기라도 한다면…

'주사위밖에 답이 없지.'

위험한 도박은 안 하는 편이 나았다.

탕!

총성이 울렸다. 구경하던 사람들이 감탄하다가, 다시 한번 총성이 울리고 가로등이 깨지고서야 비명을 지르며 도망갔다.

순식간에 한적해진 거리.

이연우가 편의점 의자에 앉아 핸드폰을 찾았다. 반장이 말한 20분이 지나가는 시점.

"지원은 언제 오나."

그때였다.

콰아아, 공기를 찢는 소리가 하늘에서 울려 퍼졌다. 이연우는 고개를 들었다.

큼직한 수송기가 낮게 날아오고 있었다. 네모난 무언가를 떨어뜨렸다. 그림자를 드리우며 점점 가까이 떨어지는 무언가.

"아니, 뭔…!"

경고도 없이 뭘 떨어뜨리는 게 말이나 되나?

이연우는 허겁지겁 달려 건물 벽에 바짝 붙었다. 그는 검은 컨테이너가 도로 중앙에 떨어지는 광경을 온몸으로 느꼈다.

쾅!

아스팔트 도로를 박살 내며 떨어진 컨테이너. 그 충격파가 온몸을 때렸다. 윙윙거리는 귀, 내장을 울리는 진동. 아스팔트에서 튀어나온 파편이 볼을 긁고 스쳤다.

벌컥!

흙먼지를 밀어내며 컨테이너 문이 열렸고, 검은 전투 슈트를 입은 전투원들이 우르르 달려 나왔다. 그중 선두에 선 소대장이 외쳤다.

"움직여! 상대는 확인되지 않은 이상 개체…"

기세 좋게 외치던 소대장이 말을 잃었다. 뜀박질하려다 멈춘 전투원들은 멍하니 주변을 둘러봤다.

노끈에 묶인 사람들.

이연우가 안도하며 그들에게 다가갔다. 전투원들은 본능적으로 이연우를 향해 무기를 겨눴다. 신기하게 생긴 총.

이연우가 손을 들고 말했다.

"조사원 이연우입니다. 제가 신고했고요. 일단 끈으로 묶었는데, 잘 처리해주십시오."

"아. 이미 대응을…"

"저것들 공간 이동하던데, 제대로 구속한 건 아닙니다."

잠깐 침묵하던 소대장이 손짓했다.

"컨테이너에 집어넣어."

"예!"

전투원들이 분주하게 움직이며, 이상 개체들을 컨테이너에 마구잡이로 던져 넣었다. 사람이 아니라 물건을 다루는 손놀림.

검은 헬멧을 쓴 소대장은 컨테이너 옆에 서서 전투원들을 보다가 이상 개체가 모조리 적재된 후, 이연우를 향해 고개를 돌렸다.

"고생하셨습니다. 덕분에 작전이 수월하게 진행되었습니다."

"제대로 처리된 거 맞습니까?"

단순하게 컨테이너에 실었을 뿐인 거 같은데? 이연우가 제자리를 서성이며 묻자, 소대장은 담담하게 답했다.

"공간을 격리하는 컨테이너라, 저 안에서는 못 빠져나갑니다."

이연우가 안도하며, 손을 늘어뜨렸다.

72

소대장은 자신감 있게 검은 컨테이너 문을 탕탕 두드렸다. 컨테이너와 전투 슈트의 단단한 장갑이 부딪치는 소리.

그러고는 소대장은 자신이 쥐고 있던 독특한 총을 살짝 들어 올렸다.

"이 무기도 공간 격리 특성이 있어서 충분히 대응할 수 있습니다."

"그러면 다행이네요."

긴장을 완전히 내려놓은 이연우가 한결 풀어진 표정으로 거리를 둘러보았다.

이연우가 총을 쏘아 깨뜨린 가로등과 곳곳에 달린 CCTV와 핸드폰 카메라. 거기에 잡혔을 자신의 모습.

일말의 꺼림칙함이 남았다. 이연우가 망설이다가 말했다.

"그… 제가 막 총 쏘고 그랬는데… 뒷수습은 어떻게 될지."

"정보부에서 처리할 거고, 신고도 무마됐을 겁니다. 저희가 출동할 때면, 이미 관련 정부 기관에 연락이 된 상태입니다."

완벽하게 해결된 듯한 이상 현상에 뒷수습까지. 더 걱정할 거리가 없었다. 이연우는 에코백을 어깨에 걸쳤다.

"그러면 저는 이만 가보겠습니다."

"예."

소대장의 배웅을 받으며, 이연우는 길을 건너 원룸 건물로 향했다. 태연하게 유리문을 열고 건물 안으로 사라지는 이연우.

병사 하나가 그 뒷모습을 보다가 소대장 옆으로 다가와 잡담을 나눴다.

"소대장님, 저 사람, 그 조사원 아닙니까? 막 이상 개체 끌고 다니는 그…"

"맞을걸."

"그러면 이런 도심 말고 어디 외딴곳에서 혼자 살아야 하는 거 아닙니까?"

"헛소리는 그만하고 돌아갈 준비나 해라. 저기 수송 부대 오네."

소대장이 고갯짓한 길의 저편.

부우웅.

컨테이너를 들어 올릴 중장비, 컨테이너를 실을 트럭, 전투원을 수송할 SUV 차량까지 줄줄이 길을 달려왔다.

"복귀한다!"

전투원은 대열을 맞춰 차량에 탑승했고, 컨테이너는 빠르게 적재되어 언제 그곳에 있었냐는 듯 순식간에 사라졌다.

오직 박살 난 도로와 사람들이 사라진 빈자리만 남았다.

사용한 완강기를 대강 정리한 이연우는 반장과 통화했다.

- 그래, 해결됐다고?

"예, 반장님. 끝났습니다."

이연우는 눈살을 찌푸리고, 편의점 도시락을 보았다. 거칠게 휘둘러서 김치 국물이며 반찬 따위가 다 넘쳤다.

먹기 싫어지는 비주얼이었지만, 배가 고프니 어쩔 수 없었다. 한 손으로 힘겹게 비닐을 뜯고, 전자레인지에 도시락을 집어넣은 이연우가 통화를 이어갔다.

"이제 보고서 쓰면 됩니까?"

- 두 개만 쓰자. 하나는 전체적인 상황 보고서고, 하나는 네가 확인한 이상 개체 특성 보고서. 특성 보고서부터 써서 올려.

"예, 점심만 먹고 바로 쓰겠습니다."

- 오냐, 고생했다.

통화가 끝나니 전자레인지도 다 돌아갔다.

식탁에 앉은 이연우는 허겁지겁 도시락을 먹으며, 생각에 잠겼다.

'그래서 무슨 이상이었지?'

회사에서 확인하지 못한 이상 개체는 충분히 있을 수 있었

문 앞의 남자

다. 처음 조사 일을 나갔을 때 본 안개 괴물도 최초 발견된 개체였으니까.

싹 비운 도시락을 옆으로 치운 이연우가 노트북을 켜, 회사 정보망에 접속했다.

하얀색 배경의 문서 작성 페이지.

"공간 이동은 확실했고. 움직이기 시작했고. 문? 문 앞에 서 있다가 누가 열어주면 같이 들어가서 뭘 하는 거 같던데. 증식? 전염?"

타닥타닥.

천천히 보고서를 작성하던 이연우가 문득 손을 멈추고 고민하다가 대충 작성 완료 버튼을 눌렀다.

'자세한 내용은 연구자들이 밝혀내겠지.'

남은 보고서는 상황을 서술하는 것뿐. 기억을 떠올리며 문 앞의 남자를 처음 만났을 때부터 쓰기 시작했다.

그렇게 한창 보고서를 작성하던 중이었다.

띵띵띵띵!

돌연 처음 보는 번호로 전화가 왔다. 벨 소리를 쉴 새 없이 울리며, 진동으로 부르르 떠는 핸드폰.

알 수 없는 불안을 느낀 이연우가 바로 핸드폰을 들었다.

"여보세…"

– 이연우 조사원 맞습니까?

높고 빠른 목소리가 다급하게 스피커를 뚫고 이연우의 귓가를 때렸다. 저도 모르게 통화 소리를 줄인 이연우가 말했다.

"예, 맞는데요. 누구…"

- 방금 그쪽이 신고한 이상 개체 받은 쪽인데, 지금 사고가 터졌습니다!

"사고요? 뭔…"

- 그 이상 개체들, 이쪽 사람들 잔뜩 잡아먹고 사라졌습니다! 지금 그쪽으로 갔을 확률이 가장 높으니까, 조심하십시오!

"…"

얼음물을 뒤집어쓴 듯한 몸서리쳐지는 감각. 이연우는 침을 꿀꺽 삼키고, 에코백부터 찾아 어깨에 걸쳤다.

- 여보세요? 듣고 있습니까?

"예, 듣고 있습니다. 그보다 자세한 설명 부탁드립니다. 도대체 무슨 일이…"

- 그것들이 직접 문을 여닫았습니다! 자료도 보내드리겠습니다! 만약 정말로 그쪽으로 갔으면, 바로 연락해주세요!

뚝, 통화가 끊겼다.

이연우는 멍하니 핸드폰을 보다가 벌떡 일어났다. 자료 확인은 걸어가면서도 할 수 있었다. 그보다는 바깥으로 나가야 했다.

띵!

바로 도착한 동영상 파일을 열면서, 이연우는 현관으로 달렸다. 살짝 떨리는 손가락으로는 CCTV 영상을 앞으로 돌렸고,

발은 운동화를 구겨 신으며 집 밖으로 나갔다.

"…"

벌컥 열린 현관문. 이연우는 문밖으로 나가다 말고 걸음을 멈췄다.

원룸 건물의 복도.

짧지 않은 복도, 좌우로 늘어선 현관문 여럿. 그리고 현관문마다 앞에 서 있는 사람들. 이연우가 끈으로 묶었던 사람부터 전투복을 입은 전투원들까지, 그들은 각 문마다 이마를 기대고 서 있었다.

꽈악.

이연우는 현관 손잡이를 부서져라 잡고는, 천천히 문 너머로 머리를 뺐다. 현관 모서리로 빼꼼 삐져나온 한쪽 눈.

멀리 보이는 엘리베이터와 비상구마저도 사람들이 등을 보이고 서 있었다.

'층이 봉쇄됐다고?'

머리가 차갑게 가라앉았다. 심장이 빠른 박동으로 뛰며 전신에 활력을 불어넣었다.

'완강기.'

창가의 완강기로 내려가면…

"…언제."

현관에서 몸을 돌린 이연우가 가라앉은 얼굴로 창문을 보았다. 언제 이동했는지, 연구원 복장의 사람 셋이 창가에 빼곡히 붙어 있었다. 거리를 내려다보듯, 창문에 이마를 붙인 자세로.

이대로면 꼼짝없이 당한다. 살길을 찾아야 했다.

'문 앞의 사람. 문. 맞아, 문부터.'

이연우는 다시 몸을 돌렸다. 조금 열려 있는 현관문을 더 밀어 활짝 열고, 문을 고정하는 도어 스토퍼를 아래로 내렸다.

그러고는 에코백에서 드릴을 꺼냈다.

'문이 닫히지 않으면, 일단 이상 현상은 피할 수 있어.'

고속으로 스치는 생각 속에서, 그는 분명히 떠올렸다. 원룸 건물과 편의점으로 들어간 사람들, 문이 닫힌 뒤 일이 벌어졌던 기억의 파편을.

위이잉.

드릴이 맹렬하게 회전했다. 드릴 끝이 노리는 부분은, 문이 열린 상태에서도 문틀에 고정된 경첩 부분.

키이이잉!

나사나 부품을 분리할 생각도 없이, 구멍을 연속으로 뚫어 이음새를 끊어버리겠다는 손짓. 불티가 마구잡이로 날리며, 현관문의 모퉁이에 구멍이 숭숭 뚫렸다.

쾅!

마지막으로 문을 걸어차, 문짝을 복도로 쓰러뜨린 이연우가 드릴을 총처럼 쥐고 사방을 둘러봤다.

현관문마다 늘어선 사람들.

'아직 움직이지는 않았어.'

하지만 언제든 움직일 수 있었다. 이웃이 손을 뻗었던 때를 기억했다. 전투원은 물론이고, 민간인이나 연구원도 위험했다.

'계단.'

혼자서 다수를 상대하려면, 좁은 길목으로 유도하는 편이 나았다.

이연우는 재빠르게 발을 놀려, 계단을 타고 올라 복층에 자리했다. 짐을 넣어둔 박스까지 계단 근처에 옮긴 후, 이연우는 전화를 걸었다.

상대는 방금 통화한 사람.

"이연우 조사원입니다. 여기 왔습니다. 전투원이랑 연구원까지, 이상 개체가 되었습니다."

- 알겠습니다! 회사에서 사람이 출발할 겁니다. 너, 빨리 그쪽에 연락해! 이쪽으로 출동하라고!

누군가에게 지시하는 목소리.

이연우는 계단 아래에 주의를 기울이며, 질문을 던졌다.

"얼마나 걸리겠습니까? 그리고 누가 옵니까? 어지간한 대응으로는 안 될 것 같은데요."

- 지우개를 쏠 겁니다.

격리가 힘든데, 연구 가치도, 이용 가치도 낮은 개체. 파괴를 망설이지 않았다.

"아."

이연우가 다소 안도하며, 통화를 마무리했다. 지우개면 확실하지. 직접 코앞에서 겪었기 때문에 잘 알았다.

"알겠습니다."

– 조금만 버티고 계십시오.

통화가 끊어졌다. 기묘한 침묵이 원룸에 내려앉았다. 귀를 기울이면 들리는 사람들의 숨소리. 이연우 자신의 숨소리와 심장박동.

이연우가 꽉 주먹을 쥐고, 창가의 이상 개체들을 보았다.

'맞설 준비는 마쳤어. 지금은 저것들을 조금이라도 파악해야 해.'

과하지도, 부족하지도 않은 긴장을 유지하며 이연우는 저쪽에서 보내온 영상 파일을 확인했다. 소리 없는 CCTV 기록.

어딘가의 창고.

마치 격납고 같은 그곳에 검은 컨테이너를 실은 트럭이 들어오고, 몇몇 연구원이 손에 종이를 들고 운전사를 맞이했다.

연구원들이 컨테이너와 운전사를 번갈아 보며 무어라 말하며 종이를 팔랑이는 그때.

스르륵, 컨테이너 문이 열렸다. 그 소리가 작지 않는지, 연구원과 운전사가 화들짝 놀라며 몸을 돌렸지만, 늦었다.

이상 개체들이 자유를 찾았다.

하나는 컨테이너 밖으로 걸어 나왔고, 하나는 격납고 문 앞에 섰다. 그러고 나니, 문이 저절로 닫히고 나머지 개체들이 공간을 이동했다. 아마 부서 어딘가로 흩어졌겠지.

그리고 끝이었다. 격납고 문이 닫히기 무섭게 CCTV가 망가졌다.

이연우가 초조하게 중얼거렸다.

"문을 직접 여닫는… 아냐, 이건 중요하지 않아."

중요한 핵심은 밀폐된 공간에 저것들과 함께 있으면 이상 개체로 변이한다는 사실.

이연우가 드릴을 놓고, 총을 들었다. 그는 창문을 겨눴다.

'건물도 넓게 보면 밀실이지 않을까?'

모든 창문이 닫히고 모든 출입구가 닫히면, 건물도 밀실이나 다름없지 않을까.

물론 저 이상 개체의 영향력이 그렇게 큰지는 알 수 없었지만, 이연우는 작은 가능성도 무시하지 않았다.

탕!

와장창!

유리창이 깨지며 바람이 훅 불어왔다. 유리 파편이 햇빛을 받아 반짝이며, 창가에 선 사람의 머리 위로 쏟아졌다.

"…"

바작.

창가에 선 세 명이 동시에 몸을 돌렸다. 신발에 짓밟힌 유리 파편. 그들은 고개 숙인 자세로 눈동자만 도르르 위로 굴렸다.

시선이 마주쳤다. 이연우는 박스를 계단 아래로 던질 준비를 했다.

73

당장 박스를 집어 던질 자세를 취한 이연우는 이상 개체를
내려다보며 말했다.

"내 말을 알아들을지 모르겠는데, 이쯤에서 그만하자. 여기
서 더 나가면 나도 무슨 짓을 할지 몰라."

진심이 담긴 위협.

지우개가 도착하기 전에 막다른 곳까지 몰리면, 이연우는
망설임 없이 주사위를 굴릴 것이었다.

'단순한 피해는 별 의미가 없어 보여. 단순한 공간 이동도
무의미하고.'

눈을 번뜩이며, 이연우는 미리 판정들을 떠올렸다.

그들이 그 위협을 이해했는지는 알 수 없었다. 창가의 이
상 개체 셋은 여전히 미동도 없이 이연우를 주시했다. 감정과
생각을 엿볼 수 없는 눈동자.

"…"

"…"

이연우가 눈도 깜빡이지 않는 이상 개체와 눈싸움을 하던 그때였다.

저벅.

무거운 발소리가 들렸다. 현관이었다. 발소리는 한 번으로 멈추지 않고, 천천히 한 걸음씩 가까워졌다.

저벅. 저벅.

이연우는 목을 쭉 빼 난간 아래를 보았다. 그곳에는 전투복을 입은 전투원이 있었다. 헬멧과 전투복이 한눈에 내려다보였다.

딱 봐도 튼튼한 질감의 무장. 이연우는 무거운 에코백을 옆으로 던졌다.

'어차피 총은 별 소용 없었겠어.'

방호구를 두른 전투원 상대로 권총이 의미가 있을까. 영화에서나 볼 법한 킬러처럼 틈새만 노려 쏘는 실력이 있지 않고서야.

'박스를 던져서 올라오는 거 막고, 그다음으로 주사위를…'

이연우가 시선을 돌려 다시 창가의 이상 개체를 확인했을 때, 이연우는 작게 한숨을 내쉬었다.

창문 앞에 서 있던 세 명의 이상 개체가 움직였다. 계단 첫 칸부터 세 번째 칸까지 줄줄이 늘어서 있었다. 여전히 고개를 조금 숙이고, 눈동자만 올려 이연우를 보는 자세로.

이연우는 박스를 붙잡은 손을 떼어내었다.

"그래, 이상한테 무슨 위협을 하냐."

행동으로 보여줘야지.

이연우가 주사위를 불렀다. 그러고는 평행 세계의 자신을 만난 후 꾸준히 생각해온 판정들을 단번에 떠올렸다.

'리스크가 덜 위험한 것부터.'

시작은 미끄러짐. 다음은 다리 골절. 다음은 감각 상실. 다음은 근력 상실. 실패하거나 대실패하더라도 크나큰 위험은 부르지 않는 판정.

'하나쯤은 성공하겠지.'

연이은 요청에 주사위가 신나서 펄쩍 뛰어오르고는, 경쾌하게 구르기 시작했다.

데구르르.

성공! 꽝! 실패! 꽝!

우당탕!

돌연 사람들의 발바닥이 미끄러지더니 그대로 앞이며 뒤로 자빠졌다. 전투원은 헬멧으로 바닥을 쾅 박았고, 계단의 사람들은 계단 아래로 굴러떨어졌다. 한곳에 뒤엉킨 사람들.

미소를 지은 이연우는 곧장 그 위로 박스를 집어 던졌다. 쾅, 계단에 부딪혀 튕긴 박스가 연구원의 명치를 때렸다.

그러고는 침묵.

"…"

"…"

이상 개체들은 방바닥에 볼을 댄 자세로, 다른 사람한테 짓눌린 자세로, 뒤로 넘어진 자세로, 눈동자만 움직여 이연우를 보았다.

이연우는 눈을 피하지 않았다. 손만 더듬더듬 움직여 다른 박스를 찾았다.

'이걸로 버티다가, 밀리면 치명적인 판정을 굴리자.'

물론 개체의 숫자가 많긴 했다.

이연우는 몸을 뒤로 빼며 시야를 넓게 두었다. 원룸 아래 층을 전부 시야에 넣었다. 언제 어디로 그들이 이동해도 바로 반응할 수 있게끔 곤두선 긴장.

그 긴장이 얼마나 유지되었을까.

깜빡.

눈꺼풀이 닫혔다가 떠지는 찰나.

원룸 거실이 사람들로 가득 찼다.

"…"

"…"

원룸 바깥에 있던 모든 이상 개체가 난간 아래에 빼곡히 모여서 이연우를 향해 시선을 보냈다. 전투원은 물론, 이연우가 노끈으로 묶었던 사람들이 눈동자만 굴려 이연우를 봤다.

헬멧 너머로도 선명하게 느껴지는 시선. 카메라 렌즈처럼 섬뜩한 시선들이 일제히 이연우에게 향했다.

저것들이 한 번에 우르르 몰려온다면…

이연우는 침착하게 주먹을 쥐었다. 빠른 심장박동과 혈관을 타고 전신을 휘도는 피. 이연우는 저도 모르게 가쁘게 반복하는 호흡을 느릿하게 가라앉혔다.

'흥분하지 마. 과하게 긴장하지도 마.'

냉정과 침착을 유지해야 산다. 실수하지 않는다. 그래야 적절한 대처를 할 수 있었다.

"일단은…"

후다닥.

이연우는 계단 근처의 벽에 기대 시야를 최대한 넓게 두었다. 언제 그들이 복층으로 올라올지도 모르니까.

복층과 아래층을 한눈에 담으며, 이연우는 핸드폰을 더듬어 전화부터 걸었다. 상대는 바로 받았다.

– 예, 이연우 조사원님!

"언제 옵니까? 지우개, 언제 도착합니까?"

– 잘 모르겠습니다.

"예?"

시야를 유지하느라 차마 핸드폰을 노려보지 못했지만, 이연우의 눈매가 험악하게 좁아졌다. 그의 목소리가 높아졌다.

"지금 그걸 말이라고…"

– 그쪽에 연락 갔고, 바로 출동했다고는 들었습니다! 그런

데 지우개가 저희 쪽 부서가 아니라, 정확한 시간은 모릅니다.
그쪽 연락처 드릴 테니, 그쪽에 연락해보시는 게…

우리 담당이 아니니 담당 부서로 연락하라는 소리.

이연우는 뚝, 신경질적으로 통화를 끊고는 핸드폰을 높이
들었다. 이연우는 확 핸드폰을 난간 아래로 던졌다.

빠악!

이연우를 주시하던 최초의 남자의 이마를 강타하는 핸드
폰. 모서리로 제대로 찍었다.

"…"

그의 머리가 살짝 뒤로 밀려났다가, 다시 앞으로 돌아왔다.
찢어진 이마에서 한 줄기 핏물이 흘러내리는데도 여전히 이연
우를 보는 눈.

이연우는 짜증이 담긴 눈으로 남자를 마주 봤다.

'컨테이너에서 탈출했으면 그냥 다른 곳으로 가지, 굳이 나
한테 와서 난리야.'

통화로 시작된 울분이 들불이 되어 온 마음으로 번져나가
기 시작했다. 한두 번도 아니고, 이런 일이 도대체 몇 번째인지
셀 수도 없었고, 세기도 싫었다.

'그냥 삭제 돌려버릴…'

짝!

경쾌한 타격음. 이연우가 자기 뺨을 때렸다. 붉게 부어오른
뺨을 매만지며, 이연우는 중얼거렸다.

"진정해. 살아야지. 화낸다고 사는 거 아니야. 도움 안 돼."

삭제 판정을 굴렸다가 대실패하면, 그래서 저들에게 불멸 특성이라도 생기면 감당할 수 없었다.

"그런 판정을 굴릴 정도로 몰리지는 않았어."

이연우는 계속 중얼거리며 마음을 다스렸다. 아릿한 고통 속에서 화와 짜증이 순식간에 가라앉았다. 감정이 물러난 자리를 오직 생존 본능만으로 채웠다.

이연우는 이상 개체들을 내려다보다가, 생각했다. 빼곡한 이상 개체.

'…다 여기 있네? 한 번에 다 넘어뜨리면 탈출할 수 있잖아? 주사위.'

정신 한편의 주사위를 보며, 이연우는 미래 이연우를 따라 하듯 손을 폈다. 그러고는 간절하게 말했다.

"이거 한 번만 성공하자. 딱 이것만. 대성공은 바라지도 않아. 성공만. 그러니까… 미끄러짐 판정."

데구르르.

주사위가 굴렀다.

결과가 나오기도 전에 이연우는 콱 주먹을 쥐었다. 여전히 주사위는 구르고 있었다. 미래 이연우처럼 원하는 결과에 주사위를 멈추는 능력은 없었다.

하지만 결과가 나오기까지의 찰나, 1초도 채 안 되는 시간.

이연우는 기묘한 감각을 느꼈다. 보지 않아도 어떤 결과가 나올지 알 듯한, 묘한 확신.

'성공했다!'

성공!

우당탕퉁탕!

오밀조밀하게 모여 있던 사람들이 동시에 넘어지며, 마구잡이로 얽혔다. 헬멧에 잘못 맞은 타격음이 들리기도 했고, 보호 장구끼리 부딪치며 요란한 소리가 들리기도 했다.

그 묘한 감각에 집중할 시간이 없었다.

이연우는 눈을 빛내며, 곧장 계단을 내려갔다. 한 번에 두 칸씩, 성큼성큼. 넘어진 이상 개체의 명치를 밟으며 껑충 달렸다.

미동 없는 시선들 속에서 그가 멈춘 곳은 완강기 앞.

'복도나 엘리베이터나 비상계단은 위험해.'

이연우는 허겁지겁 로프를 밖으로 던지고, 벨트를 대강 가슴에 끼고, 총에 맞아 유리 파편이 남은 창틀을 넘어갔다.

싸악.

맨발인 탓에 유리 파편이 발바닥을 긁었다. 붉은 피가 번졌다. 이연우는 이를 악물면서도, 움직임을 멈추지 않았다.

헐렁한 가슴 벨트 때문에 로프를 양손으로 붙잡고 천천히 내려갔다. 자동으로 내려가는 완강기.

7층에서 6층으로.

이연우는 상쾌한 바깥 공기를 맡다가 표정을 단단하게 굳혔다. 피부가 쓸려 벗겨질 정도로 로프를 꽉 잡은 손.

"…"

"…"

이연우 아랫집의 창문. 세 명의 이상 개체가 창가에 이마를 기대고 이연우를 보고 있었다. 완강기가 내려가는 속도에 맞춰 눈동자가 이연우를 쫓아 움직였다.

6층에서 5층으로, 5층에서 4층으로.

모든 층의 창문에서 이상 개체가 이연우를 보았다. 빈집에서도, 혹은 집 안에 있는 사람을 이상 개체로 만들고서.

그렇게 도착한 지면.

이연우는 상처 입은 맨발로 도로를 밟으며 비틀거렸다. 쓰라린 고통이 발바닥부터 정수리까지 솟구쳤다.

그 와중에도 사방을 경계하는 이연우의 시선에 문 앞의 사람들이 들어왔다. 원룸 1층의 유리창 너머로 늘어서 있는 사람들.

그리고 회사의 지원 또한 보았다.

부아앙! 끼이익!

밀폐를 피하기 위해서일까. 검은 오토바이 하나가 도로를 가로질러 이연우 옆에 멈추어 섰다. 그 자리에 남은 스키드마크 위로 가죽 부츠가 탁 올라왔다.

헬멧에 라이더재킷을 입은 사람은 품에서 지우개를 꺼내 손을 수평으로 그었다. 그의 손짓은 멈추지 않았다.

수직으로 연달아 내리긋는 지우개.

원룸 건물이 완전히 사라졌다. 이연우가 멍하니 건물이 사라진 자리를 바라볼 때, 헬멧 너머로 흐릿한 목소리가 들려왔다.

"핵심 건물 지웠습니다. 생존 개체가 있는지 확인 부탁드립니다."

이연우는 그제야 고개를 돌리고 회사원을 보았다.

검은 헬멧은 증강 현실 기기인지, 까만 안면부에 푸르고 붉은 빛이 들어와 있었다. CCTV와 홈 카메라 등을 해킹하여 일대를 관측하는 시스템과 연계된 지도.

문득 성별조차 모르겠는 사람이 이연우를 보고는 살짝 고개를 숙였다.

"이연우 조사원님? 협조 부탁드리겠습니다. 아무래도 그 이상 개체가 조사원님을 목표로 삼은 듯해서."

"아니, 집. 아니. 왜 날 목표로?"

지우개를 든 회사원은 침묵하다가 답했다.

"이상 개체를 만드는 어떤 집단이 있는데, 그쪽에서 이연우 조사원님께 관심을 가진 모양입니다."

"아니, 아…"

이연우는 고통도 잊고, 얼굴을 쓸어내렸다.

74

정신이 어지러웠다. 한순간에 지워진 집, 집 안에 있던 사
람들, 무엇보다 뭔 집단이 자신에게 관심을 가졌다는 기분 나
쁜 소식.

"아니…"

이연우는 세수하듯 손으로 얼굴을 쓸어내렸다. 완강기의
로프에 쓸려 피부가 벗겨진 손바닥이 얼굴에 핏방울을 치덕치
덕 발랐다.

그 아릿한 고통과 불쾌한 촉감.

이연우가 침착하게 질문을 던졌다.

"뭔 집단이 이 지랄을 벌인 겁니까? 그것도 왜 굳이 저를
목표로."

"좋은세상만들기협회라고, 한국 지사의 관리를 받는 조그
마한 집단인데… 주사위를 찾다가, 감당이 안 되는 사고를 터

뜨렸다고 스스로 말했습니다."

"주사위요? 내 주사위?"

생각지 못한 이유.

이연우의 당혹스러운 목소리에 요원은 작게 고개를 끄덕였다. 그는 헬멧의 증강 현실 정보를 보며, 흘러가듯 말했다.

"공간 격리 부서에 크게 피해를 준 후, 그쪽에서 자진하여 신고했습니다. 전부 자백했는데… 자세한 건 일이 마무리되면 알려드리겠습니다. 이거, 위험한 이상 개체 아닙니까."

한가하게 이야기를 나눌 때가 아니었다. 상대는 공간 이동에 증식까지 달린 위험한 이상 개체. 걷잡을 수 없는 전염성을 지녔다.

혹시 살아남은 개체가 있을지 경계하고 작전을 마무리 짓는 게 우선이었다.

이연우는 숨을 크게 들이마셨다. 짜증, 황당함, 답답함, 분노 따위를 애써 다스린 후, 길바닥에 주저앉아 유리 파편 몇 개가 박힌 발바닥을 보았다.

"일단, 저는 응급치료부터 받겠습니다. 발바닥이 이래서. 119 불러도 될까요?"

"음… 그게."

요원은 손을 꼼지락거리며 잠깐 고민했다. 이상 개체가 남아 있을지 모르는 상황,

이 위험 구역에 119를 불러도 될까? 특히 구급차는 밀폐된

공간 아닌가. 구급차 문이 열리고 이상 개체가 걸어 나올지도 모르는 일이었다.

그 망설임을 눈치챈 이연우가 한숨을 푹 내쉬었다.

"그러면 저기 편의점에서 물티슈랑 소독제 같은 거 사다 주십쇼. 응급처치는 제가 직접 할 테니까."

"작전 중이라 지갑을 안 들고 와서…"

이연우는 말없이 에코백에서 카드를 꺼내 건넸다. 요원은 어색하게 손을 뻗어 카드를 받았다.

"다녀오겠습니다. 혹시 이상 개체 나타나면 소리치세요."

"슬리퍼도 사다 주세요."

요원이 길을 건너 편의점으로 사라졌다.

혼자 남은 이연우는 몸을 웅크리고 가만히 두 손바닥을 내려다봤다. 그러고는 유리 파편이 박힌 발바닥으로 시선을 옮겼다.

나지막한 혼잣말이 흘러나왔다.

"빗물…"

하루에 한 방울씩 흡수한 빗물. 그 효과인지, 출혈이 벌써 멈췄다. 만약 남은 빗물을 전부 흡수한다면. 사람없는산골펜션에 남은 성분을 조금씩 흡수한다면.

"여기 있습니다. 카드는 안 썼습니다."

돌연 눈앞에서 잡동사니가 우르르 쏟아졌다. 생각에 집중하느라 요원의 기척도 못 느꼈다. 천천히 다리 옆에 쏟아진 것들을 보니, 물티슈, 연고, 밴드, 슬리퍼 따위였다.

이연우가 물티슈로 유리 파편을 잡아 뽑으며 입을 열었다. 고통에 앓는 소리가 흘러나왔다.

"카드는 왜, 안 썼습니까."

"안에 사람이 없어서 그냥 들고나왔습니다."

"아."

그러고 보니 편의점도 이상 개체에 당했지.

그렇게 이연우가 대강 응급처치를 마치고 슬리퍼를 신을 때쯤, 요원이 고개를 기울이더니 절도 있게 말했다.

"이상 개체 제거 확인. 현 시간부로 작전 종료. 이연우 조사원과 해당 지점으로 가겠습니다."

철퍽.

이연우가 자리에서 일어났다. 밴드 밖으로 넘칠 정도로 연고를 치덕치덕 바른 발바닥이 질척하게 슬리퍼에 문대졌다. 그는 요원을 보았다.

"어디로 갑니까?"

"예. 그 집단, 좋은세상만들기협회와 협상하는 자리로 갈 겁니다. 그쪽에서 당신과 나를 보기를 원했거든요."

"…좋습니다. 가죠."

이상 개체를 보낸 장본인을 보러 간다. 이연우가 눈을 확 빛내며, 요원의 오토바이 뒤에 올라탔다.

부아앙!

오토바이가 망설임 없이 도로를 달렸다.

두 사람은 짧지 않은 시간을 달려, 자그마한 공장에 도착했다.

끼이이익.

급정거한 오토바이에서 이연우가 내려, 주변을 둘러보았다. 3층 건물 정도 되는 널찍한 공장 건물에 회사 사람으로 보이는 사람들과 장비들이 잔뜩 모여 있었다.

총기를 든 특전대원부터 흥분한 낯빛의 연구원, 컨테이너를 적재한 트럭까지. 분주하고 엄중한 분위기.

"여기입니까? 사람들 많은데요?"

"예. 좋은세상만들기협회가 가진 이상 개체를 몇 개 압수하기로 해서, 그거 옮기러 온 사람들입니다."

요원은 헬멧의 증강 현실 UI를 보다가, 앞서 걷기 시작했다. 헬멧에 지도가 켜지고, 내비게이션처럼 그들이 갈 장소를 안내했다.

이연우는 딱딱한 슬리퍼를 질질 끌며 따라갔다.

"좋은세상만들기? 처음 듣는데, 거기에 대해 설명 좀 해주십쇼."

"굉장히 작은 집단입니다. 그 이름대로 좋은 이상 개체를 만들어서, 살기 좋은 세상을 만들겠다는 사람들인데…"

공장의 입구를 지나고, 안쪽의 회의실로 가는 길. 요원은

문 앞의 남자

계속해서 설명했다.

"주요 집단처럼 이상 장비를 제작하는 전문적인 기술은 없습니다."

회사가 형광 조끼나 기억 소거제나 테이저건을 만드는 것 같은, 골드버그클럽이 금괴를 양산하는 것 같은 그런 기술은 없다는 뜻.

하지만…

"자기들이 가진 이상 개체로 이상을 만듭니다. 그 문 앞의 사람들도 그렇게 만들어졌겠죠."

"이상을 만드는 이상…"

이연우는 눈매를 좁히고 생각하다가 별거 아니란 사실을 깨달았다.

당장 자신만 해도 주사위로 비슷한 효과를 낼 수 있었고, 안개 괴물도 안개를 만들었지 않나.

두 사람이 문득 걸음을 멈췄다.

공장 안쪽에 위치한 회의실. 총기로 무장한 경호대대 전투원들이 문 앞에 서 있다가 헬멧의 증강 현실로 출입 허가를 확인했다.

"확인. 들어가십시오. 한국 지사 부사장님과 좋은세상만들기협회의 주요 구성원이 기다리고 있습니다."

"…"

이연우는 움직이지 않았다. 잠깐 자신의 옷차림을 내려다봤다. 한바탕 난리를 겪느라고 엉망이 된 옷과 몸 상태.

핸드폰으로 얼굴을 비춰보니 얼굴에는 핏자국이 옅게 말라붙어 있었다. 문득 입꼬리가 비틀려 올라갔다.

'하하. 나한테 이상 개체를 보낸 놈들이 안에 있다는 말이지?'

탁. 탁.

이연우는 슬리퍼로 바닥을 때려가며 걸었다. 경호원은 몸수색을 하거나 소지품을 압수하지도 않았고, 옆으로 살짝 비켜섰다.

벌컥.

문이 거칠게 열렸다.

회의실에는 커다란 탁자와 그 주변에 빙 둘러선 사람들이 있었다.

머리가 하얗게 센 할머니가 경호원을 등지고 상석에 앉아 있었고, 죄지은 사람처럼 고개를 숙인 사람들이 반대편에 앉아 있었다.

그들이 문소리를 듣고 고개를 돌렸다. 중년 남자가 무어라 말하려고 입을 열 때였다.

이연우가 먼저 말했다.

"나한테 이상 개체 보낸 인간, 누구입니까?"

"이연우 조사원, 당신은 화낼 자격이 있지요. 하지만 잠깐 진정하세…"

주름지고 단단한 눈매의 할머니인 부사장이 말을 하다 말왔다. 부사장의 눈동자는 이연우가 대뜸 내놓은 신분증에서 멈췄다.

특수 조사원 신분증.

"부사장님이시죠? 그런데 나한테 명령할 권한은 없으시고."

부사장이고 뭐고, 이연우에게는 자신의 목숨을 위협한 인간들의 직위는 의미가 없었다. 오히려, 목숨을 위협한다면 망설이지 않고 대응할 것이었다.

이연우의 눈동자에 섬뜩한 빛이 어렸다. 어딘가 인간이 아닌 듯한, 빗물을 삼키고 주사위를 지닌 자의 이질적인 안광.

철컥. 철컥.

경호원들이 바짝 긴장하며, 총기를 들어 올렸다. 그들은 손가락을 방아쇠에 올렸다. 총구의 방향은 이연우.

이연우는 헛웃음을 흘렸다.

"총 쏘시게요? 그럴 시간에 얼른 대피하는 편이 낫지 않겠습니까?"

"이연우 조사원, 위험한 짓은 하지 마시오."

훈장인지 계급장인지 모를 것을 매달은 부사장 옆의 경호원이 헬멧 너머로 말했다.

이연우는 고개를 저었다.

"제가 위험한 짓을 하는 게 아니라, 위험한 일이 날 찾아오는 겁니다. 제 소문 못 들어봤습니까? 이상 개체가 널린 공장, 회사와 집단이 모인 장소, 사고 터지기 딱 좋지 않습니까?"

"…"

경호원이 침묵하다가, 고개를 돌려 부사장을 보았다. 어떻게 할지 의중을 묻는 몸짓.

부사장은 느긋하게 입을 열었다.

"이연우 조사원, 그러면 우리가 협상 먼저 마치겠습니다. 금방 끝날 겁니다. 그 후의 일은 마음대로 하세요."

"…그러죠."

드르륵.

이연우가 옆자리의 의자를 당겨 앉았다. 지우개를 지닌 요원도 이연우의 옆에 앉았다.

부사장은 태연하게 말했다.

"이봐요, 협회장. 그쪽의 요구는 들어줬습니다. 꼭 만나고 싶다던 지우개와 주사위, 모두 왔습니다."

"예, 예. 정말 죄송합니다. 저희 이상 개체 가져가십시오. 다시 한번 죄송합니다. 그렇게 위험한 이상 개체인 줄 몰랐습니다."

협회장은 굽실거리면서도, 흘깃, 이연우와 요원을 곁눈질했다. 그러다가 이연우의 시선을 받고 화들짝 놀라기도 했다.

협회장이 침을 꿀꺽 삼키고는 말했다.

"성형 기계, 오크통, 침대, 양도하겠습니다."

사람을 이상하게 바꾸는 성형 기계, 안에 든 액체를 바꾸는 오크통, 꿈의 일부를 현실로 가져오는 침대.

부사장은 협회장을 보았다.

"컴퓨터는요?"

"그게 없으면 저희가 개체를 통제할 방법이 없어서… 그것만은 안 됩니다."

"그러면 세 개만 받겠습니다."

부사장이 고개를 까딱였다. 경호원이 헬멧에 달린 마이크를 켰다.

"개체 셋만 옮기면 된다."

동시에 회의실 밖에서 분주한 발걸음 소리와 서로 대화를 나누는 소리가 흘러 들어왔다. 이상 개체를 옮기는 기척.

협상이 빠르게 끝났다.

부사장이 탁자에 기대놓은 지팡이를 쥐고 천천히 몸을 일으켰다. 부사장은 회의실을 나가다가, 이연우 앞에서 잠깐 걸음을 멈췄다.

"이연우 조사원, 어떻게 할 겁니까? 이들은 우리와 우호적인 집단이라, 이들에게 해를 끼치는 짓은 지양하셨으면 하는데요."

"일단 이야기를 들어봐야죠."

그 대답에 부사장은 고개를 주억이며 다시 걸음을 옮겼다. 경호원들이 부사장을 둘러싸며, 문 너머로 사라졌다.

문이 조용히 닫혔다.

"자, 그럼, 우리끼리 이야기를 나눌 시간인데."

이연우가 자리에서 일어나, 의자를 끌고 문가로 다가갔다. 여차하면 빠르게 도망치기 위한 자리이자, 이들이 도망치지 못하게 막는 자리.

좋은세상만들기협회 사람들이 불편하게 몸을 돌려 이연우를 볼 때, 이연우가 그들을 보며 말했다.

"날 찾았다고요? 이상 개체를 풀면서까지?"

"예, 예. 저희가 본의 아니게 위협을 끼친 점은 정말 죄송합니다. 보상도 준비했습니다. 하지만, 선생님. 제 말을 들어보세요."

남자는 눈을 반짝이며 이연우에게 말했다.

"주사위와 지우개를 사용하면, 얼마든지 안전하게 이상 개체를 만들 수 있습니다. 그리고 이상 개체를 이렇게 만들면, 세상을 바꿀 수 있다는 말입니다."

이연우는 감정 없는 표정으로 남자를 보았다.

〈3권에서 계속〉

문 앞의 남자

인류보호회사 2

초판 1쇄 인쇄일 2023년 8월 17일
초판 1쇄 발행일 2023년 8월 31일

지은이 짤짤이

발행인 윤호권
사업총괄 정유한

편집 박고운 **디자인** 표지 곰곰사무소(권빛나) 본문 박정원 **마케팅** 윤아림
발행처 ㈜시공사 **주소** 서울시 성동구 상원1길 22, 6-8층(우편번호 04779)
대표전화 02 - 3486 - 6877 **팩스**(주문) 02 - 585 - 1755
홈페이지 www.sigongsa.com / www.sigongjunior.com

글 ⓒ 짤짤이 2023

ISBN 979-11-7125-036-3 (04810)
ISBN 979-11-7125-034-9 (세트)

*시공사는 시공간을 넘는 무한한 콘텐츠 세상을 만듭니다.
*시공사는 더 나은 내일을 함께 만들 여러분의 소중한 의견을 기다립니다.
*잘못 만들어진 책은 구입하신 곳에서 바꾸어드립니다.

WEPUB 원스톱 출판 투고 플랫폼 '위펍' _wepub.kr
위펍은 다양한 콘텐츠 발굴과 확장의 기회를 높여주는
시공사의 출판IP 투고·매칭 플랫폼입니다.